O Caso Laura

André Vianco

O Caso Laura

Rocco

Copyright © 2011 by André Vianco

Direitos para a língua portuguesa reservados
com exclusividade para o Brasil à
EDITORA ROCCO LTDA.
Av. Presidente Wilson, 231 – 8º andar
20030-021 – Rio de Janeiro – RJ
Tel.: (21) 3525-2000 – Fax: (21) 3525-2001
rocco@rocco.com.br
www.rocco.com.br

Printed in Brazil/Impresso no Brasil

preparação de originais
NATALIE ARAÚJO LIMA

CIP-Brasil. Catalogação na fonte.
Sindicato Nacional dos Editores de Livros, RJ.

V668c Vianco, André
         O caso Laura / André Vianco. – Rio de Janeiro:
        Rocco, 2011.

         ISBN 978-85-325-2644-1

         1. Romance brasileiro. I. Título.

11-0836   CDD-869.93
                              CDU-821.134.3(81)-3

Para o meu pai

Capítulo 1

— Não sei se eu já te falei, pai, mas arranjei um amigo novo. Acho que faz umas quatro ou cinco semanas que nos encontramos todos os dias. Vejo mais ele do que vejo você, mas sei que você entende e não fica chateado com isso. Você sempre quis que eu me divertisse mais, sempre me empurrou para os carinhas interessantes quando eu estava no colégio, me encorajando e conversando comigo a respeito de tudo na vida.

Laura suspirou e ficou olhando para o pai, esperando uma resposta, um sinal de aprovação.

— Você sempre fez o tipo de pai moderninho. Minhas amigas não acreditavam quando eu contava os papos que a gente tinha. Quando eu contava das vezes que você me tirava do quarto, da frente do computador ou da TV e fazia eu me trocar e colocar batom e tudo pra ir a uma festa ou baladinha, elas surtavam. Diziam para eu cuidar de você até o fim da minha vida porque pai assim não existe.

O sorriso tímido que teimava em brotar nos seus lábios sempre morria quando chegava o silêncio. Ela falava com o pai usando a voz num tom baixo. Não que o pai fosse se importar com o volume, mas ela sempre teve aquilo, verdadeira aflição em ser notada e horror a incomodar os outros com sua voz aguda. Lembrava do desconforto que era escutar a si própria numa gravação caseira, falando para a câmera nas festas de amigas ou na formatura. Já que estavam em um hospital, temia que os familiares no leito ao lado a ouvissem fazendo suas confissões eventuais ao pai acamado. Deixou outro suspiro fugir do peito e cruzar a distância entre ela e o pai calado. De tempos em tempos, ajeitava o cabelo e remexia as rosas no jarro d'água improvisado como vaso. Casa de ferreiro, espeto de pau. Ela bem que podia trazer um vaso decente, mas nunca se lembrava. Só visitava o pai quando dava na veneta ou quando estava demasiadamente deprimida, sem ninguém mais para escutá-la. Evitava estar ali, não por falta de amor ou consideração, mas é que a jovialidade e a intensidade das palavras daquele homem em muitas conversas travadas num passado nada distante oprimiam ainda mais o peito daquela filha. Raro era o episódio em que ela entrava ali, naquele quarto, de caso pensado, com tudo planejado e esquematizado na agenda. Acontecia de ela estar ali. Muitas vezes com os olhos rasos d'água pela tristeza que pisoteava seu peito ou tomada pelas lembranças dos carinhos e cuidados daquele paizão ausente que tantas vezes segurara a sua barra.

Laura ficou calada mais um tempo, passando a mão suavemente em seu próprio pulso. Parava, inconsciente, nas lombadinhas que tinham se formado ali, na pele. Queloides, cicatrizes deixadas pelo desespero. Olhando para as rugas no rosto do pai, as papadas que começavam a crescer, o cabelo já branquinho apesar do topete cheio, tudo compondo e acusando o açoite certeiro do tempo, deu um novo suspiro. O pai continuou calado e ela, mesmo sem resposta alguma, seguiu seu misto de confissão e desabafo.

— O nome desse meu amigo é daqueles que a mamãe gostava, nome de anjo. Miguel.

Ela pausou a fala e olhou para o armário do leito vizinho. Lá, repousava uma estatueta de um anjo com uma lanterna de vidro e fogo agarrada pela mão.

— Já contei que estou trabalhando na igreja do centro agora? Acho que não. Os cupins aprontaram umas boas por lá. Pelo menos eu e a Simoneca teremos trabalho até o fim do ano. Benditos sejam os cupins, pai.

Novo período de silêncio. Laura suspirou antes de continuar.

— Não sei se é por causa do Miguel ou por sua causa, papai, que eu resolvi esperar mais um pouco — disse, em tom mais baixo ainda, as palavras entremeadas por fungadas.

Agora Laura chorava. Ficou calada por mais de dez minutos, olhando fixamente para o pai. Às vezes tinha a impressão de estar falando com uma casca vazia e isso a enchia de medo e solidão. O tubo de oxigênio entrando pela narina do pai era o que o mantinha vivo. Desde o acidente vascular cerebral seu pai ia desaparecendo aos poucos, desvanecendo como um sonho bom. Ela tinha verdadeira fobia ao passar do tempo, a necessidade de ter de visitá-lo naquele estado. Tinha a impressão que mais dia, menos dia, quando entrasse no quarto, não encontraria mais nada em cima da cama a não ser o pijama, o lençol e o cobertor – mesmo que a enfermeira e o Dr. Breno dissessem que seu pai, de alguma forma, ainda estava ali. Saudável como um touro, seu pai nunca tivera nada na vida além de um resfriado corriqueiro ou uma incômoda dor de garganta. Nada de colesterol alto, nada de pressão alta nem diabetes. A única luta que o pai travara em nome da saúde tinha sido contra o vício do cigarro. Ainda assim, gabava-se, rindo com os amigos, dizendo que aquela tinha sido uma guerra preventiva. Sempre magro e ativo, sorridente e bem-humorado, um porto seguro de equilíbrio e alto-astral para atracar e pedir guarida em períodos de tristeza e depressão. Um dia, simplesmente do nada, aquilo. Um mal-estar, uma dor de cabeça chata, um corpo que não se levantou mais da cama. Um telefonema da faxineira, que ia, por sorte, toda quarta, avisando que o pai estava doente, esquisito, sem sair da cama, falando tudo embolado. Laura entrou em choque, achando que o pai estaria morto antes de ela chegar até a casa. Só conseguiu pensar em Dr. Breno, o dono do hospital onde o pai trabalhava nos últimos doze anos. Dr. Breno veio pessoalmente e foi ele quem diagnosticou e tratou da internação imediata do amigo. Foi justamente nessa época que Laura desmoronou uma segunda vez.

 A mulher enxugou as lágrimas sabendo que era isso que ele faria se estivesse desperto, ao seu lado. Mais uma vez ela encarava o pai e, sem se dar conta, alisava a cicatriz no próprio pulso. Não entendia como uns lutavam tanto para manterem-se agarrados ao fio da vida e outros, fracos como ela, entregavam-se de bandeja às teias da morte, de bom grado, de boa vontade, com todo desejo de ir-se embora para o outro lado do manto, e acabavam sendo regurgitados para essa existência que todos os conscientes teimavam em chamar de vida. Ela vinha perdendo as forças. Laura conseguia ludibriar a todos vestindo um sorriso ensaiado e desfilando com ele pela rua, pela padaria, entre os amigos de trabalho. Era mais fácil assim. Com um sorrisinho besta, ninguém notava o tsunami devastador corroendo e erodindo sua alma bem ali, dentro de seu peito. Queria que aquele sorriso na frente do espelho também a enganasse, forjando felicidade, mas não conseguia. E agarrava-se levemente à vida, esperando pelo pai. Tinha que ter certeza de que não iria desapontá-lo. O consolo e único remédio vinha sendo aquela nova e inesperada amizade com Miguel, que mais que um bom amigo era um bom ouvido. Miguel não a julgava nunca. Miguel não queria saber de seu passado, se ela tinha sido ou não culpada e nem sabia que ela um dia tentara acabar com a própria vida.

Capítulo 2

Marcel colocou a aspirina na boca e com um gole de café quente fez o comprimido deslizar garganta abaixo, já ouvindo mentalmente os protestos de Keyla, que dizia não adiantar nada usar remédio para dor de cabeça junto com café. Sorriu com o canto da boca e pousou a xícara ainda pela metade sobre a mesa enquanto apanhava o telefone celular que tocava.

– Grande Carioca! Novidades, irmão? – disse, girando a cadeira de couro, flexionando-a para trás e estendendo os pés sobre os armários cheios de livros de direito, técnicas de investigação particular e espionagem industrial.

Enquanto o colega de profissão falava, seus olhos encontraram um catálogo de quebra-cabeça que estava sobre a bancada; espichou o braço e o apanhou. Aquele era recente e ele nem tinha olhado direito. Curioso para ver as novidades, foi passando a vista de kit para kit enquanto a voz aborrecida de Carioca desfiava um choramingo sem fim. Marcel ergueu os olhos e bufou.

– Escuta, eu recebi o dinheiro da Moema só ontem, à noite ainda por cima. Já depositei.

Carioca continuou e ele tornou a olhar para o catálogo, depois olhou para a parede do escritório toda decorada com paisagens e monumentos conhecidos ao redor do mundo. Um olhar mais detido seria o suficiente para saber que não eram quadros, e sim quebra-cabeças montados e com as peças coladas, transformados em arte decorativa. Daí seria fácil deduzir também que este era o passatempo do rapaz de trinta anos que ocupava aquele escritório de investigações particulares.

– Carioca, Carioca, meu Deus do céu, deve entrar mais grana essa semana. Espera, saco. Estou rezando para cair alguma coisa grande como o trabalho da Noboro Softwares, trabalho de empresa é que dá dinheiro graúdo, não estou mais com saco para essas picuinhas conjugais. – Fez uma pausa e circulou dois quebra-cabeças do catálogo. – Eu sei, Carioca. Eu sei, meu chapa. Mas não estou só rezando, né? Tou correndo atrás também.

Dessa vez os olhos de Marcel foram para as nuvens além da janela. Manhãs de céu tão azul e limpo eram raras na cidade.

– Não, Carioca. Estou trabalhando, tou, sim. Nada de quebra-cabeças. Estou quebrando cabeça só com meus clientes e com quem eu tou devendo grana, você, no caso. Deixa eu desligar pra ver meus e-mails, vai ver entra algum negócio até o fim da semana. Abraço.

Marcel sorveu mais um gole do café ainda quente, desligou o telefone pensativo e, inclinando a cadeira para frente, devolveu o catálogo para cima da bancada. Quando virou-se para a mesa, o susto foi tão grande que derramou parte do café em sua calça jeans. Tinha um homem parado ali.

– Putz! Quer me matar do coração, meu irmão?!

O homem, de aparência bem distinta, trajando o que parecia ser um terno caro, marrom-escuro, rosto magro e vincado, aparência de uns setenta anos, tinha um aspecto frágil à primeira vista, mas era dono de um olhar penetrante e um garbo seguro, que conferiam firmeza e certa aristocracia reforçada pela bengala com empunhadura dourada e uma pasta de couro marrom-escuro.

– Lamento se o assustei, Sr. Marcel. Apareci em hora imprópria?

Marcel, além da primeira impressão capturada pela elegância daquele senhor, ainda percebeu um anel de ouro na mão direita, um antiquado e grande relógio também dourado no punho esquerdo. Sem sombra de dúvidas, era um homem bem colocado na vida.

– Se é dos meus serviços que precisa, de forma alguma, apareceu em hora bem oportuna.

O velho sorriu.

— Gostei de você, jovem. Gostei. Quem me indicou realmente sabia o que dizia. Agora...

Marcel inclinou-se para frente, já que o homem baixou um pouco o tom de voz.

— Diga-me, é verdade que o senhor é bem sigiloso?

O investigador levantou as mãos espalmadas.

— É claro que sou. Meu trabalho é justamente esse. Tudo o que faço pelos meus clientes é pautado pelo sigilo.

— Entendo. Contudo, ainda fico apreensivo.

— Ora, o senhor não aparenta ser um homem que teme. Não mesmo. Tem postura de conquistador. — Marcel tentou encontrar algum sinal de simpatia na face do sujeito, mas nada mudou. — Apesar de não notar uma aliança no seu anelar esquerdo, podemos dizer que é um problema com sua mulher? — perguntou, apontando para a cadeira de couro em frente à mesa.

O homem riu por uns três segundos. Uma risada curta e poderosa. Simpatia! Até que enfim!

— Não. Não, Sr. Marcel.

O investigador apontou a cadeira novamente.

— Prefiro ficar em pé. Meu assunto será breve, ainda tenho uma série de tarefas para cumprir até o pôr do sol.

— Como o senhor preferir, senhor... desculpe a indelicadeza, minha secretária não anunciou a sua chegada, ainda não sei seu nome nem em que minha empresa poderá lhe ser útil.

— Pois bem. Certamente há de ser útil. Meu nome é Joel e realmente o problema é com uma mulher, mas não a minha, nem tenho uma. Agora me acompanham apenas lembranças. Sou apenas um mensageiro do contratante que, nesse caso, prefere não identificar.

— Hum, entendo, Sr. Joel. Contudo devo avisar que meu escritório não trabalha com anônimos.

— Justo, muito justo, Sr. Marcel — tornou o velho, erguendo a maleta e apontando para o canto da mesa. — Posso?

– Claro.

– Não quero ser rude, mas garanto que dessa vez seu escritório vai, sim, trabalhar com esse anônimo. Posso dizer que tenho até certeza de que o senhor vai ficar muito, muito feliz em trabalhar assim.

Nesse instante, o coração do jovem investigador saltou no peito. Aquela inflexão de voz aplicada pelo cliente, somada aos dois volumosos maços de notas de dinheiro, retirados da valise junto a um envelope, desencadearam um jato de adrenalina em sua corrente sanguínea. Assim que o homem fechou a valise, Marcel notou um número oito gravado em baixo-relevo no couro, junto ao fecho. Sabia que tinha que ser perspicaz e rápido em seu olhar. Aquele sujeito não diria uma palavra a respeito de sua origem ou da origem daquele dinheiro, mas um pequeno sinal, um símbolo de agremiação, classe profissional ou empresa poderia ser muito eloquente nessas horas.

– Marcel, após conferir o generoso adiantamento e o conteúdo desse envelope, tenho certeza de que não teremos mais o que tratar.

Marcel sorriu.

– Café?

– Aceito, claro. Cairá muito bem para a ocasião. Tenho pressa, só isso.

– Ah, mas já está pronto e quentinho, é só servir e saborear – disse o investigador, virando-se para a bancada, apanhando a garrafa térmica e colocando-a sobre a mesa de madeira e vidro. Apanhou também duas xícaras limpas e o açucareiro.

Assim que terminou de servir o café, seu celular tornou a chamar. Sempre que um cliente entrava na sala, ele desligava o aparelho – não era de bom-tom interromper a entrevista preliminar que, via de regra, descambava para um tom de desabafo e passionais confidências. Apanhou o aparelho e fez um sinal para o velho, que ergueu as sobrancelhas, lançando um olhar altivo.

Um tanto constrangido, Marcel virou-se para a janela mais uma vez, atendendo a chamada. Era a voz de uma senhora.

– Ô, dona Tereza, bom-dia – debruça-se em direção ao vidro da ampla janela e em pensamento maldiz aquela senhora que interrompia em hora tão inoportuna. – Já falei sobre isso com o Carioca, tá bem?! Não posso falar agora, estou no meio de uma reunião. Desculpe desligar dessa maneira, mas nos falamos daqui a pouco.

Embaraçado, com um sorriso cínico no rosto, virou-se para o cliente.

– Perdoe-me a interrupção.

Contudo, o pedido de Marcel ficou no vazio. O investigador ergueu as sobrancelhas e fez um muxoxo. O homem não estava lá. Marcel acionou o ramal da secretária no aparelho da mesa e, crendo que o velho tinha voltado à recepção para lhe dar privacidade momentânea, pediu para Keyla que o convidasse a retornar.

– Quem?

– Esse senhor, Joel, que estava aqui agora. Diga que já terminei.

– Você bebeu, foi?

– Keyla, deixa de graça – reclamou, desligando.

Marcel sentou-se, apanhando os volumes de dinheiro e colocando-os na gaveta. Isso foi o suficiente para que soubesse que faria o serviço sem mesmo ter olhado dentro do envelope laranja. Seus dedos foram até ele e ficaram hesitantes por um momento. E se fosse o diabo comprando sua alma com aquele punhado de dinheiro? Tinha feito apenas um trabalho para um cliente misterioso, semelhante demais com o demônio para nunca mais querer trabalhar nessas condições. Pensava nessas coisas quando Keyla entrou na sala.

– Marcel, do que você está falando? Não tem ninguém na recepção.

O investigador deu um pulo da cadeira e foi até a diminuta antessala. Estava tudo lá. A mesinha ajeitada da secretária, um vaso branco, enorme e cafona, com uma palmeira de verdade para dar um toque natural à decoração. O banheiro com a porta aberta. Até o ridículo sapinho de pelúcia em cima do monitor do computador que por tantas vezes ele já tinha pedido à secretária para tirar dali, menos o velho.

– Ele estava na minha sala. Você não o anunciou, ele deve ter pedido. Conversava comigo, você não escutou a risada dele?

– Espera! Espera! Ninguém entrou aqui hoje, Marcel. Você pirou o cabeção.

– Quem pirou o cabeção foi você. Entrou um velho aqui, todo engomadinho, todo pinta de bacana, daqueles muito ricos, sabe?

– Só se foi assombração. Ninguém entrou, ninguém saiu. Só se foi fantasma.

O jovem sorriu.

– Então me diz o que é aquele envelope em cima da minha mesa e o dinheiro na minha gaveta?

– O Geleia ainda por cima pagou, é? Então paga o meu salário, que está atrasado há uma semana.

– Você jura por tudo que é sagrado que não saiu dessa mesa?

– Eu não preciso jurar nada. Não saí da minha mesa. Só saí um pouquinho, quando fui ao banheiro, a primeira vez para lavar as mãos, que melequei limpando essa mesa, e outra vez pra coisa que não te interessa.

Marcel suspirou. Era estranho, era bizarro, mas ao menos parecia plausível o que tinha acontecido. Fora isso, o dinheiro e o envelope estavam lá para provar que ele ainda não delirava.

– Não sei que tipo de araponga é você que não põe câmera no escritório – queixou-se a secretária baixinha.

– Ah, Keyla, não enche! – esbravejou Marcel, entrando em sua sala e batendo a porta.

A secretária deu de ombros e voltou para sua mesa enquanto a porta da sala do chefe era aberta apenas por uma fresta.

– E tem outra, ô nanica, araponga é a tua mãe.

Capítulo 3

Marcel conhecia o restaurante de nome, pois seus amigos costumavam comentar sobre as peculiaridades do local. Apesar de contar com uma decoração refinada, possuir vinhos caros em sua carta e ter um menu diferente a cada ano, também servia alguns saborosos petiscos e tinha um chope barato, o que o tornava frequentado por uma clientela bastante eclética que vinha não só da cidade como dos arredores para conhecer aquele bem-sucedido mix de bistrô com boteco. Não raro uma fila de espera formava-se na frente do estabelecimento.

Ao descer do carro, segurando o envelope alaranjado e trajando a sua jaqueta de couro da sorte, como ele a chamava, Marcel se dirigiu rapidamente para a frente do restaurante. Sondando a extensão da rua escura, notou que era uma noite de casa cheia. Outros estabelecimentos, de toda sorte e gosto, tinham as portas abertas e gente nova zanzando, buscando suas fachadas iluminadas como siriris em noites de verão. Um dos concorrentes anunciava forró ao vivo e, com efeito, a banda já fazia a zabumba e o triângulo estalarem, enchendo um pedaço da rua com a cadência gostosa do ritmo.

Olhou mais uma vez dentro do envelope. Apesar do sumiço, Joel tinha ao menos deixado instruções bem claras para o primeiro encontro com seu misterioso contratante. Na carta com instruções dizia que haveria uma reserva em seu nome, ali, no restaurante. Não havia telefone de contato nem identificações, o bom e velho estilo pegar ou largar. Marcel dirigiu-se à bela hostess, que confirmou a mesa em seu nome. Um educado maître acompanhou-o até o local indicado e pronto, estava ali, do jeito que detestava, esperando alguém que não conhecia.

Marcel coçou o queixo. Se o cara queria discrição, por que tinha escolhido um bar tão movimentado? Certamente o cliente nunca estivera lá e isso garantiria certo anonimato. Nenhum garçom engraçadinho iria fazer brincadeira e revelar alguma informação sobre o sujeito misterioso. Ninguém ia fixar o rosto de dois caras no meio de tantas outras pessoas. Fazia sentido. Talvez o figurão nem fosse da cidade, pensou. E se o sujeito tinha escolhido a mesa pessoalmente, acertara na mosca. Ficava no canto, à meia-luz, sem chamar a atenção. Marcel suspirou e passou os olhos pelo ambiente. As portas largas e o chão de piso frio próximo ao balcão realmente mantinham aquele espírito legítimo de boteco, mas a área do restaurante tinha piso de madeira, demarcado por uma faixa de mármore verde-escuro, com colunas e janelas enfeitadas com cortinas de tecido pesado. Quem diria que uma combinação maluca e ousada daquelas iria fazer tanto sucesso entre os frequentadores. As mesas ao redor eram ocupadas por casais, mulheres acompanhadas de outras mulheres, amigos, gente comportada que ria no meio da conversa, mas não levantava a voz. Meia dúzia de garçons flutuava entre as mesas, com mesuras e ares amistosos, distribuindo sorrisos e gentilezas. Marcel teve vontade de levantar e sair correndo dali. Ambiente mais escroto. Preferia sentar no balcão, pedir uma pururuca e matar uma Skol. Estaria bom demais. Olhou para as fileiras de talheres dispostos nas laterais do prato à sua frente. As porcelanas eram trabalhadas e decoradas com filetes dourados. Provavelmente pedir um X-tudo seria um crime ali, no lado chique.

– Posso lhe ser útil, senhor? – perguntou o garçom.

Marcel torceu o beiço e pensou dois segundos antes de responder.

– Pode me trazer um copo d´água, sem gelo, por favor.

O investigador continuou a reparar nos detalhes da casa, notando, inclusive, os ombros elegantemente expostos de uma morena sensual que acabava de sentar-se à mesa ao lado. Não demorou a sentir um perfume leve e adocicado chegar até suas narinas. Os olhos desceram pelos flancos da mulher e pararam em suas pernas, a pele clara contrastava com o vestido vermelho, escapando por um corte generoso na lateral. Olhou para o bar. Um dos barmen o encarava. Marcel disfarçou e continuou observando os frequentadores. Quando se voltou para o balcão, não viu mais aquele barman. Intrigante. Parecia que conhecia o sujeito. Divagava sobre isso quando escutou uma voz rouca e alta destoando das demais. Um mendigo bêbado acabava de entrar no salão pelo lado do boteco.

– Sua água, senhor.

Marcel fez um aceno rápido para o garçom e nem notou quando este se afastou. Seus olhos acompanhavam o novo personagem da noite. O bêbado era uma figura. Um homem que passara dos cinquenta anos e que não era exatamente gordo, mas tinha uma barriga enorme, certamente alimentada por muita cerveja, cachaça e porcarias com as quais devia se virar para viver. Tinha uma generosa barba grisalha cobrindo o rosto, usava uma roupa deplorável, camiseta tão costurada e recosturada com retalhos encardidos e monocromáticos que parecia um patchwork. Tinha, porém, um sorriso largo estampado no rosto e nada daquele comportamento agressivo, ressentido que alguns pinguços destilam por onde passam. Deveria ser mais um habitué do restaurante, posto que os garçons pouco deram atenção para a chegada e nem o segurança ao lado da porta que ficava junto ao balcão fez menção de dirigir-se ao sujeito para retirá-lo do recinto. Marcel sorria, mordido pela curiosidade.

O bêbado foi andando, cambaleou de vez em quando e precisou se apoiar num cliente e numa cadeira. Algumas pessoas desviavam, outras o cumprimentavam. Ele fez festa, deu gargalhadas pavorosas, magnetizando os olhares de todos na porção boteco e também de alguns que jantavam em suas mesas. Depois olhou para Marcel e se deteve um instante, levantou a mão e acenou para o investigador. Marcel retribuiu o gesto, mas olhou um segundo para os lados, dissimulando, como se estivesse prestes a chamar o garçom, pois sabia que se sustentasse aquele olhar e aquela demonstração de simpatia o pinguço viria voando como mariposa em direção à luz para pedir-lhe uma bebida ou uma esmola.

Quando Marcel tornou a olhar para o sujeito, ele continuava perambulando pelo salão, e então parou em frente a uma mesinha ocupada por um sujeito solitário, cabisbaixo, visivelmente acabrunhado, encolhido e curvado sobre os ombros. Dava para sentir o cheiro da tristeza esparramando-se de seus poros e espalhando-se por aquele canto escuro.

– Ei, fio – chama o bêbado.

O rapaz sombrio apenas ergueu os olhos da bebida para o mendigo.

– Tá tristão aí, né?

O incomodado voltou a olhar para sua bebida, ignorando categoricamente o bêbado.

– Você tem que se alegrar mais. Tem que dar risada da vida, sabe? Se não é a vida que dá risada de você.

– Tô me lixando pra vida, velho.

– Que isso? Se lixando? Olha só pra você, dentro dum bar chique desse, cheio de mulher bonita. Tem que dar risada, tem que se alegrar.

– Não tô a fim – retrucou.

– Virgê, assim você tá parecendo um zumbi. Num tô a fim! Zumbi. É. Parece zumbi, mesmo. Ô Ricardão! – berrou o bêbado para um dos barmen. – O moço aqui tá parecendo zumbi, olha o jeito mortão dele.

Para a surpresa de Marcel, os garçons e barmen limitaram-se a rir da situação, sem socorrer o cliente visivelmente incomodado com o intruso.

– Cara, sai daqui, vai! – reclamou o rapaz. – Eu não tô num bom dia para ser palhaço de ninguém, não. Some!

– E quem foi que disse que o palhaço é você? A estrela da noite aqui sou eu. Eu sou o palhaço – retrucou o bêbado, cambaleando um pouco para a direita, tentando olhar para o rosto do entristecido. – Vou contar uma piada pra você. Cê dá licença?

– E eu tenho escolha? – reclamou o moço, erguendo os ombros.

O bêbado riu alto e apontou o dedo indicador para o rapaz.

– Agora, sim. Seu humor tá até melhorzinho. Tá até fazendo piadinha. "E eu tenho escolha?" – arremedou o bêbado, imitando grotescamente o levantar de ombros do rapaz.

O balcão explodiu numa risada conjunta. Funcionários e freguesia divertindo-se com o jeito do mendigo.

– Agora chega! Ô Ricardo! Tira esse sujeito daqui, faz favor.

Os funcionários continuaram suas atividades, barmen abrindo mais cervejas, tirando outro chope, garçons levando porções e trazendo pratos sujos.

— Calma. Calma. Vamos fazer um trato. Eu conto a piada, cê deixa eu contar... Daí, se você não gostar nem um tiquinhozinho assim – fez um sinal com o dedo –, eu vou embora. Eu pico a mula. Desapareço no meu barraco.

O rapaz, vendo que o bêbado não desistiria facilmente, esfregou a cara com as mãos, afastou o copo de sua frente e ergueu o queixo.

— Conta logo essa desgrama de piada, mas conta logo mesmo!

— Eba, é assim que eu gosto.

Naquele momento, o ambiente já tinha sido tomado por um tipo de hipnose coletiva, ninguém mais falava alto, ninguém mais olhava para outro lugar que não o ponto onde estava o bêbado, que, com ares cênicos, alisou a barriga e ergueu a bainha da calça invocando um ar de gente mais importante, pigarreando um bocado para limpar a garganta. Até mesmo os garçons pararam de atender. Um deles, com um prato de comida na bandeja, interrompeu a marcha. Outro encostou no balcão e relaxou. O dono saiu de trás do caixa do bar para dar uma olhada, erguendo os óculos fundo de garrafa e dando a entender que aquilo era cena corriqueira no estabelecimento, como se estivessem prestes a ver a apresentação de um grande artista. Nem mesmo Marcel pensava, naquele instante, na importância de sua ida até ali, no seu esperado cliente, absolutamente tomado pelo inusitado daquela situação.

O mendigo bêbado olhou para os lados e, percebendo que já tinha a atenção de sua plateia, fez uma firula e começou a contar a piada.

— Escuta só. O cidadão chegou na casa da mulher e fez o seguinte... – andou com passos de caubói e parou na frente de uma porta invisível, batendo com a mão e fazendo um toque-toque com a voz.

— Pois não – imita a voz de uma velha.

— Señora, yo soy paraguaio, vim para matar-te! – sentenciou com voz autoritária, carregado no sotaque castelhano, fingindo repousar as mãos em revólveres em coldres invisíveis.

Tornando a fazer a voz da mulher, fingiu olhos arregalados de surpresa.

– Para... o quê?

– Yo disse que soy paraguaio, señora, vim para matar-te!

Novamente fingiu horror.

– PARA... o quê?

– PARAGUAIO, señora!

Todos no bar tinham parado para ouvir, deixando seus aperitivos e refeições por um instante, e ficaram olhando para o bêbado, esperando que a piada não tivesse terminado ali. No entanto, um silêncio cortante perdurou.

Marcel repassou a piada mentalmente. Um sorriso involuntário brotou em sua boca, mas segurou o riso para ver no que aquilo ia dar.

O cliente cabisbaixo manteve o queixo erguido e ficou encarando o bêbado por um momento. Suspirou profundamente, olhando para as outras pessoas do salão. A grande maioria mantinha os olhos fixos nele. Nenhuma delas, nem mesmo o bêbado, sabia o que ele estava fazendo ali, naquela mesa de bar. Secretamente, corroído por um sentimento de derrota brutal, tinha sentado ali e pedido uma bebida, cogitando verdadeiramente a hipótese de pegar o carro e entrar a duzentos por hora na rodovia Castelo Branco na contramão. Colocaria um fim em sua vida. Agora aquilo. Um completo estranho estava parado na frente da sua mesa e com uma piada estúpida tentava animá-lo. O rapaz sentiu um par de lágrimas brotar em seus olhos enquanto o bêbado balançava, tentando ficar parado no mesmo lugar.

– Paraguaio! – gritou o bêbado. – Entendeu? Ah! Ah! Ah! Paraguaio, vê se pode uma coisa dessas.

O rapaz abriu um sorriso largo, que num instante se contaminou com a risada do mendigo e transformou-se numa gargalhada. Levantou-se e começou a aplaudir o bêbado, sendo logo seguido por todos, que acompanharam com aplausos e assovios a vitória do mendigo.

Marcel sentiu uma certa eletricidade percorrer o ar e acertá-lo em cheio, fazendo os pelos de seus braços se levantarem. Riu abertamente, não da piada, mas do episódio. Era incrível ver como o jovem de expressões tão sombrias tinha mudado num instante. Antes cercado por uma multidão de pessoas sorridentes e alegres, parecia um fantasma afundando numa cova em forma de mesa de bar. Agora, acudido por um mendigo, parecia encher-se de luz.

O bêbado inclinou-se perto da orelha do rapaz e cochichou:

– Agora você me paga uma biritinha?

– Claro, seu folgado. Senta aí, pede o que quiser. Pede um treco pra comer também, se fica só na cana vai morrer cedo.

– É assim que se fala, nego.

– Você já jantou?

Marcel tomou o último gole d'água e olhou para o relógio do restaurante. Seu contratante estava atrasado. Coçou o queixo um segundo. Detestava aquela sensação de estar em campo aberto, desprotegido, em território inimigo. Quando começava um trabalho, em geral, sentia-se o caçador, e não a presa. Tinha começado aquele caso com o pé esquerdo. Maldita hora para estar quebrado e precisando de dinheiro. Agora estava ali, numa mesa, à mercê do destino. Talvez fosse uma boa ideia levantar e partir.

Capítulo 4

Laura estava compenetrada no trabalho, limpando a face de um querubim no imenso painel entalhado em madeira fixo no alto da igreja. Sua mão deslizava com delicadeza sobre a peça. Passava uma esponja com suavidade. Junto à orelha do querubim, notou que descolava-se uma minúscula lasca. Então apanhou uma pequena pinça em sua maleta de ferramentas e moveu-se devagar, evitando balançar o andaime, até alcançar a lasquinha, e terminou por depositá-la dentro de uma pequena caixa plástica destinada a amostras. Com aquele pedaço de tinta seca de um século atrás conseguiria determinar o material e a tonalidade original usados pelo artista na concepção daquele afresco.

Sua amiga e sócia Simone, que trabalhava do lado oposto do altar, olhou para o relógio de pulso e soltou uma bufada.

– Duvido que Michelangelo tivesse que fazer serão – reclamou, enquanto alongava a coluna, colocando as mãos nas costas, na altura do quadril. – Tô cansada. Por hoje chega. Já era. Boa-noite, querubins, boa-noite seu Papa.

– Estou terminando também, amiga. Consegui outra amostra aqui desse lado agora mesmo.

– Já não era sem tempo.

– Pois é. Quem foi que disse que ia ser fácil, né? Já vou descer.

– Ai, que bom. Assim saímos juntas. Esses corredores escuros me dão calafrios.

– Para de bobagem, Simone. Isso aqui é igreja. Não é castelo assombrado.

— Mas esses rostinhos, espalhados às dezenas, parecem que estão me vigiando, um Big Brother do além. Credo!

— São tão bonitinhos. No que depender de mim, os cupins vão dar uma trégua e eles continuarão fofinhos por muitos e muitos anos — brincou a restauradora, passando a mão com a luva sobre o nariz de um deles.

— Eles têm uma cara de felicidade, né?

Laura fez uma pausa e ficou olhando para a face do querubim. O rosto angelical e infantil trouxe lembranças que ela procurava evitar.

— Alguém tem que ser feliz nessa vida, ora.

— Iiiii. Não gostei.

— Do quê? — perguntou Laura, fechando a caixa de ferramentas e começando a descida pela estrutura.

— Dessa sua respostinha aí. Tá com cheiro daquelas suas observações deprês.

Simone também fechou sua maleta de trabalho e começou a espalmar a poeira da calça jeans.

— Não vejo por quê.

— Você estava indo tão bem com a conversa de querubins bonitinhos e fofinhos que eu até estranhei.

Laura chegou ao chão. Ficou encarando a amiga e balançando a cabeça.

— Esquece, Laura. Quer saber? Vamos sair daqui agora, passar um batom na boca e seguir para o Magal. A festa de aniversário da Fernanda vai ser lá. Tenho certeza de que se o Palmeiras ganhou o lugar vai estar cheio de gatinhos, com aquelas bundinhas redondinhas e fofinhas, iguais às desses querubins.

Laura arqueou a sobrancelha direita e torceu os lábios.

— Sabia que você não pode falar "bundinha" aqui dentro da igreja?! Está no contrato que assinamos com o padre.

— Ué, não sei o porquê disso. Cristão não tem bundinha, não?

Laura riu da amiga e lhe deu um tapinha nas costas.

— Para!

— Você tem que sair, se distrair, amiga. E a hora é essa. Chega de gastar suas horas vagas só com o seu novo amiguinho lá dá praça. Tem que sair comigo também, já tou com saudade.

Simone apanhou a maleta e a blusa e foi em direção à porta.

— E vamos logo, que ainda tenho que passar em casa. Ninguém merece ir catinguenta para a balada. A gente se encontra lá, ok?

— Também vou tomar banho antes, me ajeitar. Ficar bem linda.

— Faz bem. Mas só um aviso. Não jogue seu charme gótico para cima do meu Danilo. Além de mim você não vai encontrar ninguém para restaurar o que vai sobrar da sua cara.

As amigas riam enquanto cruzavam o corredor longo e escuro da igreja, rumo ao estacionamento vazio.

Capítulo 5

Marcel tomava a terceira garrafa de água e a cadeira começava a ficar desconfortável. Marcel só parava quando estava diante de um de seus kits de quebra-cabeças. Aí sim, ficava quieto, às vezes por horas. Mas até mesmo o catálogo que tinha trazido no bolso da sua jaqueta da sorte já tinha sido revirado umas quinhentas vezes naquela mesa e perdera a graça. Pensava se quebraria seu estrito protocolo e pediria um destilado para aquecer a noite quando um sujeito parou bem em frente à sua mesa.

– Marcel? – perguntou o homem, apontando para a cadeira em frente ao investigador, abrindo um largo sorriso.

Marcel não escondeu a surpresa com a chegada abrupta. Ficou calado por uns três segundos antes de responder, esquadrinhando aquele homem de blazer cinza e calça jeans, bem mais discreto que o modelo do velho que o tinha visitado pela manhã. Contudo, por alguma razão, Marcel sabia que aquele homem era importante. Ele não era só o cara do dinheiro, não era só o chefe do Joel. Aquele homem exalava algo de confiança e afabilidade. Possuía um cabelo negro volumoso, com uma franja correndo diagonalmente, cobrindo-lhe parte da testa. Tinha uma certa idade, mas os ombros largos e a postura firme lhe garantiam um aspecto de garotão. Curiosamente, seus traços eram familiares. Marcel chegou até a formar um nome na boca, mas acabou perdendo-o. Aquele sujeito era conhecido ou já o tinha visto durante algum trabalho. Era bem provável, uma vez que o visitante da manhã mencionara uma indicação.

– Já nos conhecemos? – deixou escapar automaticamente.

O homem sentou e olhou Marcel nos olhos.

– Eu te conheci, rapaz, mas acho pouco provável que me conheça.

– Presumo que o senhor tenha um nome...

Marcel jogou a frase, que o homem respondeu depois de reclinar o corpo para trás e colocar a mão direita dentro do blazer cinza para tirar uma delicada cigarreira prateada. Gravada nela, havia a mesma marca em forma de oito que Marcel viu na valise do velho Joel. A marca não tinha nada de excepcional, mas a suavidade de seu contorno garantia que se tratava do mesmo artista, do mesmo traço.

– Se importa? – perguntou o cliente, abrindo a cigarreira e tirando um cigarro.

– Sem problemas. Os pulmões são seus.

O homem riu.

– Fique tranquilo, amigo. Você será pago antes de eu morrer... e garanto que não vou morrer disso aqui. Minha passagem derradeira foi comprada numa outra classe. Isso aqui é só uma distração.

Marcel puxou a cadeira que estava ao seu lado e retirou o laptop. Abriu-o sobre a mesa e apertou o botão de iniciar quando a mão do cliente fechou o aparelho.

– Primeiro deixe que eu fale. Depois você poderá ligar isso aí – disse, enquanto acendia o cigarro.

Marcel tornou a erguer a tela do laptop.

– O negócio é que eu gosto de ir anotando as coisas que são importantes, senhor sem nome.

O homem voltou a fechar o aparelho, com suavidade dessa vez.

– Calma, Marcel. Calma. Primeiro deixa eu te contar o caso. Deixa eu te conhecer. Ainda não sei se você vai trabalhar para mim.

– Uau. Não sabe? Com o adiantamento que você me deu, parecia estar bem interessado em mim.

– E estou. Quero saber se você estará interessado nela e no meu caso. Preciso te conhecer melhor, você precisa me conhecer melhor.

– Desculpe, mas não é assim que funciona. Eu sou um profissional de investigações, sigilo e espionagem, não sou funcionário do Club Med. Ou você quer meus serviços ou não quer. Não precisamos nos tornar íntimos para isso.

O cliente deu uma tragada longa e cerrou os olhos, mirando profundamente o investigador. Um sorriso brotou no canto de sua boca. Depois seus olhos se desviaram para a mesa onde estava o mendigo e o rapaz reanimado. Conversavam e riam. O bêbado tinha chamado a atenção de uma porção de gente do balcão ao começar outra piada, mas agora falando com um tom de voz mais baixo.

– Curioso, isso, não é, profissional? – perguntou apontando para a mesa com um meneio de cabeça.

– Pode apostar.

– Um mendigo bem recebido na mesa de um bar. Não é todo dia que eu vejo isso.

– O alvo é uma mulher?

O homem de blazer cinza apagou o cigarro e voltou a olhar para Marcel.

– Isso. É "a" mulher. A mais importante para mim. Ela é simplesmente a razão da minha existência aqui nesse planeta. A razão de eu estar aqui, vivo, nesse mundo. Não fosse por ela...

– Profundo, hein. Agora, me diz uma coisa, acha que ela está te passando para trás?

– Estou preocupado com ela, sabe?

– Não. Ainda não sei de nada, senhor mistério.

Apesar do sarcasmo de Marcel, o homem deu um novo sorriso e balançou o dedo indicador esquerdo na direção do investigador.

– Quero que você se envolva, descubra tudo. O porquê de ela estar tão para baixo ultimamente e também quem a está deixando assim.

– Tenho os meus métodos, senhor. Me envolver, definitivamente, não está na minha cartilha.

O homem acendeu outro cigarro.

– Diga-me, como ela é?

O cliente enfiou a mão no paletó mais uma vez. De lá saiu um envelope alaranjado, semelhante àquele que Marcel recebeu de manhã.

O investigador abriu o envelope e puxou uma dúzia de fotografias 15 X 21. Close-ups do alvo, fotos dela numa praça, fotos dela numa festa, mais close-ups.

– Bonita ela. Muito bonita. Trinta e nove, quarenta anos?

– Trinta e dois, trinta e três no mês que vem. Só está um pouquinho maltratada, estressada – o homem soltou uma nuvem de fumaça, fazendo o investigador recuar alguns centímetros. – Apesar de todos os problemas, ela continua linda. Cheia de vida. Trabalha perto de casa. Não tem carro. Órfã de mãe. O pai... bem... o pai foi internado já tem uns meses. Teve um derrame... uma coisa dessas, lamentável. Principalmente porque eles eram muito chegados, como tem que ser, né?! Isso a deixou bem pra baixo, sabe? Muito pra baixo. Foi depois disso, do pai quase ir para as cucuias, que a coisa toda começou. Todo dia ela se encontra à tarde com esse cara. Um cara esquisito. Não sei o que ele quer com ela. Não tenho ideia. Mas ela continua triste. Dá dó ver uma mulher linda dessas passar os dias do jeito que ela passa. Chora o tempo todo. Seu rosto está perdendo o viço, está com cara de mais velha.

O homem fez uma pausa para outra tragada e mirou o investigador nos olhos, apontando-lhe com o cigarro.

– Quero que você descubra quem é esse cara e o que ele tanto quer com ela. Todo santo dia ele dá um jeito de se encontrar com ela. Dava, né?! Agora é ela que o está buscando. Escapa do trabalho pra ficar com ele. Não sai com as amigas, mas sai com ele. Não tô gostando disso. A atenção dela está no homem errado.

– Onde se encontram?

– Num parque; ficam numa pracinha, aqui perto, inclusive.

– Uma coisa.

– Sim.

– E o nome dela? Da mulher.

– Laura. O nome dela é Laura.

Capítulo 6

Marcel sentou-se do outro lado da praça. Escolheu um canto discreto. Um banco de concreto debaixo da sombra de um salgueiro, o pipoqueiro há poucos metros, crianças correndo na direção do parquinho. Fingia ler uma revista, mas na verdade seus olhos eventualmente passavam pela fotografia de Laura colocada entre as páginas da revista. Segundo o cliente, o bairro era aquele, o horário era aquele e a praça era aquela. Agora o rapaz experimentava um pouco do nervosismo que sempre o apanhava no início de um trabalho de investigação. Traçar um perfil do alvo, garantir uma aproximação segura, contato direto só em último caso. Olhou ao redor procurando outros pontos de observação para aquela praça. Até que era bem provida de bons lugares. Tinha um bar na esquina, com cadeiras na calçada. Perto do bar, um hotel com sacadas viradas para a praça, uma videolocadora, um posto de gasolina, sem falar nos melhores e muitos bancos ao redor daquela área recreativa. Pensava nessas coisas quando viu que ela se aproximava. Parecia que tinha saído da lanchonete na esquina oposta a que estava sentado agora. Apesar dos óculos escuros, era ela. Sabia porque sentiu aquela eletricidade quando bateu os olhos nela. Um frio na barriga. Aquele que sentimos quando vemos nossa paixão caminhar em nossa direção. Mas o caso não era paixão, era trabalho. Marcel sempre sentia aquilo na barriga quando encontrava o alvo pela primeira vez. Alguma coisa de adrenalina, não importando se seria uma observação completamente passiva e provavelmente enfadonha. Mas era assim nos primeiros dias. Naquele caso ainda tivera sorte. O cliente dissera que Laura sentava sempre no mesmo banco, no mesmo lugar. Só precisava descobrir que lugar era esse para então estabelecer o melhor ângulo de observação.

Laura trazia um saco de papel na mão e um refrigerante em lata na outra. Escolheu um banco próximo ao parquinho onde as crianças brincavam sob os olhares atentos de mães, pais e babás que zanzavam ao redor dos brinquedos de madeira. Sentou-se e tomou um gole do refrigerante. Seus olhos passaram pela praça, Marcel sentiu um frio na espinha ao notar que ela olhava para ele. O investigador manteve os olhos fixos na revista, como se estivesse totalmente alheio ao redor, absorto por um artigo. Suspirou aliviado quando ela continuou virando a cabeça. Não estava interessada nele, estava apenas observando ao redor. Notou que ela agora tinha detido os olhos nas brincadeiras das crianças. A mulher tirou do saco de papel um lanche feito com pão de forma, provavelmente um sanduíche natural; desembalou-o enquanto sorvia alguns goles do refrigerante pelos canudos azuis. Ela sorria enquanto olhava para as crianças. Isso durou poucos segundos, então baixou a cabeça e seu olhar ficou perdido por alguns instantes. No banco logo em frente a Laura sentou-se uma moça com um bebê no colo. A moça, com presteza, deitou o bebê em suas pernas, enquanto desceu um lado da larga blusa roxa de algodão. Retomou o bebê e colocou o seio esquerdo para fora, já com a cabeça do filho tapando seu colo. Começou a amamentá-lo. Laura parecia hipnotizada por aquele ritual. Marcel, com sua natural agilidade, conseguiu fazer duas fotos de Laura nesse momento, baixando logo o pequeno aparelho fotográfico entre suas pernas e a revista, que voltou a folhear. Assim que virou a página, o rapaz sentiu aquele desconfortável gelo no estômago mais uma vez. Havia alguém parado a seu lado, a coisa de três metros de distância. A fim de não estragar seu anonimato e não despertar estranheza, manteve-se olhando para a revista, observando o sujeito pelo canto dos olhos. Sabia que era com ele que seu caso se desdobraria, um senhor de meia-idade que olhou para o banco que Laura ocupava e começou a caminhar, pisando suavemente sobre a grama e chegando ao caminho de cimento. Ia em direção a ela. Laura também notou a aproximação do sujeito e, ao enxugar uma lágrima e abrir um sorriso, confirmou as suspeitas do detetive. Marcel observou o abraço apertado que ela deu no homem. Um abraço demorado e afetuoso, daqueles que não deixam dúvidas de que a pessoa é bem-vinda.

Assim que o homem se sentou, o investigador baixou os olhos para a revista, permanecendo na posição por um bom tempo, fingindo que lia atentamente a matéria. Depois de alguns minutos, estando certo de que sua presença já tinha se amalgamado ao cenário geral da praça, ergueu os olhos na direção do parquinho e foi para perto do banco dos amantes. Laura estava com a cabeça encostada no ombro do homem enquanto ele afagava carinhosamente seus cabelos. Olhavam para o nada e falavam bastante. Marcel ergueu novamente sua pequena câmera digital e apontou-a na direção dos dois, fazendo vários disparos, e depois tornou a escondê-la junto à perna. Ficou olhando para o casal. Agora a mulher chorava e o homem falava coisas com um sorriso no rosto. Ele tinha a pele morena, vincada, típica de quem trabalhou muito sob o sol a vida toda. Era um sujeito forte, mas não era grande. Tinha os ombros largos, um sorriso largo e, embora com cinquenta e poucos anos, ainda possuía bastante cabelo. Vestia-se de forma discreta, trajando uma calça jeans clara e uma camisa verde. Ele se virou para Laura e, ternamente, secou suas lágrimas, demorando-se com os dedos em seu rosto pálido e delicado. Ergueu o queixo dela e deu-lhe um beijo no rosto. Ela sorriu. Laura virou-se subitamente, juntando a embalagem do sanduíche e a lata de refrigerante e jogando tudo na lixeira próxima. Despediu-se do homem com um abraço mais apertado do que quando o recebeu. Ele tornou a se sentar e a observá-la indo embora. Marcel também acompanhou Laura com o olhar. Mulher bonita, corpo bem-feito. Suspirou e voltou os olhos para a revista, vigiando o sujeito pelo canto do olho, por baixo de seus óculos escuros. Viu quando o homem do outro lado parou de olhar para Laura e o largo sorriso em sua boca desapareceu, dando lugar a uma expressão fria. Seus olhos rodaram ao redor da praça. Ficou sentado por mais um minuto inteiro e então levantou-se, de súbito, caminhando para uma esquina e desaparecendo entre as pessoas. Marcel guardou uma má impressão daquele sujeito, que parecia tão cordial num instante e, repentinamente, sombrio no seguinte. Certamente Laura não conhecia essa faceta daquele Don Juan de quinta categoria.

Marcel aguardou cinco minutos até levantar-se dali. Atravessou a rua e olhou para a marquise do prédio em frente à praça, alinhado com o banco em que o casal passara alguns minutos. Agora, com alguma informação, a coisa ia ser fácil. Terminaria logo com aquele trabalho e deixaria seu pagador satisfeito. Entrou no prédio e dirigiu-se ao balcão.

– Bem-vindo ao Hotel Califórnia, senhor.

– Escuta, me diz se tem um quarto no terceiro andar com sacada virada para essa pracinha charmosa aí.

O rapaz acessou o sistema do hotel e, olhando para a tela do computador, abriu um sorriso.

– Certamente, senhor.

– Faça meu check-in, por favor.

Capítulo 7

O delegado Rogério encheu uma caneca com café preto quase até a boca. Ainda carregava sua pasta quando entrou em sua sala pela primeira vez naquele dia. Antes que pudesse deixar a pasta na mesa, tomar o primeiro gole de café e fechar a porta, já havia alguém no batente esperando sua atenção.

Rogério colocou a pasta sobre a mesa e finalmente sorveu o líquido fumegante enquanto olhava para Alan, que tinha a expressão fechada, demonstrando nítido desagrado. Alan só não entrara porque uma das poucas chatices de Rogério era a regra de que todo santo empregado daquela delegacia deveria esperar até que o chefe mandasse entrar.

O delegado pousou a xícara na mesa, tirou o paletó azul-marinho e o pendurou em sua grande e confortável cadeira de couro. Coçou a cabeça calva e fez um sinal para que o investigador da Polícia Civil entrasse e sentasse.

Alan se aproximou, olhando fixamente para Rogério e depois apontando para o lado de fora.

— Por que toda droga que esses caras inventam acaba estourando no meu rabo?

— Não começa, Alan. Não começa. Se tem uma coisa que eu detesto é policial meu entrar aqui nervosinho e querendo dar uma de santo.

— Eu só não entendo por que depois de toda merda que acontece no nosso distrito é logo em cima de mim que todo mundo cai.

— Não sabe? Talvez se você não fosse suspeito de quatro homicídios, quatro execuções, talvez você não fosse o primeiro a ser apontado quando se encontra uma carcaça fedendo a carniça dentro de um latão de lixo.

Alan balançou a cabeça negativamente e bufou.

– De santo você não tem nada, negão. Eu já tinha te cantado a bola. Não venha aqui fazer caras e bocas depois da presepada estar toda armada. E eles não estão de brincadeira, não, Alan. Chegaram aqui já sabendo de um monte de coisas. O pedido veio de cima, nem adianta choramingar que dessa vez eu não vou poder te colocar debaixo da asa.

– Não quero que você me ponha debaixo da asa, Rogério, só quero que você a mande embora, só isso. Tenho mais o que fazer do que ficar com uma babá na minha cola.

– Acontece que eles não querem nem saber se neguinho que rodou era da pior escória da cidade. Hoje não tem mais essa. Nem pediram minha opinião dessa vez.

– Mas é você que manda aqui, Rogério, ou não manda mais? Já esqueceu o que essa cambada fez com a Amanda?

O delegado riu pelo canto da boca e tomou outro gole do café.

– Hum. Não vem dar uma de engraçado aqui, não, meu filho. Isso é coisa da Corregedoria. Quando não tem acerto, quando não tem conversa, é porque a bosta é pra valer, tem prefeito ou governador no meio, Disque denúncia, coisa do tipo. O fantasma da Amanda não vai tirar o seu da reta dessa vez.

Alan passou a mão pelo rosto. Estava claramente nervoso.

– Garoto, você sabe que eu nunca fui contra você. Não fico te perguntando quem foi nem como foi. Eu sei como esses vagabundos podem ser o rascunho do capeta, tinhosos, coisas-ruins, não precisa me lembrar do seu caso. Por mim enterrava malandro de pé, pra não ocupar espaço. Mas quem veio te cobrar não fui eu nem o secretário, foi a Corregedoria. Você aprontou?

– Não, Rogério. Tô limpo, caramba.

– Então pronto, não tem por que esquentar a cabeça. Amanhã, quando ela chegar, vai te fazer perguntas, vai te encher o saco, vai duvidar de você, mas se você não aprontou, não tem nada a dever. – O delegado fez uma pausa e tomou outro gole de café, ficando com o olhar meio perdido no calendário da parede. – Agora seja macho para aguentar as consequências. Se dessa vez você for afastado, será por ela, e não por mim.

Capítulo 8

Marcel reclinou a cadeira de couro para trás. Respirou fundo enquanto esperava o notebook iniciar o sistema. Seus olhos foram para além dos vidros da janela. A lua cheia brilhava alta no céu sem nuvens. Lembrou das pescarias na represa ao lado da casa do pai. Todas as férias de verão de sua infância, até o começo da adolescência, foram passadas no interior, com o pai. O seu velho era um cara fechado, na maioria das vezes de pouca conversa, principalmente quando tinha gente em casa ou estavam em lugares cercados de parentes. Se iam ao cinema, ficavam a sessão inteira calados; só conversavam a valer quando deixavam a sala de projeção e sentavam numa lanchonete para bater papo sobre o filme, trocar impressões. Mesmo quando era um garoto de oito anos, o pai conversava com ele como se fosse com um adulto. Disso Marcel sempre gostou. Quando estavam na beira da represa, pescando, o pai também virava um tagarela. Nada daquele papo de que barulho espanta peixe. O pai falava pelos cotovelos enquanto pescavam, abandonando completamente o ar sisudo engravatado que usava de segunda a sábado trabalhando na contabilidade da empresa. Ficavam horas conversando sobre nada. Marcel adorava aquelas recordações. Tanto que abriu a gaveta só para puxar um retrato que algum tio fez deles dois, pai e filho, num atracadouro de madeira, segurando juntos e sorridentes um dourado gordo e pesado. Olhar para aquela fotografia sempre o levava para um lugar em que podia sorrir, e com efeito sorria. Era mágico e divertido.

Marcel pôs o retrato dentro da gaveta, fechou-a e olhou para o notebook. Hora de trabalhar e deixar as coisas ajeitadas para a próxima abordagem a Laura e seu misterioso namoradinho. O detetive inseriu o cartão de memória de sua câmera no leitor do aparelho e logo miniaturas das fotografias tiradas à tarde começaram a brotar em seu monitor. Marcel selecionou a primeira, ampliando o delicado e pálido rosto de Laura na tela do computador. Observou-a por um longo período. O alvo era uma mulher triste. Não era só aquela lágrima descendo pelo rosto vincado que falava ao detetive. O rosto da mulher exibia sinais, uma aura de abatimento e abandono. Pele pálida, olhos fundos e olheiras escuras. Aumentando a imagem, Marcel via que as bordas das narinas estavam marcadas por pequenas ulcerações. Se a moça não estava resfriada, certamente andava chorando demais e usando toalhas de papel tão repetidamente que, por abrasão, deixavam a ponta do nariz em carne viva. Marcel mordiscou os lábios e mais uma vez reclinou-se para trás. Talvez ela já desconfiasse das suspeitas do seu cliente para com sua conduta questionável no parque. Se ele tinha contratado um investigador, Marcel sabia que o cônjuge traído iria cedo ou tarde querer armar flagrante, mas para isso precisaria de provas e ali estava Marcel, fotografando e investigando em surdina. Toda mulher conhece seu marido, ou pensa que conhece. Talvez Laura temesse pela integridade de seu novo parceiro e por isso se debulhasse em lágrimas, ou a tristeza poderia advir do fato de ela não querer largar o marido e perder uma hipotética vida confortável, com casa, comida e roupa lavada. Era cedo para que ele soubesse os motivos daquelas lágrimas e daquela tristeza avassaladora e aparente, mas os segredos de Laura não durariam muito mais. Marcel descobriria tudo o que tinha para descobrir e daria o fora. O desfecho de mais uma separação de corpos, contenda litigiosa e todo o clássico desenrolar mundano não lhe cabiam e pouco interessavam. Queria ser pago, só isso.

 O investigador clicou em um dos comandos do programa, avançando as fotografias. Era hora de dar uma olhada no sujeito que se encontrava com Laura no parque. Um homem chegando aos seus cinquenta anos, pele morena, vestido de forma regular, nada que chamasse a atenção. Por que se encontravam todos os dias num lugar público? Havia casais que vacilavam. Marcel já tinha visto de tudo um pouco em seu ofício. Encontros de amantes nos lugares mais absurdos, logradouros que mais serviam para alimentar a libido do que a prudência. Alguns eram inventivos como o diabo para não levantarem suspeitas, engendrando métodos e desculpas irrecusáveis para se ausentarem por algumas horas do escritório ou de casa, mas, via de regra, observando a vida alheia, o investigador notava frágeis seres humanos. Alguns realmente faziam algo que lhes dava um pouco de prazer na vida ou um certo alento, mas cedo ou tarde, cansados das tramas, acabavam como Laura e seu amigo, baixando a guarda e pouco se importando se a cidade inteira estava assistindo a seus encontros indecorosos. Mergulhavam nessa ciranda de pessoas insatisfeitas que buscavam saciar seus desejos, voltando para o fim da fila a cada conquista, a cada beijo roubado ou anel comprado. Marcel acompanhou muitos contemporâneos existindo, vagando entre as horas do dia embriagados por essa luta que era viver, viver impelidos pelo desejo e pela satisfação que os colocava em eterno conflito. Ora homens queriam mulheres e depois mais mulheres, ora as mulheres queriam homens e, depois de se refestelar, queriam outros homens. Todos obedeciam a seus instintos e, por obedecer-lhes, por buscar sua felicidade fugaz, eram condenados moralmente e abracadabra: lá estava ele, contratado para persegui-los, fotografá-los, exibi-los para que fossem julgados por seus cônjuges, que muitas vezes eram oponentes e não maridos ou esposas. Oponentes porque não entendiam o que seus parceiros faziam. Não entendiam que em tantas e tantas vezes eram todos apenas bailarinos, quando não vítimas, de Cronos, que os colocava para dançar sabendo que em breve o último sopro da flauta reverberaria na concha, depois não mais. Marcel percebia que nem todos poderiam usar o baile como um escudo para suas atitudes e tinha visto um bocado de coisas para entender que traição não era só o fato de o seu cônjuge ir para a cama com um outro. Havia infidelidade muito mais hedionda que essa, sem música, sem baile, sem Cronos, mas regiamente todos buscavam a satisfação e uma boa parcela disso por meio de maquinações inacreditáveis. Era como observar uma imensa fazenda de formiguinhas saracoteando aqui e ali e de repente ir atrás de uma delas. Tinha aprendido que a infidelidade e a busca por satisfação dos indivíduos não se restringiam ao sexo, como seria natural supor em casos de investigação conjugal. Alguns de seus clientes, curiosamente os mais nobres, ficariam muito felizes em trocar a verdade por um par de cornos, facilmente digeríveis quando a traição descoberta era muito pior que a descoberta de picantes casos de alcova: gravações onde o cônjuge tramava a morte do parceiro não por se ver arrastado por uma paixão arrebatadora, mas pela pura e simples ganância, bolando formas de ficar com toda a fortuna do próximo. Aquilo a que tinha assistido no primeiro encontro de Laura e seu convidado não lhe trazia substância o suficiente para tecer uma hipótese, mas seu faro de anos de trabalho detectava algo diferente. Aquele homem não queria apenas o corpo de Laura. Ele queria algo mais. Agora os olhos do investigador passavam sobre as fotografias.

Marcel fez um muxoxo com a boca. As imagens obtidas nada permitiam elocubrar sobre aquele homem. Não que lhe fugisse o instinto ou que tivesse perdido o faro, simplesmente não podia avaliar nada: algum problema havia ocorrido com a câmera digital. As fotos anteriores estavam bem nítidas, mas justamente na sequência de imagens com o homem sentado no banco da praça, a imagem estava turva, estranhamente distorcida. Marcel lembrou-se daqueles filmes de horror coreanos e sorriu pelo canto da boca. Passou para a fotografia seguinte. Novamente aquele borrão. Aparentemente algum problema na objetiva da câmera. Apanhou o aparelho, que repousava em cima da mesa e observou atentamente sua lente. Examinou-a na contraluz. Era muito pequena, não podia ter certeza de nada, mas, aparentemente, havia alguma sujeirinha no vidro. Devolveu a câmera para seu lugar e mais uma vez clicou no mouse, avançando as fotografias. Coincidentemente, em todas as oito fotos, a distorção se repetia sobre o homem, como se a luz fosse refletida e revirada junto ao corpo do sujeito. Marcel coçou o queixo e apanhou a câmera mais uma vez. Era nova, contudo já a tinha usado umas cinco vezes, sem problema algum. Apontou a lente para si mesmo e disparou. O clarão inesperado e cegante lançado pelo flash o fez exclamar uma interjeição de desconforto e autorreprovação. Diabos! Sempre deixava o flash desligado. Pressionou o botão e exibiu a última imagem capturada pelo aparelho. Fora sua cara branca e fantasmagórica e suas olheiras de cansaço, tudo normal, nada de distorção, nada de brilho incorreto nem deformação de contornos ou cromática. O investigador coçou a cabeça e então apontou a câmera para a estante próxima à porta do escritório. O clarão do flash iluminou fugazmente a sala escura. Marcel ficou parado, olhando para a porta com os pelos dos braços arrepiados. Tivera a impressão de ver um homem parado ali. Levantou a pequena câmera e olhou hesitante para o diminuto painel LCD. Uma ampulheta girando dizia que a imagem ainda estava sendo gravada. Apareceria num instante. Seu coração batia disparado. Então veio a imagem e depois dela um suspiro de alívio. Não havia nada ali. Tudo não tinha passado de uma má impressão. Coçou o queixo mais uma vez e voltou a olhar para o computador. Não tinha muito o que fazer com aquilo. Apagou as imagens defeituosas do disco rígido e desligou o aparelho. Tornaria a fotografar o sujeito no dia seguinte e então teria mais tempo para ler o seu rosto.

Capítulo 9

Laura acordou com o alarme do despertador sugando-a do mais profundo sono. O som do mundo inteiro ao redor foi aos poucos chegando aos seus ouvidos. Carros passando na rua, cachorros latindo, os filhos da vizinha gritando e descendo escadas. Todo o mundo já estava acordado. Ela resmungou um pouco enquanto se espreguiçava e, com a ponta dos dedos, sem sair da cama, alcançava o despertador no criado-mudo.

Chegou cambaleando ao banheiro. Sono. Encarou seu rosto inchado no espelho e ficou catatônica por alguns segundos. Precisava de um bom café preto para começar mais um dia. Abriu o armarinho do espelho e apanhou a escova de dentes e o creme dental espremidos entre uma dúzia de caixas de remédios tarja preta.

Quando chegou à cozinha, colocou um bule com água para esquentar e o pó de café no coador. Enquanto a água não chegava à temperatura ideal, recostou-se na coluna da cozinha, com os olhos correndo para fora do apartamento pelo vitrô. Viu os filhos da vizinha saindo pela portaria, uniformizados e com mochilas e lancheiras. Logo uma van escolar encostou, dando duas buzinadas. Laura sorriu levemente quando as crianças entraram no veículo fazendo algazarra. Depois virou-se para o fogão e apanhou o bule enquanto desligava o gás.

Decidiu ir caminhando até o hospital. Chegou cerca de meia hora depois. O único desconforto era carregar sua caixa de ferramentas, mesmo pequena; pesava demais. A manhã estava um tanto fria para aquela época do ano. As pessoas zanzavam agasalhadas, emburradas, todas ocupadas em seus pensamentos e suas vidas.

Dentro do hospital, o clima era outro. O aquecedor central permitia que os casacos fossem retirados e os rostos mais corados e sorridentes dos trabalhadores encorajavam que ela fosse cumprimentando um a um quando cruzavam seu caminho. Os funcionários mais velhos paravam e lamentavam a sorte do pai, que sempre fora muito querido ali. O pai era aquele tipo boa-pinta e conversador, não à toa mais mulheres que homens interpelavam Laura pelos corredores, buscando notícias e estimando melhoras.

Entrou no quarto do pai e notou que ele repousara, como sempre, imóvel. Deixou a caixa de ferramentas sobre a cômoda e abriu um pouco as cortinas para que a luz do dia entrasse e deixasse aquele ambiente um pouco menos opressivo.

O barulho da máquina que o mantinha respirando ocupava todo o espaço. O senhor na cama ao lado estava sozinho e também comatoso. Laura voltou a olhar para o pai.

– Você está com uma carinha melhor hoje, pai. Acho que está se recuperando, finalmente.

Os monitores emitiram um bip automático. Laura foi até a cômoda e abriu a primeira gaveta. Tirou de lá uma grande vela branca e colocou ao lado do anjo que havia em cima da cômoda. Tirou uma caixa de fósforos da gaveta e acendeu a vela.

– Isso é para o seu anjo da guarda. Lembra que você acendia no meu quarto quando eu era pequena? Sempre me contava histórias de ninar com anjo da guarda e eu adorava.

A mulher olhou para o relógio de pulso. Oito horas. Ligou o rádio de pilha, que emitiu um chiado de estática. Ajustou a sintonia. Colocou no *Jornal da Manhã*, programa preferido do pai. Sorriu, abordada por uma lembrança também da infância. Quando o pai a levava para a escola em seu Passat antigo, o rádio sempre estava sintonizado na Jovem Pan. Laura deslizou os dedos do seletor de sintonia pela chapa fria da cômoda metálica, parando em um dos porta-retratos ali dispostos. Segurou o primeiro deles e trouxe-o para junto de si. Era uma foto num parque de diversões. Ela, o pai e a mãe. Eram tão jovenzinhos! Laura abraçou o retrato com ternura. O outro era dela mesma, na formatura do primeiro grau. Usava chapéu e capa vermelha, segurava o diploma – aquela era a fotografia favorita de seu pai. Ele dizia que era a favorita não pela graduação e pelo êxito da filha, mas pela iluminação, por seu rosto radiante de menina e a promessa de vida feliz no brilho de seus olhos. Dizia que quando admirava aquela fotografia sempre ficava animado, que encontrava muitas contribuições suas naquela pessoa; que se enxergava ali, na filha. Laura assentou o retrato e ficou ao lado da cama do pai. Afagou sua mão. Estava um tanto áspera. Voltou até sua bolsa e apanhou um creme hidratante. Espalhou a pasta nas mãos do pai, tentando contar as inúmeras pintinhas que iam aumentando com o avançar da idade, infestando a pele do homem.

– Agora sua mão vai ficar gostosinha, papai. Você gosta de creme? Esse é importado, a Simoninha que me deu. Aquela menina bonita e doidinha, como você costumava dizer. Lembra dela?

O pai apertou sua mão.

Laura sentiu um arrepio percorrer seu corpo. O pai teve um reflexo, mexera-se!

– Pai?

Outro bip automático das máquinas ligadas ao homem foi emitido.

Laura sentia o coração galopando no peito.

– Você se lembra dela? Da Simone?

Nenhuma resposta.

A mulher ficou com os olhos vidrados no rosto do pai.

– Pai, você está me ouvindo? Você mexeu a mão, consegue mexer de novo?

Nada.

– Sua aparência está bem melhor, tenho certeza de que vai sair dessa, papai. Me dá um sinal de que está escutando.

Nenhuma resposta.

Laura soltou a mão do pai e guardou o creme na bolsa.

– Eu tenho que ir trabalhar. Amanhã eu volto de manhã. No almoço não dá porque vou ver aquele cara de que te falei na semana passada. Eu o vejo todos os dias. Está me fazendo bem, me tirando um pouco essa tristeza. Você percebeu?

Laura virou-se para o pai. O som da respiração mecânica. Olhou para o balão subindo e descendo artificialmente. Laura fechou a bolsa, puxando o zíper com muita força, quebrando o fecho e ficando com um pedaço de metal na mão.

– Droga. Merda de bolsa.

Apanhou a bolsa novamente e foi para o corredor. Estava sufocando dentro daquele quarto. Recostou-se na parede do lado de fora. Uma enfermeira passou como se ela não estivesse ali. No final do corredor, uma faxineira usava uma grande enceradeira no chão de piso vermelho manchado com cera fresca. Laura abaixou a cabeça e secou as lágrimas. Sentia o peito doendo de angústia. Cruzou os braços e apertou os olhos, chorando baixinho. Um homem se aproximou pela sua direita. Laura se abaixou contra a parede e sentou-se no chão, abraçando os joelhos, afundando o rosto nas pernas e chorando baixinho. O homem tocou seus cabelos. Ele tinha um anel com um símbolo do infinito gravado.

– Calma, meu anjo, calma. Ele vai ficar bem. Ele vai melhorar, eu prometo. Mas você tem que ser forte e se acalmar.

No fim do corredor, a faxineira deu uma pausa na enceradeira para fumar um cigarro. Olhou para frente e viu a mulher sentada no chão. Dirigiu-se rapidamente para o balcão da chefe de enfermagem do andar. Em poucos segundos as duas marchavam em direção ao quarto do pai de Laura.

Capítulo 10

– Oi, Laura!

A restauradora levou um tempo para desviar os olhos da lupa sobre uma das peças do painel. Mesmo sem encarar a recém-chegada, a interlocutora respondeu:

– Bom-dia, dona atrasada! Tudo em paz?

Simone repousou a bolsa numa das madeiras perpassadas pelo andaime e recostou-se no metal, soltando uma bufada longa e colocando as mãos nas têmporas.

– Noite agitada, minha amiguinha. Noite muito agitada – disse com voz cansada enquanto apanhava seu capacete na bancada.

Laura respondeu apenas com um sorriso, sem tirar os olhos da peça que tomava conta, ouvindo os estalos do andaime ao lado enquanto Simone assumia sua posição de trabalho. A conversa só foi retomada minutos depois, quando a amiga já estava acomodada e pronta para começar.

– Você sabia que abriu um restaurante novo no centro?

– Você comentou que ia abrir. É bom? – perguntou Laura, ainda compenetrada, sem tirar os olhos do trabalho.

– Não sei. Não fui ainda. Nós duas vamos almoçar lá hoje, é minha convidada. Topa?

– Comida grátis? Ahan. Eu topo.

– É comida indiana, nunca experimentei.

Um clarão de um flash fotográfico chamou a atenção de Laura, que finalmente virou para o lado.

– Droga! Deixei esse flash ligado – reclamou Simone, baixando a câmera digital e pressionando os botões do menu. Simone fixou a câmera novamente num pequeno tripé e fez um novo disparo usando um controle remoto. Quando voltou-se para Laura, a amiga já tinha focado a atenção na lupa e levava a pinça mais uma vez aos querubins.

— Você vai mesmo almoçar comigo, Laura?

— Ahan.

— Eu te conheço. Quando começa com esse "Ahan" já me ferve o sangue.

— Ahan.

— Aposto que só disse que ia para me agradar, mas na hora H, vai para aquela praça, com aquele sanduba de atum sem graça se encontrar com o cara.

— Ahan.

— Para, Laura! – gritou Simone, guardando a câmera na maleta de ferramentas.

— Ahan.

Simone fez uma careta e afundou as mãos nos cabelos, fazendo o andaime balançar. Não adiantava discutir com Laura. A amiga era a criatura mais turrona que ela conhecia na face da Terra.

Capítulo 11

Alan abriu o vidro apesar do ar frio da manhã. Pressionou o acendedor no painel do carro e tirou um maço de cigarros do bolso da velha jaqueta de couro negro. Mandou um olhar de relance para a mulher sentada no banco ao lado. Era uma morena bonita, corpo bemfeito, cabelos longos e encaracolados que agora se agitavam com o vento entrando rapidamente pela janela do motorista. O acendedor estalou e pulou no painel. Alan sacou o pequeno cilindro vermelho incandescente e acendeu seu cigarro. Colocou o aparelho de volta depois de duas tragadas e novamente olhou para a mulher.

– Se importa se eu fumar?

Ela lançou um sorriso com o canto da boca e finalmente deu de ombros. Evidentemente não estava contente, mas deixou passar.

Alan não sorriu de volta. Continuava olhando para o caminho. Sabia que ela tinha percebido que ele pouco se importava com ela. Era assim que tinha que ser. Nenhum policial tratava bem um agente da Corregedoria e vice-versa, exceto quando as cartas já estão colocadas na mesa antes do jogo ou são bem compradinhas, e aí os interesses dos departamentos se alinham, como que por encanto, com os interesses dos graúdos do governo. Aquele não era o caso. Ela realmente estava ali para investigar. Queria saber se ele estava envolvido em algumas mortes atribuídas a grupos de extermínio ou se tratava-se de um justiceiro solitário. Queria saber até onde ele estava envolvido, não apenas o tal do "se". E ela iria chafurdar, chafurdar direitinho. Iria ficar em cima dele como um piolho sanguessuga, com dois olhões de coruja, tudo para mandar papelada para o escritório, alcaguetagem profissional, filha da mãe.

— Então, cagueta, até quando vai ficar na minha cola?

Gabriela ergueu as sobrancelhas e abriu a boca num sorriso torto, desconcertada por um segundo, mas afiada no seguinte.

— Cagueta?! Caramba, parceiro, você pelo menos não faz rodeios. Hahahaha.

— Não tem graça, Gabriela. Me viu sorrir desde que chegou aqui?

— Lá vamos nós. Até que gostei de você não ficar enrolando muito para entrar no assunto; em geral leva uma semana para começar a ladainha.

— Quanto tempo você tá nos lambe-sacos, fazendo esse servicinho babaca pra Corregedoria?

— Primeiro, Alan, eu não sou da Corregedoria.

— Não?! Que estranho? Então fica alcaguetando colegas por esporte? Tipo, um fetichezinho de ferrar com os outros de graça?

— Olha, respira fundo aí, meninão. Se fechar a boca eu conto um pouquinho da minha missão aqui. Tá a fim de ouvir ou vai ficar choramingando o dia todo?

— Choramingando? Você acha que eu não tenho razão, por acaso?

— Eu não vim aqui para achar, Alan. Eu vim aqui para ver e para te ajudar.

— Me ajudar? Essa é boa – replicou mais uma vez o investigador, soltando uma baforada longa na direção de um giroflex oval apoiado no console do carro.

— Como eu dizia, não sou da Corregedoria. Só cuido de assuntos especiais, mas "estou" na Corregedoria emprestada, me pegaram para quebrar um galho. Infelizmente, o galho é você, no caso.

— Vai ficar de olho em mim, então, vendo o que eu faço e deixo de fazer?

— Exatamente. E pelo que me brifaram, você andou fazendo umas poucas e boas, neném – disse a mulher, puxando os cabelos encaracolados para a frente do nariz.

— E esse lance de alcaguetar um amigo aqui, outro ali, você leva assim? Na moral?

— Eu só reporto o que tenho diante dos meus olhos, Alan. Mas minha missão aqui, como estou tentando explicar, é só observar seus passos. Só isso. Do jeito que você começou o papo está parecendo que tem mesmo alguma coisa para eu alcaguetar! Tem? – perguntou por fim, erguendo novamente a sobrancelha direita.

Finalmente, Alan sorriu.

– Boa menina. Tem espírito.

– Tenho, sim. Tenho muito.

– Já te falaram que o pessoal da Corregedoria parece um bando de urubus?

Gabriela dessa vez fechou a expressão, acusando o golpe. Até agora estava tentando levar na boa. Sabia como essas coisas eram. Nenhum policial gostava dos agentes da Corregedoria. Os investigados sabiam que estavam na corda bamba porque a Corregedoria só entrava para limpar a besteira que tinham feito ou estavam prestes a fazer.

– Sabe que esse jeitinho carinhoso de você se referir à Corregedoria até que faz sentido?

– Você acha?

– Acho. Sabe por quê?

Alan deu de ombros.

– Porque urubus são atraídos por carniça, por podridão. Se estou aqui, girando sobre sua cabeça, é porque você está fedendo o suficiente para chamar minha atenção.

Alan apertou o volante e abriu o vidro elétrico enquanto ria, arremessando a bituca de cigarro pela janela e tirando outro cigarro do maço.

– Touché, madame.

Continuaram em silêncio por mais alguns instantes, tempo suficiente para o investigador da Polícia Civil passar por mais três ou quatro ruas.

– Qual é o caso? – perguntou Gabriela, apontando para a pasta em seu colo.

– Eu odeio essa merda. Não gosto disso – resmungou, dando outra tragada.

– Joga fora. Isso mata.

– Não estou falando do cigarro, estou falando do caso. Tsc. Mulher morta é de foder.

– Hum.

– Acharam o corpo hoje cedo, amanhecendo o dia. Chamaram a Militar, que de cara já identificou o presunto. A guria tinha passagem por porte de entorpecentes. Todo mundo que vive nesse mundo de tráfico acaba feito merda... e a merda sempre sobra pra gente.

– Você sempre fala tanto palavrão?

– Falo menos à noite, quando estou dormindo.

– E o que foi? Disparo de arma de fogo?

– É isso que vamos descobrir já, já.

O carro virou mais uma esquina e Alan estacionou entre duas viaturas da Polícia Militar. Alguns soldados estavam parados de pé, fora da casa. Era velha e praticamente sem acabamento algum. Onde ainda existia massa corrida e tinta, via-se que estava corroída pela umidade e pelo desprezo. O quintal com cerca de 30 metros quadrados estava entulhado de jornais velhos, sacolas plásticas cheias e empilhadas, bonecas quebradas, sem braços ou pernas, e toda sorte de tralhas, uma bagunça infernal.

– Vamos, Gabriela. Se for ficar na minha cola é bom ter estômago.

Capítulo 12

Marcel consultou o relógio. Tinha chegado cedo. Mesmo assim, deu duas voltas na praça de um jeito casual, olhando para cada uma das pessoas ali, examinando todos os estabelecimetos comerciais que pôde sem chamar a atenção. Um desconhecido olhando aqui e ali pelo segundo dia consecutivo podia despertar o olhar curioso de alguns frequentadores da praça ou donos de negócio. Não encontrou nem Laura nem o amante. Apenas uma pessoa conhecida cruzou seu caminho, o bêbado piadista visto no restaurante onde se encontrou com o cliente pela primeira vez, alguém tão inócuo que não despertou seu alarme interno, deixando-o seguro para prosseguir. Sentou-se no banco que mais tarde receberia Laura e seu amigo. Ficou olhando para as crianças no parquinho. Algumas balançavam, outras subiam e desciam nas gangorras, muitas correndo de um lado a outro. A maioria das crianças teria lá seus cinco anos de idade, transitando por aquele período platinado da vida onde as maiores preocupações são não se perder dos pais nos passeios ou tentar entender o conceito de ontem e amanhã e usá-los corretamente nas conversas com adultos. Marcel retirou um minúsculo aparelho do bolso da camisa e soltou uma proteção plástica que cobria uma fita adesiva. Pressionou a escuta eletrônica embaixo do banco e, segundos mais tarde, quando notou que ninguém olhava para ele, passou a mão novamente sobre o aparelho, certificando-se de que estava bem afixado no seu lugar. Com a mão direita, levou um fone de ouvido até a orelha e encaixou. Raspou suavemente a calça embaixo do banco e um chiado explodiu no seu tímpano. Levantou-se, caminhando pela praça agora com um eco no ouvido. O microfone era coisa fina. Se eles ficassem naquele banco ou a cinco metros dele, poderia ouvir claramente o que diriam. Um software especial filtrava quase todo o chiado que não interessava e as vozes chegavam a ficar cristalinas, resultado mais que impressionante para um ambiente não controlado e aberto como a pracinha. Atravessou a rua e dois minutos depois estava sentado em frente à janela, com o notebook ligado e um binóculo ao lado. Abriu o catálogo de quebra-cabeças mais uma vez e ficou admirando possíveis novas aquisições: circulou um clássico da Torre Eiffel agora em 3D e, de quando em quando, erguia os olhos para a praça.

Capítulo 13

Alan apontou a porta lateral da casa para Gabriela e ao mesmo tempo fez um sinal para um sargento que estava no corredor. A agente notou que o policial cochichou alguma coisa e depois indicou alguém para o sargento. A pessoa estava entre os curiosos que já se amontoavam em frente ao portão da residência. Alan voltou para a porta lateral e tornou a apontar o caminho.

– Ladies first.

Gabriela lançou um olhar um tanto reticente para dentro da casa escura e da cozinha atulhada de tralhas, exatamente como a garagem. Deu o primeiro passo.

– Dispenso cortesias nessas horas.

Alan riu, seguindo a agente da Corregedoria.

Gabriela caminhou para a direita, em direção à sala. Alan colocou a mão em seu ombro. Era a primeira vez que tocava nela. Sentiu uma eletricidade percorrer seu corpo. O toque tinha sido involuntário, tal e qual aquela sensação. Baixou os olhos quando ela o encarou.

– É pra cá, parceira. Ela está no quarto.

Andaram pela cozinha e pelo corredor, desviando de pilhas de jornais, caixas de madeira entulhadas com revistas velhas e tecidos dobrados. Aquilo era ou já tinha sido uma oficina de costura no passado, posto que aqui e ali encontravam velhos chassis de máquinas de costura, pedais, gabinetes, pilhas de carretéis vazios, rolos de tecidos mofados, lixo para todo lado.

Alan chegou até o quarto. A janela estava fechada, mas uma série de buracos finos nas ripas das folhas da janela permitia enxergar na penumbra. O corpo da menina estava lá, de bruços, de calcinha e camiseta, com a cabeça mergulhada na escuridão embaixo da cama. Era bem jovem, dezenove, vinte anos no máximo. Na camiseta havia o desenho de um casulo e o pedaço de uma frase.

– Você também vai... – leu Gabriela, deixando sua voz doce e firme reverberar no cômodo funéreo.

Uma poça de sangue saía pelo ombro direito da moça. Também havia sangue sujando parte do desenho da camiseta. Os olhos do investigador pararam sobre uma miríade de papeizinhos amarelos, retangulares, esparramados pelo chão. Perto da mão esquerda da moça um bloquinho dos papéis, estilo post-it, jazia sobre um tapete. Enquanto Alan acocorava-se ao lado do cadáver, Gabriela, já acostumada ao breu, percebia uma série de desenhos feitos com giz de cera nas paredes do quarto. Borboletas, número oito, paisagens, viagens de uma mente corroída pela droga. No canto havia um criado-mudo caído, uma jarra plástica tombada e um copo quebrado.

Alan, acocorado ao lado do corpo, suspirou, mordiscando os lábios e olhando para os detalhes.

– Foi uma pancada?

– Provavelmente – respondeu lacônico, olhando intrigado para aqueles papéis amarelos. – Tem tanta bagunça nesse chiqueiro que fica difícil saber com o que exatamente ela...

Alan calou-se ao notar que um dos papéis estava sulcado devido à pressão de uma caneta ou lápis do outro lado. Tirou uma caneta do bolso e empurrou o post-it que estava sobre um dos dedos violáceos da morta. O papelzinho de recados caiu, revelando a inscrição: Você precisa parar com isso! Está acabando com a sua vida!

Um objeto saltou aos olhos de Gabriela, que tirou um lenço de sua bolsa e se abaixou, fazendo algum esforço para levantar uma anilha de halteres do chão. Estava manchada de sangue.

– Isso aqui ajuda a saber?

Alan tirou os olhos do papelzinho amarelo e balançou a cabeça positivamente.

– Ô se ajuda. Deixa onde encontrou. O perito vai adorar ver isso. Trabalho mastigado.

Gabriela obedeceu prontamente.

– Afaste-se, guria. Vou desvirar.

Alan empurrou um pouco a cama, para que a cabeça do cadáver ficasse inteiramente livre de obstáculos. Depois puxou a garota pelo ombro direito, e acabou tendo que usar a outra mão pegando no quadril dela. Procurou colocar os dedos apenas sobre a calcinha e não entrar em contato com a pele da morta. Em parte por certo asco que ainda tinha dos mortos, em parte para tentar não impregná-la com suas digitais.

Alan levantou-se batendo as mãos. O rosto da menina já era. Os golpes desferidos foram tão violentos e repetidos que o nariz e os olhos tinham afundado e virado uma coisa só. Os dentes tinham ficado no chão. O assassino fez aquilo com ódio e vontade. Muito provavelmente tinha acabado com a vida de uma jovem por conta de drogas ou por uma dívida miserável, rondando a casa dos 30 reais. Quando o investigador olhou para a acompanhante, surpreendeu-a com um esgar de nojo e repugnância em seu rosto.

– Credo. Nunca vou me acostumar com isso.

– Então não olha, caramba.

– Eu só estou tentando ver o que está escrito na parte da frente, mas seu corpo está tampando.

Alan se afastou para que ela pudesse ver todo o corpo da jovem.

Gabriela viu o desenho de uma borboleta azul e dourada na parte da frente da camiseta parcialmente suja de sangue e também leu o restante dos dizeres: Mudar!

– Você também vai mudar... – balbuciou a mulher.

Alan levantou-se segurando o bloquinho de post-it amarelo.

– O mundo perdeu uma camiseta muito bonita – resmungou Gabriela.

Alan desviou o olhar do papel para a mulher e depois para o corpo desfigurado da garota, tornando a encarar Gabriela.

– Que foi? Gosto de borboletas, só isso.

– E ainda por cima acha ruim quando chamam vocês de urubus.

Alan saiu do quarto deixando Gabriela sozinha com a tal da camiseta bonita.

Capítulo 14

Laura fechou os olhos e ergueu o rosto mastigando o sanduíche de atum. Apesar do céu aberto e azul, a manhã tinha sido fria e a entrada da tarde soprava um ar gelado que açoitara sua pele durante todo o trajeto até a praça. Ao contrário do costumeiro refrigerante, tinha pedido um chocolate quente desta vez. Agora, de olhos fechados, movia a cabeça lentamente, sentindo os raios de sol aquecerem a pele de sua face. Apoiou o saco de papelão no banco e ficou imóvel por um instante, até ser chamada de volta ao mundo dos vivos quando a voz conhecida entrou em seus ouvidos.

– Boa-tarde, Laura – disse o homem.

Laura abriu os olhos lentamente e lançou um sorriso para Miguel.

– Gosto de te ver assim, sorridente.

Laura deu um tapinha no lugar ao seu lado, convidando o homem para sentar-se ali.

– Esse calorzinho do sol num dia tão frio me fez sorrir. É como receber um carinho na alma quando se está rodeada de sofrimento.

– Cheia de metáforas, né, dona Laura?!

Laura continuou com o sorriso no rosto enquanto o amigo tomava o lugar ao seu lado. Ambos ficaram calados por um momento, olhando para as crianças agasalhadas que corajosamente aventuravam-se no parquinho. As crianças riam alto, despreocupadas com o frio, despreocupadas com o amanhã, vivendo o momento, aninhadas no conforto do colo de suas mães, os grandes sóis do universo de cada uma delas. Quando uma criança caía, em menos de cinco segundos uma daquelas estrelas incandescentes estava lá, estendendo a mão e colocando o filhote de pé, assoprando quando aparecia um ralado granulado de pedriscos e secando a lágrima que descia pelo rosto da mais chorona.

— Minha mãe foi uma mãezona também, sabe?

— Acho que você nunca me falou de sua mãe — respondeu Miguel, acariciando o cabelo da mulher.

— Se fosse eu ali chorando porque tomou um tombo, ela estaria igualzinha àquela ali, cuidando de mim, dengando, dizendo que ia ficar tudo bem.

Miguel olhou para a mulher agachada junto à criança. Ela batia de leve sobre a blusa do garotinho de três anos, retirando os grãos de terra que tinham se agarrado ao cotovelo da criança.

— Minha mãe me faltou na adolescência. Época que a gente mais precisa de conselhos de mãe. A gente ferve quando chega aos treze anos, sabe? É uma coisa — rememorava, deixando outro sorriso tomar conta do rosto, para segundos depois fechar a expressão e continuar. — Mas mamãe se viciou em jogo, não saía de bingos e da frente de máquinas eletrônicas. No começo a gente fazia graça, eu e papai, mas as coisas foram ficando sombrias. Entende isso? Virou um vício mesmo, pior que droga.

Os dois ficaram calados. Laura deu outra mordida no sanduíche e mastigou demoradamente. Quando bebeu o chocolate, ele já não estava tão quente e era seu último gole. Ficou encalacrada em seus pensamentos por mais um tempo. Não pensava se revelaria ou não a porção mais triste do fim da vida de sua mãe. Na verdade, tentava entender como é que se entregava tanto àquele homem sem pestanejar. Não encontrou uma resposta de imediato, exceto o fato de que sentia nele uma confiança absoluta em um nível inexplicável. Era surpreendente a forma como ele a entendia sem nunca dar o menor sinal de estar ali para julgá-la ou avaliar seus atos. O olhar das pessoas sempre mudava quando Laura começava a expor seus pecados e falar sobre o episódio mais trevoso de sua vida miserável. Então, ao mais tênue indício de julgamento, ela simplesmente travava, não conseguia mais falar, não conseguia mais colocar para fora toda a amargura e o sofrimento que se juntavam em seu corpo, como os sedimentos sujos e pesados em um braço morto no fundo de um rio. Tudo aquilo ia estagnando dentro dela, transformando-se em ácido, em veneno puro que corroía toda a sua vontade. Lutava desejando nadar para fora daquele pesadelo viscoso, juntava todas as forças para não afundar, porque quando afundava, sua vida ficava insuportável e todo o desejo de continuar trilhando a estrada de tijolos dourados se esvaía. Ela se deixava jazer no fundo do leito denso e captor, feito morta, para não ouvir mais o choro da criança, não escutar mais a primeira notícia dada a ela após voltar à consciência. Apertava os olhos para não se lembrar dos olhos do ex-marido. Os olhos que ela tinha esvaziado de vida. Eram tão parecidos com os do bebê, o bebê que sempre sorria para ela ao largar o bico de seu seio. A pobre criança, que confiava tanto nela. Laura sentia-se uma estrela morta, fria e gelada, sem massa, incapaz de fazer orbitar ao seu redor qualquer coisa que a amasse. Então ela começava a emitir seu mantra da culpa, até que uma alma bondosa conseguisse lançar luz naquele fosso de trevas ou ela, por razões que nunca conhecia, escapasse daquela prisão sem muros, fingindo dia após dia que não era cativa, fingindo dia após dia que queria estar ali, com os olhos fechados, o rosto erguido se aquecendo ao sol. Tudo isso vibrava um milésimo de centímetro abaixo de sua epiderme. Talvez por esse motivo, mais do que depressa ela vestiu um sorriso e encarou Miguel, numa tentativa de afastar aquele homem de sua masmorra pessoal.

– Às vezes me sinto culpada, sabe?

– Por causa do vício de sua mãe?

– Não. Não é exatamente por causa do vício. É algo maior.

– Então explique, não estou entendendo nada.

– Durante o tempo que minha mãe afundou nessa coisa de perder todo o salário numa noitada de bingo, de máquinas eletrônicas, meu pai, coitado, virou um fantoche. Ele viu que ela estava perdendo tudo: além do dinheiro, minha mãe já não tinha amigos, não tinha amor-próprio, nada. Meu pai tentou de tudo para tirá-la dessa vida. Tentou de tudo.

– Todo tipo de vício é duro, Laura. Acaba cegando a gente, bloqueando nossos sensores. Viramos uma outra coisa à mercê dessa obsessão.

— Mas meu pai tentou tirá-la dessa vida de tudo que é jeito, não teve Cristo que fizesse ela largar o jogo e se reconectar com a gente.

— Isso acaba com as pessoas.

— Justamente. Acabou com meu pai, que primeiro adoeceu mentalmente, depois fisicamente... acho que de tanto sofrimento por assistir à perda diária do amor da vida dele, a companheira, a mãe de família, para uma maldição daquela, um vício. Ela espalhou a dor na nossa família, nos machucou de um jeito muito forte.

— Talvez ela não tenha tido opção. Talvez fosse esse o jeito de ela pedir ajuda pro seu pai. O jeito de ela fazer valer a sua vida.

Laura continuou olhando as crianças, sem encarar Miguel. Secou rapidamente uma lágrima que descia pela face.

— É isso que me tortura, Miguel. Isso me arrebenta por dentro. Porque eu estou desmoronando aos poucos por causa do meu pai, porque eu estou sem rumo por causa do meu pai, porque eu estou sofrendo e morrendo um pouquinho por dia por causa do meu pai. Mas eu não fiquei assim quando as coisas estavam acontecendo com a minha mãe. Eu não senti dessa forma. Me sinto culpada, sabe?

— Laura, Laura, você ainda era uma adolescente.

— Quando os médicos disseram que ela não conseguiria mais, eu não senti nem um décimo do que sinto quando eu recebo uma má notícia do que está acontecendo com o meu pai. Eu acho que ele não vai sair dessa, Miguel.

— Mas esse sentimento é totalmente justificável, Laura, querida. Quem mais você tem para se apoiar nesse mundo? Seu pai é tudo o que te resta. Quantas vezes você não repetiu isso em nossas conversas?

Laura secou outra lágrima.

— Hoje você está vivendo uma realidade diferente daquela, Laura. Não tinha acontecido nada do que já te aconteceu quando sua mãe lhe faltou. Você está mil vezes mais frágil neste momento. Creio que por conta dessa fragilidade você está bem sensível ao risco da perda de mais um ente tão querido.

Laura olhou para Miguel e bagunçou sua franja.

— Chega de falar disso, ok? Você sempre me levanta com seu papo. Não quero cair de novo.

— Você que começou. Só estou aqui para manter sua cabecinha funcionando, enxergando tudo de colorido que existe ao redor. Colocar um pouquinho de luz nos seus olhos.

Laura sorriu e levantou-se.

— Vai, fica de pé. Dá um uta aqui. Tenho que voltar para o batente. Não é todo mundo que tem a vida ganha por aqui.

Os dois trocaram um abraço demorado e afetuoso.

— Não sei o que seria de mim sem você, meu amigo. Sei que você não é psicólogo, mas me faz tão bem. Muito mais que qualquer um que já encontrei.

Laura deu um beijo estalado no rosto de Miguel e olhou-o nos olhos.

— Você é um anjo que caiu na minha vida.

Miguel retribuiu o beijo e sorriu para a amiga.

— Você que é um anjo, menina. Se cuida. Nos falamos amanhã.

Miguel ficou parado enquanto Laura se afastava de costas. Manteve o sorriso no rosto até que ela virasse e seguisse pela rua em direção à igreja. Só então ele girou em direção ao hotel do outro lado da rua, perdendo o sorriso, agora com uma expressão lavada, desprovida de qualquer sentimento.

Capítulo 15

Marcel baixou seu binóculo. Sentiu de novo aquela eletricidade percorrer seu corpo. O homem não olhava diretamente para ele, mas podia jurar que o sujeito estava encarando cada uma das janelas daquele hotel, procurando alguma coisa ou alguém. O detetive afastou-se discretamente da janela, desligou o programa de gravação e baixou a tela do laptop. Batucou com os dedos no tampo da mesa. Os microfones tinham funcionado perfeitamente. Marcel escutara tudo, perdendo duas ou três passagens aparentemente irrelevantes, posto que já havia capturado, gravado e refletido sobre o conteúdo da conversa. Não precisava ser um investigador particular para deduzir que aquilo não era papo de amantes. Contudo, sua experiência também ensinara a não tirar conclusões precipitadas a partir de um único encontro observado. Mas Laura exalava tristeza na voz, no olhar, nos movimentos. E o tal Miguel tinha mais jeitão de irmão mais velho do que de namorado espertinho que fica só ouvindo os choramingos da menina para confortá-la mais tarde, no aconchego da cama.

Marcel aproximou-se da janela novamente. Lançou um olhar para a praça. Seus olhos avançaram até o outro lado, onde a praça terminava, e começava uma rua de comércio. Miguel caminhava pela calçada, tranquilamente, entrando numa viela logo depois de uma loja de velas.

O investigador sentiu a barriga roncar. Hora de sair daquela toca e comer alguma coisa. Depois do almoço, visitaria a igreja onde Laura trabalhava.

Capítulo 16

Mais tarde, quando voltou ao hotel, Marcel foi interpelado pela recepcionista antes de chegar ao elevador. Virou-se sorridente para a garota, uma jovenzinha por volta dos vicejantes vinte anos de idade, de olhos verdes brilhantes e um sorriso lindo enfeitando o rosto. Ela segurava um pacote amarelo na mão.

– O senhor é o hóspede do 312, não é?

Marcel aproximou-se do balcão mantendo a expressão simpática. Era sempre bom angariar aliados quando estava no campo de batalha, via de regra acabava precisando de uma mão amiga no meio do caminho.

– Isso chegou na hora do almoço.

– Nossa! Já chegou? Eles estão ficando bons nisso! – exclamou, apanhando a embalagem. – Onde eu assino?

Já com caneta à mão, a moça passou um pequeno cartão para o hóspede, que rubricou.

– Tenha uma boa noite, senhor.

O investigador subiu ansioso para o seu apartamento. Enquanto estava no elevador, chacoalhou a caixa uma vez e ouviu um estrépito. Assim que entrou, deixou a mochila sobre a cama e sentou-se na confortável poltrona em frente a uma pequena mesa. Abriu o papel amarelo da embalagem dos Correios e depois um plástico que envolvia a caixa de papelão. Ao afundar a mão na caixa, trouxe uma menor, esparramando pedaços de isopor pelo chão. Então um sorriso largo tomou o seu rosto enquanto todos os problemas do dia e os pensamentos acerca do trabalho evaporaram. Ele abriu a caixa e, sem perder tempo, espalhou as peças do quebra-cabeça sobre o tampo da mesa, brincando, procurando as primeiras partes para formar a grande imagem de 5.000 peças.

Capítulo 17

Laura estava de joelhos, no chão, com as pernas sobre um fofo e aconchegante tapete. Nas mãos, dois pedaços de cerâmica que encaixava, procurando o ponto exato para efetuar a colagem. Depois de uni-los, ainda tomando muito cuidado, girou a peça sobre vários ângulos, tentando achar alguma imperfeição ou surpresa escondida. Estava tudo bem. O que enxergava era aquilo, dois pedaços perfeitamente unidos. Apanhou um terceiro pedaço, muito maior que os dois anteriores. Com aquela nova parte já se via bem melhor muito do que fora e voltaria a ser: um vaso. Encaixou tudo suavemente, ainda sem cola. Levantou-se e foi até a cozinha, onde a água fervia num bule. Derramou uma porção escaldante numa xícara cheia de sachês. Curvou-se para esfregar as pernas com as mãos – fora do tapete grosso, as coxas esfriavam rapidamente. Simplesmente não conseguia dormir com pijamas grossos e compridos, então lançava mão de um de seus baby-dolls após um banho quente para, em seguida, ficar cerca de duas horas brincando com seus caquinhos de cerâmica ou madeira, tentando decifrar a qual objeto tinham pertencido. Sentou-se à mesa, ao lado do homem, mas não lhe dirigiu a palavra. Ele estava usando o mesmo blazer escuro que sempre usava quando a visitava. Sorria para a mulher, mas também manteve o silêncio. Ele tinha como hábito só abrir a boca nos encontros quando ela pedia, funcionava assim. Não contou a ela que tinha contratado alguém para vigiá-la dia e noite. Isso a deixaria nervosa, e isso era o que ele menos queria no momento. Observou-a tomar seu chá em silêncio. Não comentou o quanto era estranho vê-la usar roupas de dormir tão curtas com o clima excessivamente frio, não comentou sobre o quanto ela estava precisando tomar sol urgentemente para combater toda aquela alvura que se esparramava em sua pele.

Laura suspirou, sorvendo mais um gole. Pensou em Miguel e em seu apoio reconfortante. Fechou os olhos e apertou os lábios.

Capítulo 18

Alan terminou de copiar o arquivo de áudio para o pen drive. Levantou-se e apanhou sua jaqueta do encosto da cadeira de couro enquanto desligava o computador. Sacou o pen drive do conector e caminhou segurando-o. A grande sala já estava vazia, permanecendo ali dois plantonistas. Estendeu a mão para o escrivão Moura.

– Já tá indo?

Alan respondeu apenas balançando a cabeça.

– Pela tua fuça dá pra ver que não gostou do que ouviu.

Alan concordou novamente e continuou caminhando, saindo da sala.

– Dia duro, dia duro – resmungou Moura, vendo Alan deixar a sala. – É só transcrever?

A porta fechou-se com a força da mola deixando o escrivão sem resposta.

– Cu de burro. Custa falar o que é pra fazer?

O escrivão espetou o pen drive em sua máquina e um programa que toca áudio tomou a tela do computador. Então colocou um fone de ouvido parrudo sobre as orelhas e afundou-se em sua cadeira, abrindo o editor de texto oficial. Moveu o cursor do mouse até o botão do TOCAR e num segundo a voz de Alan explodiu em seus tímpanos.

– *Seu nome?*

– *Rodrigo Mariano de Souza* – *respondeu a voz assustada do jovem interrogado.*

– *Profissão?*

– *Tou desempregado, cara.*

— Ahan. Mas antes do senhor estar desempregado... o que fazia?

Rodrigo suspirou e segurou a resposta um segundo, lembrando-se do seu último bico, entregando baseados numa esquina da cidade. Um sorriso leve brotou em seus lábios.

— Eu trabalhava com distribuição agrícola. Um tio meu tinha uma chácara, uma plantação de verduras.

— Verduras?

— É. É um trabalho honesto, pelo menos.

— Sei. Essa sala aqui vive cheia de gente com trabalho honesto, garoto. Tudo trabalhador. Minha vida é essa, ficar incomodando gente honesta feito você.

Rodrigo perdeu o sorriso do rosto e desviou-se dos olhos gelados de Alan.

— E o que o trabalhador estava fazendo na casa da vítima quando ela foi morta?

— A gente é usuário, chefia. A gente tava chapadão. Eu ia lá às vezes para usar minhas pedras.

— O que mais vocês usaram aquela noite?

— Primeiro foi lança, depois ela quis uma balinha, a gente fumou, depois que fumei a pedra eu nem lembro. Ela ficou bem louca.

— Estavam bem animados em se acabar naquela noite, não é?

Rodrigo tinha as mãos trêmulas.

— Beberam algo?

Os olhos de Rodrigo levantaram-se para Alan e o jovem meneou a cabeça em sinal positivo.

— A Debby fazia uns drinques loucos. Vou sentir saudades.

— Beberam o quê?

— Vixi... primeiro eu tomei umas brejas de lata, ela bebeu uma só. Ela curte bebida quente mesmo. Eu sou mais fraco. Acho que meu fígado não metaboliza muito bem.

— Sei.

— Ela tomou muita vodca. Faz um drinque tenso com vodca e coca... coca-cola, no caso.

Rodrigo fez uma pausa e riu, encostando a testa no tampo da mesa de madeira.

– Cara, definitivamente vou sentir falta dessa mina. Mó firmeza, ela.
– E por que você se drogava lá, na casa dela?

Rodrigo levantou a cabeça, ainda com um sorriso largo na face. Lembrava de Débora de quatro no chão do quarto, rebolando loucamente, levando-o à loucura também.

– O lance é que ela não tinha mais grana pra comprar as paradas... aí fazia uns trampos pra mim. A gente ia levando a vida nesse escambo, manja?
– Não, não manjo. Me explica, por gentileza. Como um cara desempregado tem dinheiro para comprar essas merdas, ainda mais para repartir com uma namoradinha?
– Minha mãe dá a grana. Ela sabe que não tem jeito e fica com medo de eu virar um marginal. Não quer me ver pegando ferro de passar roupa de novo para levar pra biqueira.

Alan reclinou a cadeira e ficou encarando aquele viciado por mais de um minuto. O silêncio pesou e o interrogado acusou o seu desagrado.

– Eu acredito em você, Rodrigo. Acredito. Acontece que a Débora tá mortinha, cara. Se não foi você que a matou, quem a matou? Quem mais estava lá, moleque?
– Não tinha mais ninguém, lá, doutor. Só nós dois no começo. Já estava amanhecendo quando ele veio.
– Como era ele?

Rodrigo lembra de ter ouvido passos no corredor. Avisou Débora que alguém tinha entrado na casa sem chamar. A menina estava louca demais para prestar atenção. Rodrigo, que na hora estava sentado no sofá da sala, ficou tenso, duro e arregalou os olhos quando o homem surgiu. Parecia um demônio enviado por sua mente em ebulição química.

– Ele era sinistro, velho. O cara era "mórbico" paca. Esse homem tinha uma cicatriz no rosto... deve ter tomado uma facada, caco de vidro no rosto, coisa boa não foi. Até no pescoço o bicho tinha cicatriz. Parece coisa de filme de terror. Entrou calado e não deu um pio. A Débora conhecia ele, certeza. Ela ficou parada olhando para ele, não reclamou de ele ter entrado na surdina nem se preocupou em estar só de camiseta e calcinha. Eles saíram do corredor e entraram no quarto dela. Eu fiquei no sofá, curtindo minha brisa, na moral.

– E?

– Aí o lance continuou muito "mórbico". O cara saiu do quarto, sem dar um pio. Ela conhecia ele, só pode ser. Não sou da polícia, mas não sou burro. Se ela não conhecesse ele, tinha gritado, pedido ajuda. Só que quando ele saiu, infelizmente, acho que ela já tava mortinha da silva. O cara zoada deve ser um assassino, cachorro duma figa.

Rodrigo balançou as mãos e abriu outro sorriso para o policial.

– Quanto tempo ele ficou com ela no quarto?

– Xiii. Deve ter sido rápido, viu? Ele entrou, eu brisei, cochilei um instante, muita maconha nas ideias. Não parei com o olho aberto. Eu o vi saindo. Vi sim. "Mórbico." Ele parou na porta, ficou me olhando, acendeu um cigarro, deu uma tragada e soprou a fumaça na minha direção. Eu pirei legal naquela hora, eu vi a fumaça virando um dragão, um dinossauro, sei lá, um bichão "largato" vindo me morder. Quase me mijei todo – Rodrigo fez outra pausa, rindo pelo canto da boca, e depois falou. – Eu tava muito doido.

– Ele falou o nome? Disse alguma coisa no final? Pra onde foi?

– Acho que você não está me escutando, doutor. Eu disse que o homem entrou quieto e saiu calado. Não emitiu um chiado. Sangue ruim, sangue frio, sanguinário, o cara. Sanguinário. O único barulho que ele fez foi quando acendeu o cigarro. Nem foi ele propriamente que fez o barulho. Ele usava um daqueles isqueiros bacanudos, de ferro, prateado, manja? Filho duma puta, o cara. Hahahahaha.

Alan passou a mão pelo rosto.

– Do que você tá rindo, pivete?

– Tou pensando quem vai fazer aquele drinque agora, cara? Só a Debby sabia a receita. Me responde, policial.

Alan, que agora andava pela sala, passou por trás do interrogado e lascou um safanão na orelha do rapaz, que caiu da cadeira.

Assustado, o garoto rastejou pelo chão, indo espremer-se contra a parede.

– Que é isso?!

Alan voou sobre a testemunha e agarrou-a pelo pescoço, jogando-a contra a parede novamente. Deu dois socos no estômago do rapaz e soltou-o.

Rodrigo caiu de joelhos, babando e arfando.

– A menina está morta, seu monte de bosta. Foi assassinada com golpes de halteres na cabeça. Tem alguma graça nisso? Tem algum motivo para você estar rindo? Achou graça em ver cérebro espirrando pelos olhos de alguém que você mói na porretada? Hein?! Infeliz!

– Não fui eu... – gemeu o rapaz, ainda caído e assustado.

– Sua história está muito mal contada, moleque! Muito mal contada. Posso resolver que foi você quem acabou com a menina. Você é o único que estava com ela quando ela morreu.

– Não. Não, policial... por favor. Não faz isso. Eu não matei a Debby. Eu era o único amigo dela, cara. Eu não matei minha amiga. Minha amiga...

– Não parece terem sido tão amigos, xará.

– Desculpa meu riso, cara. É o meu jeito. Eu sou assim. Ela já tá morta. Ela deve estar rindo lá no céu também, porque, apesar de tudo, ela era boazinha. Ele mandou eu ficar de bico calado. Mandou eu sumir, doutor. Eu só quero ajudar. Não me bate mais, não me bate, por favor.

Alan torceu os lábios, olhando para o rapaz encolhido no chão, abraçando os joelhos, enrodilhado no assoalho. Tinha vontade de sentar a bicuda no infeliz por mais meia hora, mas estranhou aquele rompante.

– Ele disse que se eu abrisse o bico ia acabar com a minha raça. Ela já tá morta. Não adianta ficar chorando pela Debby! Debby, me ajuda! Não adianta mais chorar... – gritou o transtornado.

O arquivo de áudio chegava ao fim. O escrivão digitava agora: "Não adianta mais chorar."

Fechou o programa e suspirou, espreguiçando-se na cadeira.

Capítulo 19

Marcel abriu seu laptop assim que o cliente entrou no restaurante. Estavam no mesmo lugar do primeiro encontro, na mesma mesa discreta, à meia luz, inclusive. Tomava água com gelo e mastigava as pedras congeladas quando o homem sentou-se à sua frente.

– Eu te liguei, senhor Mistério, porque as coisas estão estranhas. Observei um bocado os dois nesses últimos dias.

– E?

Marcel ergueu os ombros e virou o laptop para o cliente. Ele usava o mesmo blazer cinza do primeiro encontro, e uma ponta de seu topete descia pela testa. Tirou a curiosa cigarreira de prata do bolso do paletó e colocou-a sobre a mesa. Acendeu um cigarro, fitando Marcel diretamente nos olhos.

– Tudo está estranho nesse caso, senhor. Tudo.

– Não é um pouco cedo para o senhor detetive ser tão determinante assim?

– Essa mulher, Laura... ela é o que sua? Namorada, esposa? Queria ouvir de você, pois ela não age como uma mulher casada, muito menos como alguém que está pulando a cerca. Nem aliança ela tem.

– Bem, o que lhe parece estranho não tem nada de estranho. Só quero saber de resultados para assuntos para o qual o senhor foi contratado. Meu parentesco com ela não é da sua conta no momento.

– Tem um monte de coisa que não é da minha conta no momento, senhor. Seu nome não é da minha conta, eu suponho. O que você quer com ela também não é da minha conta, certo?

— Bem, se o senhor está tendo uma crise de moralidade, Sr. Marcel, sugiro que devolva o adiantamento e largue o caso. É superfácil. — A tranquilidade na voz do cliente incomodava Marcel. — O que lhe parece tão estranho, investigador?

— O homem que a visita... ele não é um amante, como eu supus.

— Então me diga o que eles tanto fazem juntos.

— Eu vivo disso, senhor Mistério. Sei que não são amantes, não são amantes como os outros costumam ser. Ela não está procurando um homem para se divertir, para espairecer de um casamento monótono e sem graça. Ela... ela só está... está se encontrando com ele porque...

— O que fazem quando estão juntos?

— Conversam. Estão só de papo-furado.

O cliente deu uma tragada longa e soltou a fumaça na direção de Marcel. Não de uma forma agressiva, mas arrogante, petulante.

— Escute você mesmo.

Marcel virou a tela do computador para o cliente e apertou o TOCAR. A voz de Laura materializou-se ali, no meio do bar, para aquelas duas personagens mergulhadas na penumbra.

— Está ficando cada vez mais difícil. Eu não aguento essa pressão no meu peito, essa coisa na minha cabeça.

— Laura, Laura... já falamos disso tantas vezes. É tudo uma fase, garota. As coisas acontecem em nossa vida para sermos testados.

— Isso eu escuto em todo lugar, que tudo é teste, é provação. Mas quem projeta um teste tão amargo? Para que comigo? Por que tirar as pessoas que mais amo? Não vejo justiça nisso e isso me deixa maluca, Miguel.

— Não é fácil para ninguém, Laura.

— Meu pai não melhora um nada. Eu passo no quarto dele todos os dias, quase todos os dias, e ele nem parece saber que eu estou ali, olhando por ele, do lado dele.

— Ele sabe, Laura. Ele sabe.

— Eu não aguento mais isso, Miguel. É insuportável. Quando aquela desgraça aconteceu, tudo que eu menos esperava é que o Orlando fosse me

apontar o dedo, me acusar. Tomei duas facadas no mesmo dia. A perda do meu amor e a acusação do meu marido.

– Você quer saber o que eu penso do Orlando?

Laura secou as lágrimas sem responder.

– Eu acho que ele é um grande dum babaca. Um babaca enorme. Ele não entende nada da vida e não merecia uma mulher como você.

Laura finge um sorriso para o amigo.

– Você é uma mulher maravilhosa.

– Ele me deixou, como uma roupa rasgada, uma coisa com defeito, uma cadela sarnenta, um monstro abominável.

– Ele escolheu a saída dos covardes, Laura. Ele resolveu que toda a culpa era sua, que a grande perda de vocês dois era por culpa sua. Ele foi covarde, despreparado. Já falamos disso também. Isso te tortura tanto, deixe de lado esses pensamentos. Pense no amanhã, pense que teu pai vai precisar de você firme quando sair do coma. O Orlando foi fraco... a desistência, o abandono foi mais fácil para ele.

– E eu? E eu? Acha que não senti medo? Que não fiquei aflita também? Você bem sabe o quanto eu me senti derrotada, culpada e desprezível sem precisar de ninguém apontando o dedo para mim. Logo ele. Logo o Orlando.

Miguel nota que neste instante Laura passa a mão direita sobre as marcas em seu pulso esquerdo. Toma as mãos da mulher, que resiste a princípio, mas acaba se entregando ao amigo.

– Todos somos fracos em certos momentos de nossas vidas, Laura. Você foi fraca naquele momento. Mas estava coberta por um milhão de razões para se sentir perdida. A vida é a coisa mais rica que temos. Mas as atribulações são tantas que às vezes perdemos a dimensão de tudo, nos sufocamos, quase afogamos em nossa própria tormenta e autopiedade sem conseguir atingir o objetivo principal; nossos espíritos precisam da forja pesada para evoluir. Por isso nada vem fácil, querida.

– Não entendo isso. Não entendo mesmo. Por que iriam traçar um destino para depois tomar aquilo que é mais caro a todos nós... tirar o maior bem de alguém tão puro e tão lindo. Isso não se encaixa.

– Nade contra esses sentimentos, Laura, não se entregue agora.

– Eu parei de nadar faz tempo, Miguel. Eu me afoguei. Igual à minha tia Ana.

– Você nunca me falou dela. O que ela tem a ver com o seu caso?

– Tudo. Tudo a ver.

– Estou te ouvindo.

– Não sei se quero falar disso. Acho que foi lá, no passado, que todo esse meu calvário começou.

– Bem, não quero forçar você a lidar com lembranças que te machucam, meu bem. Não mesmo – murmurou o homem, passando a mão docemente no cabelo da mulher. – Mas tenho curiosidade em ouvir o que se passou. Talvez juntos possamos achar algum caminho. Você confia em mim?

Laura secou mais um par de lágrimas, balançando a cabeça positivamente para Miguel.

– Minha tia plantou essa semente na minha cabeça. Quando ela foi largada pelo marido, desequilibrou-se totalmente. Por que tem sempre um de vocês, homens, metidos nessas histórias para endoidecer as mulheres?

Miguel riu do comentário.

– Muitas vezes, Laura, somos nós quem salvamos vocês, por tanto e tanto tempo que vocês simplesmente esquecem. E vice-versa. Conheço muitas mulheres que salvaram homens, estando ali ao lado deles, simplesmente ficando ao lado deles. Mas quando um resolve partir, minha querida, não é preciso acontecer um terremoto na vida dos dois, porém muitos não concordam e dão chances para que os portões do inferno cheguem bem pertinho.

É a vez de Laura sorrir brevemente, brindando a metáfora do parceiro de banco. Seu sorriso logo foi dragado pela lembrança de uma imagem, de Orlando sentado na cama do casal com um embrulho de presente nas mãos. Dentro da caixa havia um móbile de berço de bebê. Laura baixou a cabeça e respirou fundo dando continuidade à narrativa.

– Ela chorava o dia inteiro, sem parar. Minha mãe, preocupada, chamou-a para ficar em nossa casa por um tempo, até que o temporal desanuviasse. O plano de mamãe parecia estar funcionando muito bem, porque em poucos dias minha tia parecia melhor. Nossa! Como a gente tem a impressão errada das coisas, não é mesmo?

— Qual era sua idade na época, Laura?

— Nove.

— Hum. Você realmente se cobra demais, garota. Você era uma criança de nove anos. Como teria condições de avaliar o que se passava na cabeça de uma tia vivendo uma depressão pós-separação?

— Mas nem meu pai nem minha mãe perceberam o quanto minha tia estava mal. O quanto ela precisava de alguém para ouvi-la chorar. Quando ela começava a se queixar, todo mundo mudava de assunto ou saía da sala e a deixava sozinha. Eu a via chorando, sozinha, triste, abandonada, largada que nem um trapo velho, uma louca chorona.

— E o que aconteceu, no fim das contas?

— Minha tia sumiu. Três dias sem notícia alguma. Minha mãe achava que ela tinha ido procurar meu tio, suplicar para aquele cachorro voltar. Foi até a casa dele. Ele disse que ela não tinha aparecido lá. Minha mãe pirou. Foi para a polícia dar parte do desaparecimento, mas fui eu quem a encontrou. Num armazém abandonado, onde brincávamos de esconde-esconde. Eu a vi. No chão. Coberta de ratos. Tinha um vasilhame seco de bebida caído perto dela. Embalagens e caixas de remédios... a pobre coitada tinha tomado tudo... tinha bebido álcool depois... ratos, ratos... tantos ratos andando por cima dela.

— Suicídio — murmurou o homem, com a voz pesarosa.

Laura apenas sacudiu a cabeça confirmando.

— Ela se matou.

— Não precisa terminar assim com você, Laura. O Orlando não te deixou por causa de outra mulher.

— Antes fosse isso — choramingou.

— E mesmo que ele tivesse deixado, teria sido uma grande besta. Você vale muito mais que qualquer mulher que eu conheço. — Miguel fez uma nova pausa, alisou a cabeça da mulher. — Lembre-se de que ele foi fraco quando deveria ter sido forte para te apoiar naquele momento de perda. A perda não foi só sua, Laura. Foi dos dois. Ele deveria reconhecer e *compreender que você tinha se exaurido. Ele deveria ter pedido ajuda para os dois passarem juntos por aquela provação.*

– Mas foi minha culpa, Miguel! Minha culpa!

O amigo abraçou-a com força.

– Vocês estavam casados quando aconteceu, Laura. Era problema de vocês. Ele podia ter saído com o carro naquela manhã e tudo teria sido diferente. Só que agora isso é passado. O que aconteceu já aconteceu e não pode ser mudado, Laura. Você tem que continuar lutando. Você é jovem, é belíssima, tem toda a vida pela frente, para ser feliz, para reconstruí-la, tijolo por tijolo.

Laura soltou-se do abraço e olhou-o nos olhos.

– Sei que tenho que ser forte. Todos os dias tento voltar a sorrir, mas simplesmente não dá. Eu penso no meu pai. Eu tenho que ser forte por ele agora... mas está sendo tão difícil.

– Tem que ser forte por você. Tem que ser forte por você. Não vale a pena anular a vida com tristeza. Estamos aqui, passando pelos dias, passando por nosso período de vida, é um desperdício tremendo ficar aguando as ervas daninhas do passado, as frutas mortas. Deixe a alegria florescer no seu coração, Laura. O que está feito, está feito. Você pagou o que devia, agora erga a cabeça e continue, garota. Crie um futuro. Crie alegria no seu futuro. O que conta é o agora e nada mais.

✳ ✳ ✳

Na mesa do restaurante, Marcel e seu cliente ouviram a dupla se despedir e em seguida o som de passos. Ao fundo, permaneceu apenas o som das risadas das crianças brincando na praça.

Foi Marcel quem quebrou o silêncio.

– Esse homem faz isso todos os dias. Tenta ajudá-la, confortá-la. É como um conselheiro, um psicólogo da hora do almoço tentando resgatá-la de uma prisão infernal da qual ela não consegue mais sair.

– Sei.

Marcel encarou o cliente por um momento. Apesar da luz baixa, notou que o homem passou o dedão no rosto repetidas vezes para conter as lágrimas.

— Você que parece conhecê-la tão bem... do que ela está falando? Por que o tal do Orlando a largou?

O cliente ergueu as sobrancelhas e soltou uma baforada comprida enquanto tamborilava com os dedos sobre o símbolo impresso em sua cigarreira, parecendo querer desviar a atenção do investigador de seus olhos vermelhos.

Marcel tomou outro gole d'água enquanto fechava a tela do laptop.

— Esse homem, o Miguel, quero que descubra tudo sobre ele. Onde dorme, a que horas come, eu quero saber de tudo.

— O que ela fez?

O homem deu outra tragada e soltou a fumaça, deixando o ambiente nublado entre ele e Marcel.

— Laura ficou presa três anos, garoto. Ela é uma assassina. Ela matou o próprio filho.

Marcel, apesar dos anos de experiência, não conseguiu disfarçar o espanto nos olhos.

— Sinistro, não é? Até eu acabaria piradinho igual a ela. Fazendo exatamente o que ela está fazendo – soprou mais fumaça. – Adoro isso aqui. O melhor nos meus encontros é justamente isso aqui.

Marcel ainda ruminava a última revelação.

— Esse homem que conversa com ela não é o que parece ser. Cuidado quando estiver investigando. Quero saber tudo. Por que está se encontrando com ela?

— Parece ser um amigo.

— Parece, mas eu sei que ele não é só um amigo. Você tem fotos dos dois juntos?

— Não. Até fiz algumas, mas parece que minha câmera está com defeito. Eu resolvo isso.

— Quero vê-lo.

— Ok. Eu descubro tudo sobre ele. Deixa comigo.

– Semana que vem você me liga, marcamos aqui de novo.

Marcel concordou. Levantou-se e cumprimentou o homem, que saiu rapidamente. Enquanto ele guardava seu laptop na bolsa de couro, aquela revelação marretava em sua cabeça. "Laura ficou presa três anos, garoto. Ela é uma assassina. Ela matou o próprio filho."

Capítulo 20

Foi bem no começo da carreira que Marcel aprendeu uma valiosa lição sobre investigar pessoas, manter o caso em progresso. Para evoluir muitas vezes era preciso mudar o ponto de vista, e em alguns casos levava isso ao pé da letra. Tanto que, em vez do banco da praça ou da janela do hotel, tinha tomado uma cadeira de ferro vermelha, enferrujada e amassada como posto de observação. Estava longe da praça, sentado num boteco de quinta categoria, e um bocado adiantado. Precisava chegar cedo para se misturar ao cenário e, quando o objeto de seu desejo surgisse no horizonte, saber exatamente como se comportar para não se destacar de todo o resto, como a fachada em neon de um prostíbulo numa noite escura. Por essas e outras já estava na terceira garrafa de cerveja e um tanto alto para aquela hora do dia, mas perfeitamente amalgamado ao entorno, ouvindo as piadas e os causos perpetrados por alguns personagens daquela viela, guardado por uma posição privilegiada no fundo do boteco, escondido atrás de uma máquina de fliperama e dois caça-níqueis, donde uma enxurrada sonora inundava tudo ao redor. Ainda assim, de onde estava via a porta que queria.

A pedido de seu cliente anônimo, tinha passado o foco de sua observação para o não menos misterioso Miguel. Por algumas tardes, saíra em seu encalço logo após o sujeito deixar Laura. Não foi tão difícil descobrir a base da figura, que sempre caminhava até o final da praça depois que a mulher voltava para o trabalho. Miguel atravessava a rua quase que de frente ao hotel e subia uma viela que começava serpenteando-se por entre as paredes de dois comércios. Era uma viela estreita e sua entrada era dotada de uma escada malfeita, com pedaços de guia e trechos com blocos soltos onde prevaleciam o chão de terra batida e a lama. Canos lançavam dejetos em uma vala a céu aberto, transformando a curta subida em uma aventura. Após uns vinte metros, a escadaria cessava, deixando quem viesse por ela no meio de uma viela cercada por barracos e casebres paupérrimos. O som das TVs e dos rádios em alto volume compunha a trilha sonora de boas-vindas. Marcel levou apenas dois dias para descobrir onde o homem vivia. Tudo o que se enxergava da habitação de Miguel era uma porta encravada numa parede de blocos vermelhos sem acabamento algum que dava para a viela. A tal parede tinha, se tanto, dois metros de comprimento, mas era impossível determinar a profundidade do terreno. Marcel daria um jeito de espiar aquilo de perto. No terceiro dia, usou o boteco oportunamente instalado em frente à porta de Miguel para fazer análises mais detidas. A porta do casebre, por onde toda tarde aquele estranho homem entrava logo depois de visitar Laura, tinha sido azul um dia, mas agora estava toda descascada e corroída pelo tempo e a umidade, sobrando uma pintura pálida onde a camada acrílica ainda resistia. Como observou em outros dias, o mais intrigante era o fato de que Miguel não saía mais a tarde inteira após voltar do encontro com Laura. Profissional aplicado, Marcel passou a vigiar a porta em outros horários. Chegando mais cedo por três dias seguidos, constatou que Miguel deixava a casa pontualmente ao meio-dia. Ao que parecia, visitar Laura era algo como um ritual para aquele homem. Marcel olhou para o relógio pela centésima vez. O tempo escorria lentamente em direção ao meio-dia. Marcel sabia que a qualquer instante o sujeito sairia do casebre rumo à praça, e isso deixaria o campo livre para uma observação mais arrojada. O mistério só aumentava a cada nova informação que chegava aos olhos do investigador, pois novas peças eram lançadas naquele jogo sem que uma ligação lógica fosse identificada por Marcel. A informação nova e desconjuntada era o fato de que não era só o estranho Miguel que passava por aquela porta. Em horários diferentes, Marcel viu ao menos mais duas pessoas cruzarem os batentes da humilde moradia. Uma delas era uma garota, de uns 23 anos, de corpo muito bem-feito e roupas sensuais. Vendo-a entrar, notou uma grande tatuagem em suas costas, mas não teve tempo de entender exatamente o que aquele desenho representava. Numa outra ocasião ficou surpreso em ver o já conhecido bêbado piadista entrando também no local. Ao que parecia, aquela porta servia de acesso para um cortiço ou coisa parecida.

Recostou a cabeça numa viga de madeira a seu lado. A manhã que começara ligeiramente fria ia agora esquentando e desacelerando, talvez por efeito do álcool, talvez por conta da monotonia. A espera era a arte de sua profissão. Saber esperar o peixe como um pescador. Era preciso investir tempo para ser um bom investigador. Ergueu a mão e, ao ser visto pelo balconista, balançou a garrafa vazia. Logo ela era retirada da mesa de ferro à sua frente e o som do gás escapando do gargalo de uma nova garrafa de cerveja, suando de tão gelada, foi ouvido. O balconista, que também era o proprietário, atendia pelo apelido de Chocolate. Prontamente, completou o copo do freguês com o líquido dourado, deixando um colarinho fino. Marcel encheu a boca com um novo e generoso gole. O copo ainda estava em seus lábios quando ele percebeu um sutil movimento do outro lado da rua. Ainda teve tempo de notar a maçaneta girando um pouco mais. Primeiro uma fresta estreita surgiu e, em seguida, a porta estava aberta.

O interior do casebre era escuro e, como nada acontecia, Marcel chegou a sentir o coração acelerar num despertar de ansiedade. E se ninguém saísse? Logo essa dúvida foi aplacada pelo rosto enrugado de Miguel, quebrado pela luz dura do sol a pino, brindando Marcel com sua presença infalível. O homem parou no meio da viela e fechou a porta de seu cafofo, dando uma olhada para os lados antes de soltar a maçaneta. Miguel olhou para o boteco de Chocolate enquanto o investigador erguia o copo mais uma vez, fazendo com que encobrisse boa parte de seu rosto. Dissimulando, Marcel fingiu prestar atenção no rapaz com jeito de malandro que arriscava a sorte na máquina caça-níquel, enquanto acompanhava os movimentos de Miguel com o canto dos olhos, notando-o desaparecer viela abaixo. Sem demonstrar muita pressa, terminou seu copo de cerveja, consultando o relógio ao final. Suspirou fundo, encarando a porta. Foi até o balcão e pagou a conta.

Sabia que tinha de executar sua tarefa sem chamar a menor atenção, do contrário seu disfarce de simples passante cairia por terra e o boteco não mais poderia ser usado para suas espreitas. Recostou-se em outra coluna de madeira, agora na frente do bar, esperando um volume maior de gente passando de lá pra cá. De repente a algazarra bem-vinda da criançada voltando da escola pública brindou seus propósitos. Um bando de quinze meninos e meninas tomou a viela, fazendo festa em torno de um senhor que empurrava um carrinho de mão, trazendo um fogão novinho em cima dele. Marcel aproveitou para atravessar a viela de chão de terra. Parou em frente à porta e olhou rapidamente ao redor. No bar, sua principal preocupação, ninguém tinha notado seu movimento, com exceção do malandro junto à máquina caça-níquel. Marcel colocou a mão na maçaneta. Seus olhos ainda estavam no rapaz tentando a sorte, que por um breve momento encarou seu olhar. Para seu alívio, no instante seguinte virou-se para a frente, com um sorriso no rosto ao ouvir uma sirene disparar enquanto a máquina despejava com estardalhaço uma cascata de moedas pela boca, distraindo ainda mais os frequentadores do boteco. Marcel girou a maçaneta vagarosamente. Apesar de apostar todas as fichas de que aquela casa estava vazia, convinha entrar sorrateiro. A porta deslizou suavemente enquanto a algazarra das crianças ainda estava próxima e o som da máquina caça-níquel estalava alto. Passou para dentro, fechando a porta com cuidado. Fora o som da rua, nada mais se fazia ouvir do lado de dentro. Um bico de cerâmica pendurado por dois fios vermelhos mal-ajambrados deixava uma lâmpada de 60 velas iluminar parcamente o recinto. Marcel recostou-se à parede nua de tijolos vermelhos tomado por uma impressão incômoda. Aquilo não era um casebre, muito menos poderia ser chamado de cortiço. O local, à primeira vista, resumia-se a um único cômodo! Seus olhos varreram o ambiente. Estava sozinho. Andou da porta até a parede do fundo usando quatro passos para tanto. Com mais quatro atravessaria a largura da sala. Um ambiente pequeno e desprovido de móveis, nem mesmo uma cadeira. Os únicos objetos compunham-se por uma dúzia de caixas de madeira, daquelas de carregar verduras e frutas, empilhadas aqui e ali. Transtornado, Marcel visitou cada um dos cantos daquele cubículo ridiculamente pequeno, vasculhando reentrâncias com as mãos, afastando as caixas que se encontravam junto às paredes, tudo para se certificar de que não existia uma saída, uma passagem secreta em algum lugar. Nada. O suor brotava em sua testa. Aquele lugar, sem janelas, sem outras portas, sem fissura alguma para ventilação, era um verdadeiro forno. Como era possível aquelas pessoas permanecerem ali por horas a fio? Seus olhos giraram mais uma vez, inconformados com o que registravam. Não havia um filtro, uma geladeira, uma torneira. Horas sem água, sem comida. Vasculhou as caixas vazias de madeira. Nem lixo havia ali. Sem pia, sem banheiro, sem armários, sem TV. Aquilo não fazia sentido algum. Tinha que haver uma passagem, um acesso, uma janela ou uma outra porta escondida. Pela décima vez deixou seus olhos correrem detidamente pela parede sem acabamento. Sorriu ao ter o estalo. É claro! O chão. Era de cimento, também sem acabamento, coberto por pedaços de papelão. O arrastar de seu tênis produzia um barulho característico e também levantava um pouco de poeira de concreto. Vasculhou com os olhos o contrapiso e, rapidamente, seu sorriso maroto foi desaparecendo. Impossível! Nada! Nenhum alçapão para alcançar um porão. Afundou os dedos nos cabelos, pressionando a cabeça como se aquilo fosse fazer com que enxergasse algo que não estava ali.

Marcel voltou até a porta e girou a maçaneta, abrindo uma pequena fresta. A rua, agora calma, era seu novo desafio. Queria sair dali sem ser notado para ter a chance de voltar. Era humanamente impossível passar um dia inteiro ali dentro, sentado em cima de um daqueles caixotes, detento voluntário de uma cela. Quando Marcel saiu à rua, o bar estava calmo e só se escutavam os repetidos barulhos da máquina de fliper e dos caça-níqueis somados ao zum-zum-zum dos passantes. O investigador não ficou parado. Um estranho parado sempre chamava mais a atenção. Começou a caminhar, cruzando a viela como se fosse retornar ao bar. Pelo que podia notar, olhando com descaso por onde passava, ninguém parecia ter se fixado nele. Deu mais alguns passos em direção à escadaria feita de pedaços de guia que levaria até a rua enquanto revia as imagens que acabara de captar na mente. Fora do quartinho, o ar da tarde estava bem mais fresco, já que a manhã tinha começado fria. Devia fazer uns 25°C. Contudo, dentro do cubículo, a impressão é que se chegava quase aos 40°, isso num dia de temperatura amena. Aquilo deveria se transformar num inferno num dia de calor. Sabia que tinha algo de errado naquilo. E ruminava essa sensação quando tomou um impacto no peito, sendo pego totalmente desprevenido e indefeso. Bateu com as costas num poste de cimento naquele estreito corredor em declive. Quando seus olhos encontraram os do agressor, outra surpresa. Era o malandro da jogatina. Ele usava uma touca de lã negra na cabeça com um bordado branco na frente. Dois números zero bem próximos. A camiseta era desbotada e tinha um grande leão tingido e já quase desaparecendo, as cores do reggae jamaicano bem pálidas. O rosto estava fechado e os lábios finos e largos inclinados para baixo.

– Quem você pensa que é, meu irmão? – indagou o vagabundo, dando outro empurrão quando Marcel descolava-se da parede.

Marcel bateu com os ombros uma segunda vez. Poderia facilmente sair daquela situação, mas sabia que seria inconveniente começar uma briga, chamando atenção demais para si. Poucas pessoas passavam e pareciam não notar a enrascada em que ele se encontrava.

O malandro aproximou-se mais e prensou Marcel contra a parede, segurando-o pela camiseta na altura de seu peito.

– Aquela não é sua casa, você não foi convidado para entrar. O que quer aqui no meu pedaço?

– Eu tenho um amigo que mora aqui.

O malandro sorriu.

– Acha que eu sou imbecil, meu irmão? Por que você não bateu na porta do seu amigo quando ele ainda estava em casa?

– Eu quero fazer uma surpresa pra ele, só isso.

– Surpresa? – sussurrou o malandro, afrouxando a mão. – De onde você conhece ele?

– Eu o conheci faz tempo. Num cruzeiro.

O sujeito soltou Marcel e deu um passo para trás. Seu rosto era um misto de descontentamento e dúvida.

– Ele nunca me disse nada dessa coisa de cruzeiro.

– Faz tempo. Talvez ele tenha esquecido ou não queira lembrar de velhos amigos.

O rapaz coçou o queixo e ficou olhando para Marcel, encarando seu rosto e examinando-o detidamente.

– Você conhece mesmo ele, não é?

– Conheço, poxa! Só não quero que ele saiba que eu estou aqui. Quero fazer uma surpresinha, só isso.

O sujeito ficou parado um instante e aproximou-se de Marcel até quase encostar seu rosto no do investigador e então fez algo muito esquisito: inspirou fundo, farejando, cheirando o rosto de Marcel.

Será que o sujeito achava que o relacionamento de Marcel com Miguel ia bem além de amizade? Será que ele estava se engraçando com Marcel? O investigador não tinha dito nada que levasse o malandro a agir daquele jeito, no entanto, o homem seguia cheirando seu cangote, descendo para o ombro e depois para seu peito. Marcel via as pessoas passando e olhando para a cena. Chegou a enrubescer, um tanto constrangido.

– Ô chegado, agora deu, não é?

O malandro ficou ereto e deu dois passos para trás.

– Pode ir, meu irmão. Some daqui. Você parece estar falando a verdade, eu não vou estragar seu segredinho, não, pode deixar. Agora, não fica folgando aqui no meu pedaço, basta um vagabundo por aqui.

Marcel realinhou a camiseta e a postura, e quando olhou para a frente o malandro já subia a escadaria em direção à viela, sem olhar para trás. Então o investigador balançou a cabeça negativamente e voltou a descer.

– Que maluco – murmurou.

Aquele embate tinha acabado de se tornar seu problema número um. Ainda que o paspalho tivesse engolido sua história, teria problemas para partir para a próxima fase, o que lhe exigiria um bocado da sua boa e velha ousadia. Com sua identidade comprometida, teria que lançar mão de um característico expediente no mundo da espionagem: voltaria para a viela dentro de um disfarce. Mudaria sua abordagem. Marcel crispou os lábios, desconfortável. Existia outro problema agora. Caso o filho da mãe não engolisse a história, iria voando contar tudo para Miguel e, se o investigado tivesse alguma culpa no cartório, poderia simplesmente evaporar de uma hora para outra. Precisava descobrir de uma vez por todas o que aquele misterioso homem fazia no casebre vazio o dia todo, e faria isso no dia seguinte, sem falta.

Capítulo 21

— Relaxa, Alan. Desse jeito você vai ter um treco antes dele acabar.

Alan olhou para Gabriela e pensou em mandar um desaforo na lata, xingar feio mesmo, mas engoliu sua resposta e respirou fundo.

— Acontece, dona Corregedoria, que a cada minuto a mais que esse retrato falado demorar para sair, um minuto mais distante estará o fugitivo, o assassino da garota.

— Você descartou o garoto?

— Esses noias são capazes de fazer tudo que é barbárie, Gabriela, mas esse aí eu já conheço, é cobrinha criada aqui na cidade, se vê sangue, desmaia. Provavelmente vivia lá comendo a menina e tava chapado demais para perceber que alguém teve a mesma ideia e a matou.

— Você acha que ela sofreu abuso?

— É quase certo. Vamos ver o que a autópsia retorna.

Alan saiu da sala e foi até o corredor pela vigésima vez enquanto Gabriela balançava a cabeça negativamente. O policial parou na porta da sala do técnico. Paraná, o papiloscopista que fazia o retrato falado colhendo informações de Rodrigo, olhou para Alan e voltou a falar com a testemunha e mover o mouse, retirando um pouco do volume das bochechas do rosto que se formava na tela do computador.

Alan voltou ao corredor e tornou a olhar para o relógio na parede. Cada minuto contava. Cada minuto era importante. Se o assassino não fosse da cidade, estaria se afastando mais e mais.

Sua agonia só foi aplacada 15 minutos depois, quando Paraná saiu da sala, com uma folha impressa na mão: o retrato falado do suspeito descrito por Rodrigo.

– Joia, Paraná. Agora, sim.

Alan avançou em passos rápidos até a fotocopiadora no final do corredor e começou a reproduzir o retrato. Gabriela chegou logo atrás, apanhando um deles e olhando fixamente para aquele rosto mecanicamente montado sobre as impressões que um rapaz drogado tinha passado para o policial. Gabriela olhava para um rosto frio, um homem branco, por volta dos 55 anos, com uma cicatriz extensa na face, indo até o pescoço, talvez uma queimadura, talvez resultado de uma briga de facas.

– Vamos atrás desse bicho feio, aí.

– A testemunha tem ideia de quem ele é? Nome? Se é da cidade ou de fora?

– Não sabe nada dele. Só sabe que a Débora o conhecia – respondeu enquanto andavam em direção ao pátio da delegacia. – Pra mim ele é o Cicatriz. Olha o tamanho do corte na goela, típico rosto de sangue ruim, miserável dos infernos. Deve ter se envolvido em brigas com vagabundos e tomado um talho na fuça.

– Bem, se você acha que ele é o cara, vamos correr mais e imaginar menos.

Alan sorriu para Gabriela e apontou a porta da delegacia.

– Agora você está falando a minha língua, dona Corregedoria.

Logo estavam dentro do carro, tomando as ruas da cidade. Quando o mandado de prisão saísse, Alan queria já estar na cola do sujeito.

Capítulo 22

Os passos estalavam contra o chão de cimento da praça. O homem desviou de dois adolescentes bêbados que passavam empurrando um ao outro e rindo, sem sequer terem se dado conta de sua presença. Ele olhou para trás e depois para a rua. Nenhum carro. Atravessou sobre o asfalto e seus passos voltaram a estalar na calçada. Entrou na rodoviária e dirigiu-se a um guichê, estendendo um bilhete impresso horas antes numa lan house. A funcionária da companhia rodoviária apanhou o papel e conferiu em seu terminal.

– O senhor quer janela? – perguntou, erguendo o rosto.

O homem meneou a cabeça positivamente.

A mulher sentiu um calafrio. Só agora encarava o cliente. Ele tinha uma cicatriz horrível do lado esquerdo do rosto. Um corte extenso e curvilíneo serpenteava do seu olho até sua garganta, perdendo-se dentro da gola da camisa. Ela olhava vidrada para ele quando notou que o homem já tinha passado o cartão pelo guichê para o pagamento da reserva. A moça sentiu-se embaraçada ao encarar os olhos tristes daquele estranho. Ela sabia que tinha reparado em seu defeito facial, e que o olhava com uma boa carga de repulsa. Agora via apenas um par de olhos tristes, nada mais.

– Obrigada e me desculpe, senhor.

O homem afastou-se calado, muito provavelmente ressentido com aquele olhar. A moça do guichê torceu a boca e olhou para o cliente seguinte.

– Próximo!

Capítulo 23

– Bom-dia, flor do dia! – exclamou Simone, entrando na cafeteria e encontrando uma Laura com cara de sono e desanimada.

Simone ajeitou sua bolsa na cadeira ao lado de Laura no balcão.

– Ô Jaca, manda um pretinho e dois biscoitinhos... dois, hein?

Laura sorveu mais um gole da sua xícara de café enquanto Simone alisava o joelho da amiga sob a calça jeans.

– E o seu pai, garota?

– Tá do mesmo jeito, Si. Na mesma.

– Que barra, hein?

– Onze meses... sem melhora. Agora me avisaram que a cobertura do convênio está para acabar.

– Pô, Laura, mas seu pai trabalhou lá uma vida e meia. Deus o livre, ninguém vai ter coragem de enxotar o seu pai do leito.

– Isso é. Mas e a grana? Uma hora vão me cobrar e não sei como vai ser.

O balconista colocou o café com os biscoitos para Simone, que apanhou dois sachês de açúcar.

– Acho que o que eu queria mesmo era um milagre, sabe, Si? Daqueles bem grandões. Ir até lá hoje à tarde e encontrar meu pai bem, sentadinho na cama, só esperando pra gente poder ir pra casa junto. Dava todo dinheiro do mundo para que isso acontecesse.

– Reza, ué. Reza pro teu anjo da guarda. São eles que mandam embrulhar os milagres e trazem pra cá, pro nosso mundo – disse de boca cheia, mastigando o biscoito de polvilho.

– Amiga, eu já rezei tanto, já rezei tanto, mas parece que Ele não está me ouvindo.

Simone suspirou e acariciou novamente a perna da amiga.

– Jaca, faz um cafezão pra viagem, por favor – pediu Simone, colocando o segundo biscoitinho na boca.

Laura deu uma última golada e continuou com o olhar perdido.

– O Dr. Breno me ligou hoje, bem cedinho. Pediu pra eu passar lá. Tem que falar comigo ainda hoje – Laura passou a mão pelo braço. – Toda vez que ele liga, me sobe um arrepio pela espinha, me dá calafrios. Sempre penso que ele vai chegar com "a notícia".

– Ai, Laura, quanta uruca! Vira essa boca pra lá. Daqui a pouco o tiozão gostosão vai estar aí, circulando de novo, todo boa-pinta como sempre foi. Aliás, se você precisa de uma amiga enfermeirinha, eu tô aqui.

Laura finalmente sorriu um pouco.

– Pode deixar, lindinha, você vai ser a primeira enfermeira da lista dele, tá? – Laura fez uma pausa e baixou a cabeça, perdendo o sorriso. – Mas quando o Dr. Breno liga, não sei... coisa boa não é.

– Menina! Melhora esse astral! Pensa positivo! Quantas vezes já te falei? Você precisa se desentocar um pouco e andar mais comigo, garota! Tá precisando de uma *vibe* do bem circulando por sua aura.

– Lá vem você com esse seu "pensa positivo". Se pensamento positivo resolvesse tudo na vida, não tinha gente passando fome.

– Laura! Para! Pensa positivo! – repetiu Simone, reforçando a última frase.

– Vou pensar! Vou pensar!

– Promete?

– Prometo.

– Vai pensar o quê?

– Que vou chegar lá e o Dr. Breno vai dizer que meu velho melhorou.

– Isso! Boa menina. – Simone virou-se para o balconista, que tinha se aproximado e ouvia atentamente o papo das duas. – Para de ser abelhudo, Jaca! Quanto deu aqui? Pendura na minha hoje. – Simone levantou-se e pegou o café para viagem. – E vamos embora, nega. Tem muito anjinho pra retocar ainda hoje.

– Se as irmãs não perceberem o progresso essa semana, vão começar a ficar no nosso pé.

– Imagina, Laura, elas são umas fofas, vão querer é nos ajudar, para terminar mais rápido.

Laura também apanhou seu copão e virou rapidamente, já em direção à calçada, quando trombou com um rapaz moreno, de cabelos negros e penteados para trás, com uniforme de carteiro. O coitado não teve tempo de se desviar e foi vítima de um banho de café quente.

– Ai! – gemeu o rapaz, curvando o corpo, tentando afastar a camiseta, que tinha sido amarela até segundos atrás, da pele de seu peito.

– Ai, meu Deus! Perdoe-me! – berrou Laura, tremendamente desconcertada. – Perdoe-me!

– Laura do céu, olha o que você fez com o carteiro! – acudiu Simone.

O rapaz continuava sacudindo a camiseta, com um esgar de dor, provavelmente com a pele queimada pelo líquido quente.

– Toma esse paninho aqui pra ver se seca. – Jaca estendeu um pano de prato.

– Tá tudo bem – disse o rapaz, colocando o saco azul com correspondências em cima de uma banqueta à beira do balcão.

– Moço, me perdoa. Essa semana sou a Dona Trapalhada em pessoa. Estou parecendo uma barata tonta há dias – clamou Laura, tomando o pano de prato da mão do rapaz e passando a esfregar sua camisa com força, na tentativa vã de limpar seu uniforme.

– Isso é verdade – resmungou Simone, cruzando os braços e observando a atitude da amiga.

– Calma, moça. Logo logo isso seca – apaziguou a vítima, pegando mais uma vez o pano e segurando a mão da mulher. – Um banho de café não é o fim do mundo.

– Não seria, queridinho. Não seria. Acontece que café mancha o seu uniforme.

Laura olhou e fez uma rápida carranca para Simone só vista pela amiga, que não conseguiu esconder um sorriso.

— Não sei o que dizer, moço. Molhou suas cartas?

— Acidentes acontecem. Não esperava por isso, mas aconteceu — resmungou o carteiro, dando uma olhada na bolsa de correspondências. — Não pingou uma gota aqui, então tá tudo bem, de verdade.

— Jura? — perguntou Laura, com as sobrancelhas erguidas e ainda completamente sem graça.

— Meninas, vão andando, que escutei vocês dizendo que estavam atrasadas — intrometeu-se Jaca. — E você, carteiro, senta aí que eu ponho o teu café. Fica tranquilo, que vou colocar na conta dela, pode deixar.

— Isso, Jaca. Eu pago, viu moço? É o mínimo que posso fazer por você — argumentou Laura, sendo puxada pela amiga rua afora.

O carteiro lançou um sorriso para a bela mulher e virou-se, sacudindo a camisa assim que elas sumiram na calçada.

Jaca olhou para a porta e, vendo que elas já tinham ido, sorriu para o carteiro, balançando a cabeça.

— Te queimou, né?

— Putz, tá doendo — queixou-se o homem, com um sorriso no rosto. — Mas como brigar com uma coisinha fofa daquelas?

Jaca também riu.

— É. A dona Laura é uma gata mesmo. Mas não é namoradeira. Nem adianta suspirar.

O carteiro concordou, pegando o café no balcão.

— Poxa, você veio aqui esses dias tomar café, mas não tava de uniforme, e eu nem sabia que era carteiro, ainda mais trabalhando nessas bandas. O que aconteceu com o Gomes?

O carteiro sorveu o café e demorou a engolir, para ter mais tempo para pensar.

— O Gomes?

— É, aquele barrigudo que faz esse pedaço há anos.

— Não aconteceu nada com o Gomes. Teriam me dito alguma coisa. Só mandaram eu vir pra cá.

— Tá de férias? Ele falou de que ia sair de férias.

— Vai ver, saiu. Mas que eu saiba não aconteceu nada. Não tou no lugar dele. Só vim fazer uma entrega especial e já tou rapando fora.

— Puta merda, então é um azarado mesmo. Tomou um banho de graça.

— Depende do ponto de vista né, xará. Pode ter sido a maior sorte de minha vida ter esbarrado com a dona Laura.

O balconista sorriu e apontou para o carteiro.

— Tá certo. Tá certo.

O sorriso de Jaca sumiu quando viu Alan atravessando a rua na direção da lanchonete.

— Bem, já vou indo – resmungou o carteiro, levantando e apanhando a bolsa de correspondências. – Obrigado pelo café.

— Falou, rapaz. Até mais. Se continuar ardendo, passa pomada.

O rapaz sorriu e saiu.

Alan e Gabriela cruzaram com o carteiro e pararam no balcão.

— Fala, seu Alan? Vai café?

— Põe dois pequenos aí, Jaca.

Enquanto o homem apanhava duas xícaras, o policial levantou um papel. Era um retrato falado do Cicatriz.

— Você viu esse cara por aqui esses dias?

Enchendo as xícaras, olhou para o retrato e para os policiais.

— Nem. No meu horário essa cara não passou aqui, não.

— O Armandinho já chegou?

— Não, doutor. Ele só chega à uma hora. Deixa aqui que eu mostro pra ele. Ele tem mais memória que eu para lembrar de rostos, mas um rosto feio desse aí a gente não esquece rápido não, né?

— Acho que não.

Alan passou o café para Gabriela.

— Vamos fazer melhor, Jaca. Prega esse retrato aí na parede para todo mundo ver. Ele matou uma menina de dezenove anos. Se estiver andando por aqui, ainda vou pegar esse safado.

— Tem que pegar mesmo. Igual ao Tatu. Gostei quando você pegou aquele vagabundo – disse o balconista em voz mais baixa.

— Tô indo, Jaca. Depois a gente se fala – despediu-se abruptamente o investigador da Civil, desconfortável com o rumo da conversa.

— Você tá certo, viu, Alan? Tá certo. Lugar de tatu é debaixo da terra. Tem que enterrar tudo de pé ainda pra não ocupar espaço – continuou o balconista.

Gabriela ergueu as sobrancelhas quando viu Alan saindo.

O policial voltou à porta do estabelecimento e ergueu as mãos.

— Você não vem, Gabi?

— Gabi? Agora sou Gabi?

— É, vamos embora. Não vamos pegar esse cara parados aqui.

— Mas a Gabi aqui não terminou o café. Tava melhor agora, ouvindo os conselhos do seu amigo Jaca.

Os dois caminhavam rapidamente em direção à praça.

— Quem é o Tatu?

— Era um traficante de meia pataca que tava apavorando os comerciantes do bairro. Esquece isso.

— Não dá pra esquecer tudo que escuto, Alan. Estou aqui para escutar coisas, e coisas de você.

— Então tampa os ouvidos, se não quiser se aborrecer.

***

Alguns quarteirões adiante, Simone não controlava o riso, enquanto Laura tentava fingir certo constrangimento, com um sorriso velado no rosto.

— Menina, você quase mata o rapaz?! Hahahaha! Ele, tadinho, sentindo a maior dor e tentando sorrir pra você, ser gentil.

— Tadinho do carteiro, foi escaldado e você aí, tirando onda do pobrezinho.

— Que fofo, Laura! Mais preocupado com você do que com ele. Hahahaha!

Laura coçou a nuca. Sempre fazia isso quando estava nervosa.

— Menina! Que é aquilo? Preciso de um carteiro gato daqueles na minha vida.

Simone estacou e arregalou os olhos, boquiaberta.

— O quê?! Você?! Estamos mudando, hein, dona Laura!

— Que foi?

– Que foi? Você foi! Quando anda comigo parece uma pedra, nunca comenta de homem nenhum. Ontem mesmo falei do Celso e você nada!

– Ele é um padre, Simone. Você vem com cada cara!

– Mas o carteirinho, hein? Nem achei ele tão bonito assim. – Parou e piscou um olho para a amiga. – É, pensando bem, até que ele dá pro gasto. Hahaha.

– Pro gasto? Acho que eu tenho problemas quando encontro homens com os olhos iguais aos dele, e aquele queixinho bonitinho – parou e suspirou. – Quando ele segurou minha mão, acho que percebeu que eu estava supernervosa!

– Não acredito?! Nós vimos a mesma pessoa? Vamos voltar lá agora, menina! – Simone agarrou a mão de Laura. – Nunca te vi assim, parecendo um boi babão por causa de um carinha que você quase afogou com café.

– Não volto nem a pau. Tá maluca?!

– Mas ele sentiu calor também, não percebeu?

– Sério?! Como assim? O que você viu?!

– Eu vi você derrubando um café pelando nele, imagina o calor que ele não sentiu na barriga?

Laura bufou e fez de conta que ia esganar a amiga. Então voltaram a caminhar e entraram aos risos na igreja.

Enquanto isso, na direção oposta à das mulheres, o carteiro chegava ao hotel Califórnia. Passou pela recepção e acenou para o recepcionista. Entrou no elevador e subiu até o andar onde estava hospedado. Andava calado, carcomido por seus pensamentos. Passou o cartão na porta e soltou a bolsa azul sobre a cama.

– Coincidência do caramba – resmungou, sentando-se na frente do laptop.

Marcel tirou a camisa suja de café e estendeu-a sobre a cadeira. A lavanderia do hotel dificilmente a entregaria limpa até o horário para o qual seria necessária.

Olhou para o relógio de pulso e suspirou. Suas andanças dissimuladas pelas ruas do bairro, passando por botecos pedindo informações como se estivesse perdido, não despertaram a atenção excessiva dos moradores, tampouco renderam frutos. Não avistou o homem que sentava todos os dias ao lado de Laura em canto algum da viela ou dos arredores. Isso acabava reforçando a teoria de que o sujeito passava o dia inteiro enfiado naquela espelunca. Teria de se valer da última alternativa. Seguir os passos do homem quando ele deixasse Laura naquela praça. Agora a tarefa ficava mais arriscada, o uniforme vistoso de carteiro poderia chamar a atenção da mulher que tinha lhe banhado de café.

Um largo sorriso involuntário brotou no rosto do detetive ao se lembrar do jeito dela. Lembrou-se também de como ela tremia. Primeiro pensou que fosse de vergonha ou medo, coisa assim, depois encontrou naqueles olhos outra coisa, uma coisa comum que sempre achava em olhos de mulher quando saía para a paquera. Laura tinha ficado sem graça quando suas mãos se encontraram. E ele tinha gostado daquele olhar. Marcel escondeu o sorriso e balançou a cabeça. Não. Não podia pensar nessas coisas. Ela era o assunto, era a razão do trabalho, era só mais um alvo, mais uma mulher sendo vigiada pelo marido... se bem que tinha quase certeza de que o cliente não era nada dela, nem marido, nem namorado, nada. Em nenhuma conversa com Miguel ela tinha citado um relacionamento atual. Aquele cara deveria explicar direitinho que interesse tinha. Laura era uma mulher perdida num mundo perdido, só isso. Nada de interessante acontecia em sua vida. A única coisa preocupante que Marcel tinha notado era que ela estava por um fio. Parecia que, ao menor sinal de problemas, ela submergiria no lodo do fundo do poço psicológico onde se encontrava e sucumbiria ao suicídio, o qual ela já tinha tentado ao menos duas vezes até onde ele conseguira entender. Marcel temia pelo pai da mulher. Chegou a sentir um frio na barriga no instante em que a imaginou sozinha em casa à noite, depois de receber a fatídica notícia. Por isso preferia mil vezes não ter trombado com ela, não ter percebido o olhar surpreso e interessado dela, não ter tocado em sua mão e não ter feito, mesmo que por um breve instante, contato com sua vida. Estava verdadeiramente se importando com Laura. E para piorar suas preocupações, que nem deveriam existir, via-se profissionalmente obrigado a assistir àquele fio ser esticado ao extremo e ir definhando dia após dia, nitidamente, fazendo dele um espectador cúmplice de um sombrio espetáculo.

Levou a camisa manchada até a pia do banheiro e molhou a parte suja, esfregando-a com as mãos, e depois de torcê-la e estender sobre o box do banheiro, voltou para o quarto, sentando-se à mesa e lançando um olhar para as peças do seu quebra-cabeça esparramado. Tinha que esperar a hora exata para entrar em ação e só tinha um jeito de se manter calmo até lá. Alguma coisa lhe dizia que montar aquele desafio de 5.000 peças seria muito mais simples do que juntar todas as partes daquele estranho caso em que tinha se envolvido.

Capítulo 24

Marcel sabia por qual lado da praça o homem saía. Todo dia, ao deixar Laura, ele fazia o mesmo percurso, não mudaria justamente naquele momento. Para sua sorte, o sol radiante da tarde de inverno permitia o uso dos óculos escuros. Assim que Miguel passou pela esquina, subindo uma rua num aclive leve, Marcel começou a caminhar. Deixou o alvo ganhar distância. Eventualmente parava na frente de um comércio e fingia pedir uma informação, de olho nos passos do alvo atrás das lentes negras. Bateu a vista na praça, só para ter certeza de que Laura tinha mesmo ido embora. Quando Miguel sumiu ao virar para a direita, Marcel apertou o passo. Tinha que ficar próximo para que a coreografia arquitetada em seu embuste funcionasse o mais naturalmente possível. Miguel tinha entrado na viela estreita e agora subia os degraus malfeitos que levavam ao começo da favela. Marcel abriu a bolsa azul e tirou um pequeno embrulho em papel pardo, com selos e carimbos, e andou com ele à vista, dissimulando ainda mais sua fantasia.

Subiu dois lances de escadas, enxergando ao longe a camisa florida de Miguel. O alvo passou em frente à já familiar bodega, misto de mercearia com boteco e sinuca, um dos lugares onde costumava ficar para vigiá-lo, e virou à direita, ficando encoberto por um muro. Marcel teve receio de correr e dar muito na vista; poderia ser percebido até mesmo por seu alvo. Parou de repente quando, por uma manilha de cerâmica, desciam misturados água, macarrão e restos de vegetais. Deu um pulo para o lado, tentando salvar a calça e os sapatos. Balançou a cabeça maldizendo o disfarce, que parecia um ímã para dejetos e derramamentos. Voltou a subir os degraus. Ali havia um longo pedaço de chão de barro, sem calçamento apropriado. Duas meninas brincavam com uma bola velha de borracha, cantando uma música, quicando a bola na parede e apanhando-a de volta. Marcel passou pelo muro e depois se virou, entrevendo Miguel caminhar, aproximando-se da porta do casebre. Marcel sentiu o coração acelerar. A hora de sua abordagem estava chegando. Tinha o plano traçado e tudo corria bem, como nos exaustivos ensaios em sua mente. O sujeito estranharia a abordagem, era evidente, mas o disfarce cumpriria seu papel. Entregaria o volume, pediria para que ele assinasse um formulário falsificado e impresso no quarto do hotel. Ele receberia e pronto. Com isso, além de examinar o sujeito dentro daquela saleta inóspita, ainda colheria a assinatura e o RG daquele homem e teria subsídios para descobrir quem realmente era Miguel – isso se ele não forjasse os dados. O detetive ficou aliviado ao notar que seu alvo tinha parado um instante para conversar com uma criança, afagando-lhe os cabelos. Marcel apanhou um desvio, que o deixaria do outro lado do boteco que ficava em frente ao casebre. Vagueou uns instantes pelas vielas logo acima, sendo olhado com estranheza por alguns moradores. Invariavelmente o pacote na mão do rapaz fazia seu papel, atraindo a atenção das pessoas. Marcel contornou a viela, voltando para a frente do boteco, perto de onde Miguel ainda conversava e ria com a criança. Sentou numa cadeira de ferro junto a uma mesa remendada com pedaços de cores diferentes e cheia de pregos enferrujados. O já conhecido som do fliperama e das máquinas de caça-níquel estava lá, fazendo a festa do lugar. Na beira do balcão, dois senhores com a clássica pinta de cachaceiros conversavam sobre carne de tatu. Marcel vasculhou o lugar e nem sinal do malandrinho que o tinha apanhado desprevenido no outro dia. Muito bom. Mesmo ajudado pelo disfarce, achava difícil passar despercebido justamente por aquele cara. Quando Marcel voltou os olhos para a viela, Miguel já estava quase alcançando a porta do seu cafofo, e depois parou um breve instante, observando ao redor sem deter-se sobre o investigador. Girou a maçaneta e entrou. Marcel levantou-se rapidamente e, sem pestanejar, atravessou a rua e estancou por um segundo. Se lá dentro ele estivesse abrindo um alçapão e uma fresta secreta, levaria um tempo para que fosse apanhado no meio do ato. Contou até cinco e deu duas batidas na porta.

– Carteiro!

As batidas na porta tinham sido pro forma. Girou a maçaneta e abriu a porta junto com um largo sorriso.

– Senhor! Entrega urgente! Pode atender, por favor?

A porta aberta, Marcel parado, nenhuma resposta.

– Sr. Miguel?!

Marcel abriu ainda mais a porta do cubículo. A luz tremeluzia e a lâmpada suspensa no teto balançava para lá e para cá, como se tivesse acabado de ocorrer um terremoto. Marcel sentiu um arrepio poderoso percorrer-lhe todo o corpo, deixando os pelos de seus braços eriçados. Não tinha ninguém ali!

– Carteiro! – gritou mais uma vez.

Deu dois passos para dentro, o suficiente até parar no meio do cômodo. Nada. Nem barulho nem sinal do homem. Intrigado, Marcel andou por todo o cubículo. Nada. Nenhum rumor que indicasse a presença de alguém escondido em algum vão ou em uma passagem secreta. Chutou um dos caixotes, não com raiva, mas para tirar dali um pedaço de madeira com o qual foi batucando e tateando a parede, procurando por algum som diferente, alguma denúncia de falcatrua. Era impossível aquele homem ter desaparecido tão depressa!

Capítulo 25

Alan e Gabriela desceram do carro estacionado próximo à rodoviária da cidade. Com mais um maço de retratos falados à mão, Alan dividiu o punhado de folhas com a parceira compulsória e apontou a direção da rodoviária.

– Pergunta desse lado que eu pergunto do lado de lá.

Alan entrou em uma tal de Casa do Norte, as narinas impregnadas pelo cheiro forte de carne-seca, queijo e outras iguarias típicas. O balconista estava no caixa, providenciando o troco para um freguês. Alan deixou os olhos percorrerem amontoados de rapaduras de toda sorte, potes de doces, mais carne-seca, temperos regionais, tudo exalando seus vapores e misturando seus cheiros; alguém de estômago fraco sairia dali correndo, baqueado. O policial civil estendeu o papel com o retrato do suspeito e indagou ao balconista. O homem era o proprietário da Casa do Norte e, na verdade, ficava ali praticamente o dia inteiro. Coçou o queixo e balançou a cabeça negativamente, um tanto reticente, incerto. Alan agradeceu. O homem não tinha visto o sujeito, mas seu vacilo plantava um pouco de esperança em encontrar as pegadas da figura por ali. Seria de se esperar que um fugitivo, caso não tivesse um carro e tivesse cometido um crime sem premeditá-lo, tentasse fugir pela rodoviária. E, num lance de sorte, se aquele comerciante o tivesse visto de relance, Alan plantaria nele uma leve incerteza que o impediria de ser categórico em sua negativa.

Alan deixou o estabelecimento, entrando agora na lanchonete em frente – larga, virada para o terminal rodoviário. Azulejos brancos encardidos do chão ao teto, cheiro de óleo queimado e pastéis fritos murchos no balcão. Alan aproximou-se do balconista, que como quase todos os outros lavava copos e secava-os com um pano de prato quase marrom.

Estendeu o retrato falado, lançando a pergunta:

— Você viu essa figura zanzando por aqui, meu chapa?

O balconista deu uma olhada, apanhou a folha com a mão molhada, deixando marcas na parte inferior, colocou o papel no balcão e tirou um par de óculos do bolso do jaleco. Ajeitou os óculos e remexeu os olhos, afastando o papel para melhor visualizar o rosto do suspeito.

— Sujeitinho feio esse aqui, hein?

— O bom de procurar um cara feio é que eles têm o rosto difícil de esquecer.

— Esse aí é perigoso?

Alan encarou o balconista enquanto ele tirava o par de óculos.

— Não. Não é perigoso. É só uma testemunha-chave foragida.

O balconista continuou secando copos enquanto torcia o pescoço.

Instintivamente, o investigador levou a mão para baixo da jaqueta e desabotoou o coldre, deixando a pistola livre. Olhou para as mesas sobre os ombros do balconista.

— Põe um café, por favor – pediu o policial, olhando para fora e vendo Gabriela entrando em outro estabelecimento, do outro lado da rodoviária.

— Já, já a sua testemunha foragida está aqui. Ele sempre vem fazer um lanche à noite, pede churrasco com queijo e um suco de laranja.

— Vem sempre no mesmo horário?

— Ontem e anteontem pelo menos. Umas nove e meia, mais ou menos. Come, fica um tempinho, assistindo ao Jornal Nacional. Não mexe com ninguém.

Alan olhou para o relógio na parede.

— Quando ele estiver aqui, pergunta como quem não quer nada onde o turista tá hospedado, se mora aqui, de onde veio.

— Puta, mas isso vai virar interrogatório, doutor. De mais a mais, não vai dar certo.

— Por quê?

– Primeiro, porque o tempo tá mudando, o vento mudou, tá gelado e parece que vai chover. Quando chove, um monte de gente não se anima a sair. Segundo, o sujeito é do tipo caladão. Nem olha pro lado, nem dá moral de falar com ninguém.

– Se ele der brecha, você pergunta, então – Alan virou o resto do café. – Outra coisa, malandro, nem preciso dizer que você não me viu aqui.

– Pode deixar, doutor. Não sei de nada.

O policial deixou a lanchonete bem a tempo de evitar que Gabriela entrasse.

– E aí? – perguntou a mulher.

– Nada aqui.

– Nada lá.

– É, garota, parece que esse tal de Cicatriz virou fumaça.

Capítulo 26

Laura entrou na sala do diretor do hospital como se fosse uma rocha de toneladas, pesada, sendo empurrada morro acima. Tudo o que ela menos queria estava acontecendo. Dr. Breno, amigo de seu pai no hospital, tinha ligado para sua casa às sete da manhã pedindo que ela fosse até o hospital. Laura postergou aquele encontro, inventando distrair-se com as coisas do dia, fingindo esquecer que tinha dito que estaria lá, mas ele a alcançou pelo celular às sete da noite e a chamou com urgência ao hospital. Lá fora a chuva castigava o céu noturno. A espera na antessala tinha sido excruciante. Enquanto aguardava, Laura só ouvia a voz de Dr. Breno lhe repetindo que lamentava, que tinham feito de tudo, que seu pai seria enterrado pela manhã com todas as honras, que era melhor assim. Ela secava as lágrimas, como num ensaio mórbido de um funeral com data marcada. Agora, sentada em frente ao amigo médico, as palavras eram outras, mas não tão positivas ao ponto de ela adivinhar o desfecho.

— Laura, você sabe que estou acompanhando o caso do seu pai pessoalmente, não sabe?

— Sei, sim, Dr. Breno.

— Filha, é difícil desassociar o homem no leito do meu amigo Jeremias. Teu pai é muito mais do que um paciente.

— Agradeço a consideração, Dr. Breno. Eu sei que o prazo do convênio acabou essa semana, mas eu prometo que...

O diretor do hospital ergueu a mão, interrompendo o discurso de Laura.

– Filha, não pensa nisso agora. Meu hospital deve muito mais ao seu pai do que qualquer coisa que eu possa fazer por ele nesse momento. Eu é que queria poder fazer mais, Laura. Ainda mais agora.

Laura não conseguiu conter as lágrimas.

– O ruim de ficar muito tempo internado é que vamos investigando tudo. É como entrar no quarto da bagunça, filha, você começa procurando uma agulha e sai de lá carregando mais umas cinco coisas num balaio. Tá entendendo?

Laura fez que não com a cabeça.

O médico respirou fundo e colocou as mãos no tampo da mesa.

– Existe um problema novo com seu pai. Vendo o resultado dos últimos exames de sangue, achei uma contagem bastante alterada de alfafetoproteína e comecei a investigar, Laura.

Mais trovões ribombaram lá fora, fazendo os vidros da sala tremerem.

– Eu não falei nada antes porque fizemos mais exames. Estava esperando os novos resultados e lamento por não ter boas notícias. Passaremos por um período de tormenta, Laura.

– É tão ruim assim?

O médico balançou a cabeça positivamente.

– É um tumor agressivo, alojado na parede do fígado e está se espalhando, Laura.

– Metástases?

– Exatamente. E uma intervenção cirúrgica nesse momento, no estado dele... seu pai está muito frágil, muito debilitado desde o AVC, creio que ele não suportaria.

Laura ficou calada.

– Mas nem tudo está perdido, querida. Não vou simplesmente esperar de braços cruzados. Há uma linha nova de medicamentos, justamente para câncer de fígado, drogas sofisticadas e realmente novas, promissoras. Contudo, como ainda estão em fase de teste, não podemos nos animar antecipadamente. Como médico do Jeremias, como amigo dele e quase tio seu, tenho que ser honesto, Laura... o prognóstico é sombrio, você deve estar preparada para o que der e vier.

– Quanto tempo ele tem, doutor?

– Vai depender do organismo dele, Laura. Da resistência dele às drogas novas. Podemos estar falando de meses, semanas... é difícil avaliar nesse momento.

As lágrimas que caíam tímidas até aquele momento, passaram a transbordar, mas Laura lutou corajosamente para manter o controle. Secou o rosto, controlou a respiração e levantou-se quando o Dr. Breno também ficou de pé. O médico veio até ela e abraçou-a com força.

– Sinto muito, filha. Sinto muito.

Capítulo 27

Quando o sujeito sentou-se à mesa da lanchonete e acenou para o garçom, não prestou atenção no carro que parou devagar, do outro lado da rua. Talvez porque seus olhos estavam fixos no piscar repetido do longo tubo branco que causava aquela repelente sensação de lugar mal iluminado, malcuidado, encardido. Contudo, para ele aquele era só um canto para comer alguma coisa e pensar no que fazer e quando partir.

– O de sempre, chefia? – berrou o garçom, do balcão, acenando para o distraído cliente.

O homem, com uma cicatriz enorme que descia do rosto para a garganta, balançou a cabeça, concordando.

O balconista baixou os olhos. Dava uma sensação ruim encarar aquele rosto frio, aquele homem quieto. Parecia um psicopata. Mal mexia os lábios, não conversava com ninguém. Pensou em tudo enquanto ia até o chapeiro e passava o pedido de um churrasco com queijo. Virou-se para o espremedor de laranjas e começou a cortar quatro frutas para o suco. Em poucos segundos, o copo estava cheio e ele despejava uma porção de açúcar e três pedras de gelo. Quando colocou o copo de suco no balcão e olhou para a mesa do freguês, fez uma careta. Ele não estava mais lá.

– Filho da mãe.

* * *

– Encosta no carro, vagabundo – ordenou Alan.

O policial não estava a fim de esperar na frente da lanchonete a noite toda.

O suspeito, com a mesma cara de susto e medo, desde que fora abordado na mesa da lanchonete, bateu com as costas na lataria do veículo. A chuva que caía já tinha encharcado sua roupa e seu cabelo. Não ofereceu resistência alguma quando seus punhos foram algemados.

Alan, respirando pesadamente, injetado de adrenalina, puxou o homem até a porta do passageiro e empurrou sua cabeça para baixo, fazendo-o cair sentado no banco. Contornou o veículo num instante, olhando para a lanchonete. Nenhum olhar curioso em sua direção. Sua investida instintiva tinha funcionado bem. Enquanto o espremedor de laranja berrava alto, nenhum dos funcionários prestou atenção em sua entrada e nem ouviu ordenar ao homem que se levantasse. Como estivera no lugar um pouco mais cedo, pôde perceber que não havia câmeras funcionando. Nada de evidências para Gabriela vir perturbar seu sono. Bastavam os fantasmas do passado para assombrarem sua cabeça.

Alan sentou-se e deu partida no motor. Cicatriz levou as mãos para dentro do casaco. Sem pestanejar, Alan acertou-lhe uma potente coronhada na cabeça, fazendo-o desacordar e pisou fundo no acelerador. O maldito não ficaria apagado por muito tempo. Enquanto os limpavidros iam e vinham freneticamente, jogando a água do para-brisa, o policial acelerava, fazendo as curvas no limite. Não demorou muito para que alcançasse uma rodovia. Com a arma no colo, olhava para o maldito assassino a cada segundo. Não conseguia parar de imaginar aquele homem levantando a anilha e golpeando a cabeça da menina repetidas vezes. Foi isso o que ele fez. Esmagou a cabeça da viciada por conta de alguma dívida. Acabou com a vida da garota a troco de nada. Usou de sua força bruta contra a fragilidade de uma adolescente, de uma garota, de uma drogada que não teve como se defender. Não que Alan se importasse tanto assim com uma viciada. O problema é que aquele marmanjo tinha matado uma mulher a sangue-frio. Valeu-se de força e de maldade para assustá-la, deixá-la em pânico. Era um daqueles que se achava machão, provavelmente metido em briga de faca com pinguços do bairro, quem sabe com passagem pela polícia e alguns anos de cadeia. Nada disso interessava agora. Ele tinha matado a menina sem dar a ela a chance de se defender. Tinha coagido o garoto a ficar de bico calado. Tinha feito tudo para que seu crime desaparecesse nos corredores do desinteresse da polícia por mais uma viciada morta por traficantes.

Cicatriz abriu os olhos e respirou fundo, se assustou quando o carro fez uma curva brusca para a direita, atravessando a pista de asfalto e entrando numa estrada de terra. O barro fazia o carro dançar de um lado para o outro e sua cabeça latejar doloridamente. Estava tudo muito escuro naquele caminho. Viu a arma no colo do sujeito que o tinha apanhando na lanchonete e torcia para que alguém tivesse notado o que aconteceu e chamado a polícia. Tentou marcar o caminho visualmente, mas estavam cercados por mato, escuridão, e ele ainda estava grogue demais para conseguir entender para onde iam. Estudava uma forma de sair daquela enrascada. Talvez se puxasse a trava e se jogasse no chão... Podia não ficar inconsciente quando caísse e então correria para o mato e tentaria se esconder até o dia clarear. Seu coração batia disparado. Chegava a tremer. Por conta das algemas, desconfiava que aquele sujeito podia ser um policial, mas não tinha certeza. O homem estava mais nervoso do que ele, e isso era um mau sinal.

Alan avançou com certa dificuldade num trecho mais íngreme, jogando o carro para a direita e subindo num platô de pedra. O automóvel ficou reto e parou de deslizar. Alan desacelerou e puxou o freio de mão. Guardou sua pistola no coldre embaixo da axila e tirou de um compartimento da porta um revólver calibre trinta e oito e um par de luvas de couro. Saltou do carro e, num piscar de olhos, estava do outro lado, bloqueando a passagem do homem que tentava descer. Alan agarrou o desgraçado pelos colarinhos e o arrastou até a beira do platô de pedra. O vento açoitava a dupla com uma garoa fina e fria enquanto o policial vestia as luvas, observado pelo olhar assustado do suspeito. Alan sacudiu o homem, fazendo-o ficar de joelhos na frente do carro, iluminado pelos faróis acesos. Então ergueu a arma e apontou para a cabeça do sujeito.

— Seu otário! Achou que ninguém ia te achar, não é? Achou que o pivete ia guardar teu segredo e que você ia sair numa boa dessa, não é?

O homem ergueu as mãos algemadas na direção da arma. Talvez quisesse desviar, talvez quisesse proteger os olhos da luz intensa que vinham dos faróis.

— Por que você fez isso com ela? Por quê? Fala!

O homem estendeu as algemas na direção de Alan, como se pedisse para ser solto.

— Não vou soltar merda nenhuma, seu filho da puta. Eu odeio quem mata mulheres, seu vagabundo! Odeio! — gritou Alan, batendo com a coronha da arma na testa do procurado, derrubando-o sobre o chão de pedras.

Com o homem caído à sua frente, com a memória carregada de imagens que se misturavam — a de uma cantora num palco de boate e a da menina com a cabeça esmagada no chão do quarto —, Alan começou a chutar a barriga e o peito do sujeito repetidas vezes, fazendo-o gritar de um modo rouco em meio a um choro desesperado.

— Agora você não tá valente, né, filho da mãe?! Bater de frente com homem é diferente de bater de frente com uma menina, não é?

Alan deu mais dois chutes no sujeito, engatilhou o revólver e pisou em suas costas, mantendo-o de bruços, para não olhar para sua cara.

— Não vai falar por que matou a menina?

Alan respirava pesadamente. A água da chuva descia por seus cabelos e seus olhos. Ele via a cantora morrendo, tomando a bala perdida. Via a menina com a cabeça amassada. Depois não via mais nada, não ouvia mais nada. Disparou sobre o chão de pedra, e o tiro lançou uma faísca ao ricochetear. O homem sob seu pé estremeceu.

— Não me interessa também seu papo-furado. Vocês sempre aparecem com uma conversinha fiada do caralho nessas horas. Tem cara que faria até Hitler chorar de dó. Eu tou pouco me lixando pro que você vai falar. Ia me dizer o quê? Que a menina era uma piranha, uma vadia? Que ela mereceu o que você fez? Vai dizer que foi um acerto de contas porque a viciada não te pagava? Que tu é protegido do Nardão, que faz acerto com o pessoal da Repressão? Acerta agora que você está sozinho comigo, filho de uma puta.

O homem se contorceu, livrando-se do pé do investigador da Civil, e rastejou em direção à borda da pedreira. Estava sangrando pela boca e pela testa. Talvez por causa da visão embaçada, não percebeu que ia em direção a um abismo com cerca de vinte metros de altura.

Alan, enfurecido e tomado pelo ódio, parecia alheio ao fato de que o suspeito se arrastava rumo ao precipício... poderia simplesmente ter tirado as algemas dele e lhe dado um empurrão, fazendo-o escorregar, ajudando-o a suicidar-se. Não. Alan estava fora de si. Tomado de tal forma pela ira, não segurou a ponta do dedo. Cinco disparos transfixaram o homem da cicatriz pelas costas. Ele desmoronou, gemendo e respirando com dificuldade. Num esforço, à beira da morte, o homem virou o corpo, olhando para seu algoz e tremendo da cabeça aos pés. O justiceiro aproximou-se e colocou o pé no ombro do homem. Encarou Cicatriz por um tempo enquanto relâmpagos clareavam o céu e trovões roncavam. O homem já tinha aquele olhar nublado, mortiço, e um trilho de sangue transbordou de sua boca.

Não demorou para que a vida cessasse naquele organismo. Bastaram dois minutos e quatro relâmpagos brilharem no céu. Pronto. Ele estava morto. Alan acocorou-se ao lado do bandido e vasculhou os bolsos de seu paletó. Um canivete longo, com lâmina retrátil, uma carteira e, num outro bolso, um bilhete: "Débora deve 3.200 para Vavá. 8225-0009 cel do Rodrigo, amigo."

Alan tirou as algemas do morto e empurrou-o pela beira da pedreira, fazendo-o despencar do alto do paredão. Depois olhou para baixo. O corpo do homem jazia inerte no meio da mata. Retirou um maço de dinheiro de dentro da carteira e a arremessou para baixo.

Tremia dos pés à cabeça. Era sempre assim quando liquidava mais um vagabundo. Antes não pensava em nada. Só focava no seu ódio. Na falta excruciante que sentia da esposa, na raiva e na repulsa para com os traficantes.

Deu partida no carro, a água pingando de seus cabelos, mangas da jaqueta, empapando o banco do veículo. Virou o automóvel e logo estava descendo pela pista enlameada. Numa das curvas, a traseira do carro deslizou e girou, obrigando Alan a parar. Baixou a cabeça sobre o volante e começou a chorar convulsivamente. Começou a esmurrar o meio do volante, fazendo a buzina disparar consecutivamente. Logo depois ele apenas estremecia enquanto as lágrimas desciam de seus olhos.

— Eu sinto tanto a sua falta, adorada. Tanto. Por que você me deixou? Você era a única coisa que fazia minha vida miserável valer a pena.

Capítulo 28

Laura pousou sobre os joelhos mais uma foto sua com o pai. As lágrimas desciam fartas, juntando-se no queixo e pingando sobre os álbuns. Não se preocupava mais em secá-las e tomava vinho diretamente do gargalo. Só queria ver as fotos, as imagens, de quando ainda tinha uma família feliz. Tremia ao passar os dedos por cima do rosto do pai. Lembrava-se dele ali, ainda outro dia, rindo com ela, tomando um caipirinha no bar da esquina, afagando seus cabelos. Ele adorava caminhar no parque e exibir sua boa forma aos sessenta. Laura sorria ao passar os dedos pelas fotografias, entremeando sorriso e choro. Tomou mais goles e deitou no chão, começando a se debater descontroladamente. A mulher era pura saudade e desespero. Levantou-se num repente, trazendo a garrafa pela mão, cambaleando pelo corredor, indo até o seu final, onde existia um pequeno altar com uma vela acesa. Na parte inferior do altarzinho de madeira, uma gaveta, de onde ela tirou uma chave. Voltou cambaleando pelo corredor e parou diante de uma porta que ficava em frente ao seu quarto. Enfiou a chave e girou, destrancando-a. Rodou a maçaneta e entrou no quarto, escorando-se numa cômoda azul-celeste. Caiu sentada sobre um tapete de dinossauro e deixou o vinho escapar da mão. A garrafa rolou pelo chão colorido, derramando parte do conteúdo. Laura se ajoelhou e alcançou o berço, puxando por entre a grade de madeira um cobertorzinho que imitava uma colcha de retalhos em seu quadriculado de patchwork. A mulher caiu, abraçada ao cobertorzinho. Seus olhos nublados passaram pela cômoda azul, o móbile de aviões e foguetes estilizados e os porta-retratos com fotos de seu amado bebê pelas prateleiras, parando num imenso pôster do filho perdido que ocupava praticamente todo o tamanho da parede. Laura agora chorava convulsivamente, ainda abraçada ao cobertorzinho, enrodilhada em concha. Afagou-o como se, por um momento, seu bebê ainda estivesse ali.

Um homem para no vão da porta aberta, olhando compadecidamente para Laura. Ele tira a sua característica cigarreira prateada com o misterioso símbolo em forma de número oito gravado em dourado. Apanha um charutinho e acende com o isqueiro. Depois de tragar, volta os olhos para Laura, que geme e chora junto ao cobertor.

— Tenha calma, meu anjo. Tenha calma. Seu coração não merece tanto sofrimento.

Laura não escuta aquela voz. Continua ganindo, desesperada, sem sequer olhar para o lado.

O homem entra no quarto e seus olhos tristes param sobre as coisas do bebê. Ele se acocora próximo à mulher.

— Isso não faz bem pra você, Laura. Não faz nenhum bem. Livre-se de tudo isso, pelo amor de Deus.

— Eu quero você de volta, meu amor. Quero você de volta. Perdoa a mamãe, perdoa! Foi tudo culpa minha, meu anjo! Me perdoa!

Laura agarrou-se ainda mais ao cobertorzinho e entregou-se ao choro desesperado, só parando quando adormeceu, ainda soluçando em meio a espasmos.

Capítulo 29

Alan sentiu o celular vibrando contra sua coxa e apanhou o aparelho sem encostar o carro, continuando a trafegar pelas ruas da cidade. Não conhecia o número.

– Alô.

– Onde você está?

Reconhecendo a voz irritada de Gabriela, balançou a cabeça, aborrecido.

– Estou chegando na D.P.

– Eu subestimei você, Alan. Você foi rápido em achar esse aqui. Achou só com um desenho, estou impressionada.

– Do que você está falando, Gabriela?

– Preciso explicar mesmo? Porque se eu precisar explicar acho que também vou ter que dizer que você não devia ter feito o que fez.

Alan continuou calado.

– Você não devia ter feito o que fez. Cometeu um erro. Dos feios.

– Erro? Que erro? Do que você tá falando, sua louca?

– Venha pra pedreira. O corpo está aqui, arrebentado no chão. Bate certinho com o retrato falado.

– Sei.

– O nome dele, você perguntou isso, pelo menos? O nome dele é Emerson. – A corregedora fez uma pausa. – Você checou a carteira dele antes de descarregar sua pistola? Ou só foi conferir depois?

– Que pistola, sua maluca? Não sei do que você está falando.

– É! Você tem razão! Não foram disparos de pistola, estão me corrigindo aqui. Usaram um trinta e oito.

— Eu não uso trinta e oito, maluca. Minha arma é uma pistola.
— Ah! Não usa? Você, por acaso, não tem nenhum trinta e oito com numeração raspada por aí? Aposto que não. Você já deve tê-lo jogado no mato. Burro eu sempre soube que você não é.
— Você está me acusando?
— Chegou a pedir a ficha dele? Passou um rádio? Ou agiu completamente na surdina? Você viu que ele não tem nenhuma passagem antes de julgar e executar o suspeito?
— Eu tou indo praí.
— O pessoal aqui já começou a vasculhar a vida do sujeito para descobrir o que ele estava fazendo aqui. Logo, logo o negócio vai começar a feder.
— Então aproveita para, em vez de encarnar em mim, urubu, aproveita pra chafurdar nos podres desse assassino. Ele matou a garota, tenho certeza. Boa peça não era. Se o mataram é porque mereceu. Vão descobrir que era um bicho ruim com a sorte de ter a ficha limpa.
— Posso chutar um palpite, meu amigo? Por acaso, por coincidência, você estava na casa dos seus sogros ontem à noite? Tomando uma biritinha, jogando cartas?
— Estava. E se você quer me acusar, me incriminar no seu escritório de merda, não perca tempo. Preencha logo a papelada e finalize o seu trabalho.

O telefone ficou mudo. Alan olhou pelo retrovisor e girou o volante, com a cara fechada, ruminando as últimas palavras de Gabriela.

Capítulo 30

Marcel abriu vagarosamente a cortina. Ela estava lá, sentada no banco da praça. O detetive abriu seu notebook e assim que o sistema foi iniciado, ativou o programa de vigilância. Voltou para a janela e olhou pela luneta. Laura parecia aflita, podia ler isso nos movimentos ininterruptos em suas mãos e pernas, em sua expressão. Com o programa de vigilância funcionando, podia perceber isso também em sua voz, que trazia mais que aflição: desespero puro. Alguma coisa tinha acontecido com Laura, que verdadeiramente precisava daquele amigo de todos os dias sentado ao seu lado no banco da praça.

A mulher baixou a cabeça no meio dos joelhos e colocou as mãos nos cabelos. Soluços chegaram via microfone. Ela chorava e gemia. Marcel se corroía por dentro, de tanta culpa. Nunca tinha se sentido assim. Mas dessa vez se sentia culpado. Ele, de alguma forma, tinha interferido em tudo. Ele, de alguma forma, tinha afastado aquele amigo que consolava aquela mulher desesperada. Ele se sentia responsável por ela. Solidário à agonia dela. Cada vez que os soluços chegavam misturados com as risadas das crianças brincando logo ali perto, era como se um punhal entrasse em sua carne. Laura lançava perguntas ao nada. Ele sabia que ela não terá respostas. Marcel olha para o relógio. Miguel não vem. Miguel não está lá. Miguel não iria descer pela viela. O investigador sabia que de alguma forma afugentara aquele estranho visitante ao invadir seu covil.

Marcel, magnetizado pela voz da mulher, olhou para a tela do computador, vendo a modulação de sua fala dançar no monitor do programa de gravação de voz. As ondas subiam e desciam enquanto aquelas palavras desesperadas se repetiam como em um mantra de dor e sofrimento. Ela estava perdida.

– Ai, meu Deus! Eu não vou suportar isso de novo. Por favor, venha. Por favor, venha. Por favor, venha. Não me deixe aqui sozinha. – As palavras foram quebradas por um instante de choro e gemido agudo, soluços e fungados. – Eu não vou suportar. Eu quero morrer. Quero morrer... Ah, Deus, não deixa meu paizinho... onde você está? Eu não vou aguentar. Meu pai... meu paizinho... Eu desisto de tudo, de tudo, meu pai...

Marcel, incapaz de resistir àquilo, levantou-se e olhou novamente pela janela. Apontou a luneta para o sentido de onde Miguel deveria estar vindo. Nada. Seu coração batia forte. Marcel temia pela mulher, não queria que nada de mal acontecesse com ela. Sentia-se irreversivelmente responsável e atraído por ela e não queria que carregasse sozinha tanto sofrimento. Ele não devia fazer o que estava prestes a fazer, mas já era tarde demais – Marcel estava completamente apaixonado por Laura.

* * *

Laura secava os olhos e tentava permanecer ereta. Não queria que Miguel a visse num estado lastimável, com olheiras assustadoramente marcadas. Mas qual era a real importância de sua aparência em vista da possibilidade, mais concreta do que nunca, de perder o pai nos próximos dias? Lá no fundo, acreditava que ele conseguiria se curar. Afinal, seria um castigo grande demais para uma pessoa só perder todos que amava assim, num espaço de tempo tão curto. Primeiro, seu filho, daquela forma insuportável, depois o abandono do marido, os amigos, agora seu pai. Se ele se fosse, não haveria mais razão alguma para ela também permanecer perambulando pela Terra. Daria, sim, um fim àquilo tudo. Tomaria cuidados para que partisse de vez. Não tinha mais razões para permanecer nessa vida. Não queria mais sofrimento. Qual é o mérito de uma vida de sofrimento? Não parecia racional atravessar por esse pântano de provações simplesmente para sofrer, perpetuando uma experiência ruim. Não existe dor maior que perder um filho, ainda mais por culpa da mãe, exclusivamente da mãe. Não existe dor igual à de perder um pai amado de um jeito terrível, vendo-o ser devorado pedaço a pedaço, dia após dia. Arremessada novamente às lembranças recentes, seus olhos marejaram e, no instante seguinte, transbordaram. Ela baixou a cabeça e suas costas tremeram em espasmos. Mais uma vez estava entregue ao mundo do choro, ao caminho rumo ao poço das lágrimas. Então uma voz soou em seus ouvidos. E falava com ela, dirigia a palavra a ela. Não havia dúvida quanto àquilo, pois aquela voz estranha disse seu nome.

– Laura?

A mulher levantou a cabeça e enxugou as lágrimas com um lenço.

– Seu nome é Laura, certo?

Ela pareceu reconhecê-lo vagamente. Balançou a cabeça, mas não fez nem que sim nem que não. Não estava confortável com aquela abordagem, e isso ficava evidente em seu olhar.

Marcel, meio sem jeito, olhando para trás, apontou na direção da qual Miguel deveria ter chegado.

– Nosso amigo... foi ele que disse, eu acabei vindo.

Laura suspirou, olhando para o fim da praça. Do que aquele cara estava falando?

– Você é a Laura, não é, não? Se não for, me perdoe.

Ela finalmente aquiesceu, sem dizer mais nada.

– Posso? – apontando para o espaço no banco ao lado dela.

Ele não esperou resposta e sentou-se a seu lado.

– Foi ele que pediu para eu vir. Espero não ter chegado em hora errada, Laura.

– Onde ele está? O que aconteceu? Por que ele faria isso?

– Ele teve um problemão com outro conhecido. Foi coisa séria, pelo jeito. Ele estava com uma cara... Aí me disse que não podia deixar você sem companhia, que não podia te deixar na mão logo hoje. Pediu para eu fazer companhia pra você por uns minutinhos, se você não se importar. Para eu ficar aqui até ele voltar... – Marcel parou, olhando para o rosto da mulher de olhos vermelhos e expressão aboboda, enquanto tomava fôlego. – Eu tou falando coisa demais, rápido demais, né?

Laura continuou a encará-lo muda. Provavelmente estava chocada com o fato de Miguel ter contado a terceiros coisas a seu respeito.

O jovem estendeu a mão em sua direção.

– Desculpe, nem me apresentei. Marcel.

Laura estendeu a mão. Não havia energia no seu toque, como se seus músculos estivessem inativos, apáticos, como se fossem as mãos de um fantoche.

– Ele até implorou para eu vir. Disse-me que você é uma amiga importante. – Marcel fez uma pausa estudada, soltando a mão da mulher e olhando em seus olhos. – Você estava chorando?

– Qual é seu nome mesmo, moço? Parece que eu te conheço.

– Marcel.

Laura secou as lágrimas que teimavam brotar em seus olhos. Agora respirava fundo, mas de uma forma mais controlada. Encarou os olhos do rapaz.

– Você por acaso faz milagres, Marcel?

Marcel franziu a testa.

– Porque se você é milagreiro, eu tou precisando de um, dos grandes, bem agora. Você pode fazer o que eu preciso?

O rapaz encolheu os ombros e ergueu as mãos.

Laura balançou a cabeça em sinal negativo; de seus olhos claros escapava um mar de melancolia sem o menor sinal de um porto para se atracar.

– Você não faz milagres, não é?

Marcel fez que não com a cabeça.

– Que pena – resmungou a mulher, praticamente refeita do estado em que se encontrava um minuto antes. Ela olhou para o relógio, era hora de ir. – Mesmo assim, obrigada pela delicadeza de ter aparecido, Marcel. Diga ao Miguel que agradeço.

– Eu é que tenho que agradecer. A você e ao Miguel.

– Me agradecer? Por quê?

– Te agradecer por ser tão fantasticamente bonita.

Laura ergueu as sobrancelhas e ajeitou a bolsa no ombro.

– Putz! Me desculpa, Laura. Eu... eu fico assim mesmo, um completo idiota quando fico na frente de uma mulher bonita.

Laura riu dessa vez.

– E é melhor eu ficar calado, senão vou parecer cada vez mais otário e você vai acabar achando que eu sou um maluco, ou coisa do tipo.

– É. É melhor você ficar quieto mesmo, porque está conseguindo.

Marcel começou a sorrir.

– Me perdoe se soei ofensivo, eu só queria agradar.

Laura abriu um grande sorriso e colocou a mão no rosto do rapaz.

– É uma pena eu estar nesse estado, Marcel. Uma pena porque você agradou, agradou e muito, tá? Obrigada por ter vindo.

Marcel, inesperada e curiosamente, ruborizou com o toque no rosto e a gentileza da mulher. Talvez ela tenha notado porque arrematou, dizendo:

– É uma pena que tenha vindo tarde, quando eu já não posso mais ficar aqui.

– Para onde você vai?

– Não sei.

Laura deu dois passos na direção oposta à de Marcel, mas parou quando ele tocou seu ombro.

– Quer que eu a acompanhe, Laura?

Ela o encarou por um instante, verdadeiramente pensando a respeito, arrematando a expressão com um sorriso pequeno e pálido.

– Não, amigo. Não precisa. Para onde vou, quero ir sozinha.

– Tem certeza?

– Absoluta.

Marcel ficou lá parado, vendo Laura partir. Ele não entendia como, mas estava com uma vontade imensa de sair correndo atrás daquela mulher e, de alguma forma, derrubar a muralha entre os dois. Afinal, eram completos desconhecidos. Ele tinha alguma vantagem, observava-a havia quase um mês. Sabia o que ela pedia no café. Conhecia alguns de seus temores, mas, principalmente, sabia que gostava dela, e muito. Isso ia completamente contra seus princípios, suas diretrizes profissionais: jamais envolver-se com clientes, jamais envolver-se com o alvo. Jamais envolver-se afetivamente. Mas seu coração já estava tomado, enfeitiçado, encantado por aquela pequena grande mulher. Laura estava frágil e ele queria confortá-la. Laura estava triste e ele queria alegrá-la. Laura estava faminta e ele queria alimentá-la. Marcel sabia o nome daquilo, sabia. O nome daquilo era paixão.

Um detetive apaixonado é como um piloto de um jato com uma turbina avariada. Há muita coisa em jogo e sua atenção converge para um único ponto. O apaixonado se dobra sobre o objeto de sua paixão. O piloto se concentra em sobreviver. Sobra pouco tempo para dar atenção ao ambiente ao redor. Talvez por isso Marcel não tenha visto, sequer pressentido, que da janela de um hotel, por detrás de uma cortina, um sujeito olhava por uma luneta. Olhava para ele, Marcel, parado no meio da praça, apaixonado por uma quase estranha que andava com a cabeça virada do avesso e pensamentos suicidas consumindo seus neurônios.

Capítulo 32

A serenidade do avançar das horas assustou Laura. Das outras vezes ela chegara a esse ponto aos trancos, aos solavancos, empurrada até a situação. Agora era diferente. Incrivelmente, tinha sido uma decisão muito serena. A respiração já estava controlada. A casa estava calma. Os pensamentos fluíam numa torrente clara, lúcida. Dizem que às vezes é assim quando a morte se aproxima verdadeiramente. Conseguimos ver tudo com precisão, sem véus, sem sombras. É como ter uma epifania repentina, como vislumbrar cada instante da vida, cada ponto crítico, cada alegria, ter completa consciência de todo o fluxo vivido até ali. Acabamos aceitando nossas fraquezas, nossos erros, brindamos nossas virtudes e acertos e, ainda assim, permanecemos calmos e vamos em frente. Nesse exato momento Laura vê o pai. Ele a leva pela mão, ajudando-a a subir na gangorra do parquinho. Depois se lembra da mãe e do pai num piquenique. Sua mãe. Vários sorrisos. Então lembra-se de si mesma durante o parto. O primeiro choro de seu bebê. A força que ele fazia nas primeiras mamadas. O batizado na igreja matriz. Depois foi bombardeada por aquela imagem. Seu bebê, com o rostinho todo arranhado. Seu bebê sem vida. Seu bebê morto por sua culpa. As horas na delegacia. O rosto do marido. Orlando apontando-lhe o dedo, fazendo-a transbordar de culpa e remorso. Primeiro o choro voltou de mansinho. Então aumentou de volume, interrompendo o fluxo de imagens. Que tipo de mãe esqueceria o filho dentro do carro? Quem era ela para ter o direito de ceifar a vida de seu bebê? Que culpa esmagadora era aquela, que parecia um tubarão numa piscina, sempre em seu encalço, lançando ataques e levando pedaços de seu coração a cada mordida? Laura era prisioneira de si mesma. Sempre afundando em períodos de melancolia e depressão seguidos dos remédios prescritos. E aquela manhã maldita que jamais se apagava de sua mente. Não deixara o filho de oito meses na creche. Ele havia adormecido no cadeirão. Ela tinha ido para o escritório. Uma nuvem negra rondava sua memória nesse trecho. Por quantas horas deixara de se lembrar da existência de seu filho? Quantas horas? Quantas vezes tinha feito essa pergunta? Ela se roía em remorso e pedia perdão todos os dias. Quantas vezes pedira perdão ao filho sem nunca obter uma resposta? Era indefeso, inocente. Era um bebezinho que agora só existia e agia em seus ternos sonhos e tétricos pesadelos. Quanto teria sofrido antes de sucumbir? Quantas vezes não teria chamado por ela? Pela mamãe ou pelo papai? Teria se sentido sozinho? Teria entendido a dimensão do abandono? Não como um adulto, mas como um inocente sem compreender por que ninguém o tirava de sua agonia. A que temperatura teria chegado o interior do carro deixado ao sol naquela manhã de verão? Ela queria saber o quanto ele teria sofrido. Ela precisava saber. Tinha que saber o que tinha feito a ele, seu próprio filho. Só que agora as respostas não lhe amparariam mais. As respostas não importavam. A morte calaria todas as perguntas.

Algemas. A dor era como verdadeiras algemas. Não aquela que o delegado atou em seus pulsos ao conduzi-la à delegacia. Facas no coração. Adagas afiadas feitas de perguntas, perguntas do interrogatório. Perguntas que eram disparadas mecanicamente, pro forma, contra aquela mãe ferida de morte. E então veio o pior de tudo. Orlando. Ela esperando um abraço e o conforto do marido... que nunca vieram. Ele trazia um dedo em riste e um rosto transtornado. Ele a odiava. Ele a culpava pela morte do filho. Laura se dissolveu naquele instante. Não sobraria mais nada a partir dali. Não existiria mais mulher, mãe, Madalena arrependida, nada. Só uma casca culpada pela morte de uma criança. Laura adoeceu e morreu um milhão de vezes aquele dia até esvaziar-se completamente, até não sobrar vontade alguma, a não ser a de morrer.

Algum tempo já a separava daquela manhã tenebrosa. Secou os olhos e respirou fundo, como se conclamasse uma última vez por sua serenidade, tentando se acalmar. Infelizmente, daquela vez, Laura conseguiu.

Estava controlada. Abriu os olhos e encarou a dúzia de comprimidos dispostos em cima de uma toalha de algodão bem ali, na sua frente; bem ali, no tempo presente, longe do passado. O psiquiatra tinha dito que bastavam três daqueles para mandá-la para o inferno. Doze seria mais que suficiente, pois bem. Doze doses de calmante. Doze minutos para a inconsciência. Doze horas para o sepultamento. Doze dias para ser esquecida para sempre. Doze badaladas no relógio.

Capítulo 33

Marcel passou a tarde toda inquieto, lutando contra seus instintos. Estava agora sentado à escrivaninha do quarto de hotel, tentando montar o quebra-cabeças, seu hobby favorito, a única coisa que sempre conseguia abstraí-lo do mundo e, por consequência, dos problemas. Contudo, sua mão tremia eventualmente, seu corpo todo estremecia, tomado por calafrios inexplicáveis. Era como estar ligado a Laura, conectado a ela de alguma forma. Sentia-se fustigado por uma força invisível que o deixava inquieto, infernizado e angustiado. Poderia dizer que tinha sido a vigilância. Mas não. Quantas mulheres tinha vigiado na vida? Quantas mulheres ficaram gravadas na objetiva de sua câmera nos últimos anos? A vigilância de Laura nem fora tão ostensiva. Contudo, cada minuto a observá-la naquele banco de praça tinha sido intenso. Ele nem sabia dizer ao certo quando a desejou pela primeira vez. Quando sentiu aquela urgência de estar ao lado dela pela primeira vez. A certa altura, começara a invejar Miguel, que a amparava, que a consolava. Ele queria ser mais que Miguel. Além de consolá-la e escutá-la, queria beijá-la. Queria Laura em seus braços, em seus lençóis, em sua vida. Queria ser para ela o que ela jamais tivera. Um homem de verdade. Um homem para o que der e vier. Um homem para tapar aquele buraco, aquele vazio aberto e consumido pela solidão que ela acreditava ser justa e feita especialmente para sua vida. Laura tinha aceitado a solidão. Isso criava uma barreira. E ele também lutava com sua parte profissional. Passara os últimos dias tentando contatar o cliente. No próximo encontro acabaria com o acordo. Devolveria cada centavo recebido antecipadamente. Venderia seu carro se fosse preciso. Mas terminaria com o trato. Não seria mais um homem contratado para vigiar Laura. Estaria livre para apontar toda sua artilharia para aquela bela mulher e se aproximar dela, como se nunca a tivesse visto, para que ela se sentisse segura. Para que ela fosse dele, para sempre. Era isso que queria. Era isso que alimentava sua agonia. Um dia, quando ela confiasse nele, ele diria toda a verdade. Só assim estaria plenamente ligado a Laura, pela verdade. E a verdade é que ele a adorava. Desejava Laura com todas as forças de seu ser. Sentia calafrios, agonia. E sabia o que aquilo significava. Varreu com as mãos, de cima da mesa, os pedaços do quebra-cabeças que jamais montaria, arremessando peças para todos os lados. Queria Laura. Pressentia que ela precisava dele. Pensou em ir até a casa da mulher. E dizer o quê? Olha, sou eu, o maluco da praça. Ela bateria a porta na cara dele. Com certeza. Como alguém chegaria do nada na porta de uma mulher a essa hora da noite, um quase desconhecido? Como? Para aplacar sua agonia, abriu o notebook e clicou no último arquivo de voz de Laura. Escutar a voz do objeto da paixão era um velho artifício dos donos de corações atormentados. O arquivo começou a ser tocado e Marcel sentiu-se arrependido no mesmo instante. Devia ter escolhido uma conversa em que ela estivesse calma e não aquela, não aquele último arquivo onde ela disparava contra ele um torpedo que o abalroou, que o tirou dos trilhos. A voz tensa e desesperada de Laura encheu o quarto de hotel e enregelou Marcel, fazendo seu coração bombear aceleradamente.

— Ai, meu Deus! Eu não vou suportar isso de novo. Por favor, venha. Por favor, venha. Por favor, venha. Não me deixe aqui sozinha.

Marcel olhou para os próprios pulsos, onde cicatrizes do passado tinham adormecido. Ele sabia exatamente pelo que a mulher estava passando, desesperada e sozinha. Levantou-se e atravessou a porta com muita pressa, batendo-a com tanta força que o som ecoou pelo corredor. Inconsequente, era isso o que precisava ser naquele momento. Ouvir seus instintos e depois buscar a razão para as coisas.

Sequer esperou pelo elevador, descendo as escadas correndo. A voz de Laura martelava aquele mantra de desespero em sua mente. Sabia que ela clamava por outro, mas sabia principalmente que clamava por ajuda. Quando atravessava o saguão do hotel ouvindo as doze badaladas do relógio à meia-noite em ponto, sabia que Laura estava em perigo.

Capítulo 34

Laura já transitava entre a vigília e a inconsciência. Não pensava em nada, em arrependimento, em morte, em vida. Não pensava em nada. Torpor. Era tudo. Sua visão tinha se embaçado. O ar lhe faltava e precisava respirar fundo. O aparelho de som tocava alto seu CD favorito. Sentia como se o chão frio do banheiro ondulasse, como se estivesse a bordo de um navio. Um navio partindo para o último porto. Um navio que cruzaria o Estige. A música voltou aos seus ouvidos trazendo uma lufada de consciência. A batida estava distorcida, diferente. Laura tossiu e virou o corpo nu, vomitando sobre si mesma. O jorro veio com tamanha intensidade, acompanhado de um espasmo tão feroz, que sua cabeça foi direto para o chão. Sua nuca parecia estar cheia de cacos de vidros. Ela tossiu e engasgou com o próprio vômito. Foi a primeira vez que sentiu uma ponta de medo... mas esse medo se diluiu junto com sua visão, que esmaeceu e escureceu. Laura sentiu uma absurda falta de ar e depois desmaiou sem conseguir respirar, um sentimento de conquista e libertação germinando em suas entranhas. Desmaiou sem forças para lutar ou se arrepender.

Lá fora, no corredor do seu andar, Marcel batia à porta mais uma vez. Sabia que ela estava lá. Algo lhe dizia que a mulher com que ele se preocupava, a mulher que ele subitamente passou a desejar, estava lá. Repetiu as batidas, com mais força e urgência. Era como se alguém lhe berrasse nos ouvidos, vai, chame a Laura! Ele sabia que ela estava lá, em perigo, sufocando em problemas. Bateu novamente. Nenhuma resposta. Colou o ouvido na porta. Tinha música lá dentro. Um som alto. Talvez ela tivesse adormecido e o aparelho de som que ela se esqueceu de desligar impedia que as batidas e a campainha fossem escutadas. Talvez ela tivesse olhado pelo olho mágico e decidido não atendê-lo. Agora ele submergia na repentina insegurança que acomete os recém-apaixonados, descolando a mão da porta e dando passos rumo ao elevador. Seu dedo pressionou o botão. Laura precisava de ajuda, mas não da sua ajuda. Onde estava com a cabeça? Laura queria o amigo Miguel, não o desconhecido com quem trombara no café, não o cara que surgira do nada, ali na praça. Talvez Miguel já tivesse conversado com ela, talvez já tivesse dito que não tinha mandado ninguém para encontrá-la. Talvez Laura já o tivesse colocado no seu hall particular de loucos a serem evitados nas próximas trombadas pela rua. Ela precisava de alguém, mas certamente não dele. Marcel era um cara de fora, um cara que não conhecia toda sua história, um recém-chegado em sua vida. Tentava novamente ligar para o celular do maldito contratante, de quem sequer sabia o nome. Nada. Caixa postal atrás de caixa postal. O homem havia desaparecido. O elevador chegara. Marcel abriu a porta e apertou o botão para o térreo, e começou a descer. Nunca mais veria Laura. Nunca mais. Olhou para o painel e viu que descia lentamente. Laura precisava de alguém. Precisava de alguém. Então apertou o botão de emergência. Empurrou as pesadas portas metálicas. Subiu três andares saltando os degraus de dois em dois. Chegou novamente à porta de entrada do apartamento e bateu novamente. Laura estava lá. Laura precisava de alguém. Marcel bateu com mais força e, num ato de loucura, girou a maçaneta. A porta abriu alguns centímetros até onde a corrente da trava de segurança permitia. Marcel olhou pela fresta. Uma mão de mulher caída estava ali, no corredor, saindo por um batente. Então ele se arremessou como um aríete contra a porta, que voou até bater no corredor. Sentia como se o coração fosse sair pela garganta. Invadiu o apartamento. Laura estava caída no chão do banheiro, fria e imóvel, coberta de vômito e com os olhos baços. Marcel caiu de joelhos e tocou a pele fria da mulher.

– Não! Laura, não! – gritou, desesperado.

Laura estava morta!

Marcel apanhou a toalha que cobria a mesa da sala e envolveu o corpo nu da mulher. Ia pegá-la no colo e levá-la ao hospital, mas estremeceu ao tocar a artéria em seu pescoço. Não havia sinal algum. Debruçou-se sobre ela e abriu sua boca. Soprou ar para dentro e começou a massagear seu tórax. Repetiu aquilo inúmeras vezes, em meio a desespero e xingamentos, em meio a esforço e esperança. Sabia que não poderia desistir. Já fizera isso meia dúzia de vezes na vida. Nunca soube o que esperar. Mas naquele momento sabia que não poderia desistir. O suor começava a brotar em sua testa. Ele insistia, soprando na boca da mulher. Pressionava o peito de Laura, fazendo sua caixa torácica afundar repetidas vezes. Assim o sangue se moveria nas artérias e veias, assim apanharia oxigênio nos alvéolos pulmonares, assim a vida se agarraria à beirinha do abismo, mantendo as células trabalhando. Ele continuava. Respiração, massagem, respiração, massagem, respiração, massagem... então a mulher dobrou-se, encolhendo-se, num reflexo inesperado e poderoso, lançando outra golfada de suco gástrico sobre o azulejo do banheiro, sobre os joelhos do homem.

– Graças a Deus! – exclamou Marcel, caindo sentado ao lado do vaso sanitário, suando muito.

Laura tossia convulsivamente, escutando uma voz conhecida. O homem falava ao celular, passando o endereço de sua casa. Ele pedia uma ambulância. Sua voz exalava um misto de aflição e euforia. Ela tocou a mão dele.

– Você veio... – murmurou antes de desmaiar mais uma vez.

Marcel pediu urgência e desligou o telefone. Olhou assustado para Laura mais uma vez inconsciente, mas dessa vez ele notou que o peito dela subia e descia, numa respiração ainda difícil. Ele a puxou com a toalha para seu colo e a abraçou enternecidamente. Balançava o corpo da mulher para frente e para trás, trazendo-o para bem perto do seu, tentando esquentá-la, como se ninasse uma criança. Marcel tremia dos pés a cabeça. Sentia-se como vítima de um encantamento, preso à mulher mais preciosa em que já tinha posto os olhos. Seria uma injustiça brutal se o destino o unisse a ela apenas para assisti-la desvanecer e deixar de existir. Perdê-la desencadearia um sofrimento insuportável. Um sofrimento que o catapultaria para uma caverna escura e fria onde já tinha vivido durante anos terríveis de sua adolescência. Uma caverna assustadora, um labirinto sombrio habitado por uma fera adormecida, uma fera que tinha lhe deixado marcas. Marcel olhou instintivamente para o pulso direito, onde uma leve cicatriz desenhava uma linha diagonal. Não queria voltar àquela caverna escura onde os pés escorregam em limo e as mãos não encontram paredes para se firmar. Abraçou Laura com força por um instante e novamente a liberou. Ela respirava. Depois soltou um gemido quase inaudível e ele secou uma lágrima em seu rosto. Uma única lágrima, que tinha brotado e rolado de seu rosto. Laura tentara se matar. Marcel fechou os olhos quando ouviu as sirenes do resgate se aproximando.

Capítulo 35

Quando Laura abriu os olhos, não fazia ideia de onde estava. Na verdade, acordar foi algo mais instintivo do que nunca. Respirando. Estava num quarto, na penumbra. Talvez fosse dia. Podia perceber a luz entrando, velada, pela fresta de uma persiana. Não deveria estar ali. Não deveria continuar existindo, pensando, sofrendo. Tinha sede. E lembranças. Virou o rosto lentamente. Tudo doía, sua garganta, seus músculos, seu pescoço. Tinha a sensação de que havia um monte de agulhas nas costas e no estômago.

Um tubo descia da bolsa de soro e entrava em sua mão. Laura remexeu-se levemente, sentindo fisgadas em todos os cantos. Lembrou-se da voz daquele homem. Marcel. Suspirou profundamente. Ele estivera em seu apartamento. De alguma forma, havia entrado lá e a tinha socorrido. Laura ajeitou seu corpo de lado e foi então que notou uma presença. Era ele. Afundado numa espreguiçadeira, adormecido, sentado ao seu lado, vigiando o seu sono. Olhou para Marcel com estranheza, mas para sua surpresa a estranheza tornou-se afeição. Por alguma razão inexplicável, aceitava aquele estranho em seu coração incondicionalmente. Alguém que invadiu sua casa e a roubou das portas da morte só poderia querer seu bem. Sorriu com ternura para Marcel, que não a viu. Ela estendeu a mão na direção do homem até onde conseguia e murmurou:

– Obrigada, moço do café.

Então ajeitou-se na cama e observou Marcel ressonar. Queria fazer um bilhão de perguntas a ele, inclusive sobre o sumiço de Miguel. Sorriu por pura vontade de sorrir, genuína, brotando do fundo da alma. Depois aconchegou a cabeça de lado a fim de olhar para aquele homem encantador. Algo mágico estava acontecendo, bem ali, bem naquele momento. Não temia o desconhecido. Muito pelo contrário. Ela o achava lindo e, de uma forma tonta, sentia-se atraída por ele, como uma boba. De algum jeito, Laura sabia que ele a adorava, de todo o coração. Para que perderia tempo com perguntas? Laura o aceitava, também, de todo o coração. Com um sorriso adolescente no rosto, a mulher adormeceu.

Capítulo 36

Marcel olhava para a porta do casebre na viela. Estava sentado numa das mesas do boteco mais uma vez. De tanto ir àquele lugar, já era tido como freguês da casa, sendo recebido com sorriso pelo casal dono do boteco. Daquela vez, quem estava no balcão era o Chocolate. Marcel já tinha intimidade suficiente para chamar o homem pelo apelido. Pediu uma cerveja. O investigador deixou um caderninho em cima da mesa. Certamente chamaria muito menos atenção que o notebook. Depois olhou para o relógio na parede de madeira do boteco. Tomou um gole da gelada enquanto fazia uma anotação. Estava impaciente. A cada cinco minutos, tinha vontade de levantar da cadeira e voltar para o hospital para ficar com Laura; queria estar lá quando ela acordasse. Mas precisava desvendar aquele mistério, aquele lugar que não obedecia à lógica. Precisava de toda a serenidade que pudesse evocar para entender o que se passava naquela viela. Se alguém lhe contasse aquela história, chamaria a pessoa de louca. De onde vinham e para onde iam aquelas pessoas, incluindo o misterioso amigo de Laura? Chegava a sentir um arrepio na espinha. Mas sabia que, no fim das contas, descobriria o que estava acontecendo, saberia enfim qual era o truque que empregavam para entrar e sumir daquele quarto. À deriva, num mar aberto de conjecturas, seus olhos foram ao encontro da famigerada porta, que se abriu. A morena de corpo curvilíneo que vira outro dia pisou no chão de barro da viela, exibindo pernas firmes e bem torneadas por baixo de uma calça agarrada às suas curvas. Uma blusinha curta deixava sua barriga firme e sexy à mostra, assim como boa parte de suas costas. Tinha unhas e lábios vermelhos. Sua boca era carnuda e insinuante. Rebolava deliciosamente enquanto andava. Dessa vez Marcel teve tempo de dar uma boa olhada na grande tatuagem nas costas da moça – duas coroas de espinhos entrelaçadas. Gotas de sangue tatuadas em uma tinta escura escorriam pelas costas da morena. Um símbolo de dor e penitência. O que queria dizer aquilo? Uma tatuagem bastante sombria. Rabiscou a tatuagem em seu caderno e anotou "moça da tatuagem", assim como o horário em que ela havia deixado o casebre. Quinze e trinta. Ficou ali, ora batucando com a caneta Bic sobre o tampo da mesa, ora fingindo que estava interessado na máquina de fliperama, gastando algumas fichas sem tentar vencer de verdade, deixando o tempo passar, enquanto lançava olhares sobre o ombro para a porta carcomida. Marcel não notou, mas durante muito tempo o cara com aparência de malandro e touca de lã na cabeça que o abordou dias antes não tirou os olhos dele. O sujeito estava do outro lado da rua, sentado numa roda de dominó, tomando cerveja e fumando, erguendo os olhos para vigiar o investigador de tempos em tempos.

Os olhos de Marcel passearam pela viela. Quando avistou um frequentador conhecido, abriu um sorriso. O bêbado que vira animando um sujeito no restaurante enquanto aguardava o cliente para o primeiro encontro. Vinha cantarolando, com a mesma roupa imunda do outro dia, com a barba cobrindo seu rosto bonachão. Cumprimentou algumas pessoas e parou na roda de jogadores de dominó. Foi só então que Marcel percebeu o malandro de touca de lã. O bêbado deu um tapa na cabeça do sujeito, que se levantou rindo e arrumando a touca. Os dois caminharam na direção do boteco, o que deixou Marcel desconfortável. Contudo, ficaram a alguns metros do bar e depois rumaram em direção à misteriosa porta, por onde a estonteante morena, que já tinha desaparecido, tinha saído. O bêbado girou a maçaneta e entrou, seguido pelo rapaz da touca que, antes de entrar, virou-se para o boteco e lançou um aceno em direção a Marcel. Eram dezesseis e quinze. Por longas e intrigantes duas horas, os dois não saíram de lá.

Capítulo 37

Marcel desceu do carro jogando fora a bituca de cigarro. Seus olhos estavam fixos na vitrine. Queria agradar aquela mulher. Estava com medo de reencontrá-la. Era absurdo, sim, era absurdo e paradoxal o questionamento que tinha em mente, mas não podia deixar de imaginar Laura pensando por que raios ele tinha invadido seu apartamento, mandado sua privacidade para o espaço e a visto nua, morrendo no banheiro. Era possível que ela se sentisse constrangida, ainda por cima furiosa de ter sido privada de seu intento, de sua vontade definitiva de morrer. Ela queria morrer. Não tinha sobrado uma ponta de dúvida quando os médicos do resgate subiram ao apartamento e encheram Marcel de perguntas que ele, de verdade, não sabia responder: que tipo de drogas a mulher dele vinha tomando? Levou um bom tempo tentando explicar que ela não era sua mulher e que não fazia ideia do que ela tomava. Tudo o que Marcel tinha para contar era que Laura havia expelido duas cápsulas pela boca quando vomitou pela última vez em seu colo. O médico concluiu, pelas cores, que se tratava da mesma droga vinda da caixa que estava no chão da sala. Laura ingerira uma dose cavalar, uma dose que não daria margem ao erro. A sorte dela, disseram, foi o amigo ter chegado a tempo. Então viram a corrente de segurança estourada. A polícia começou a interrogá-lo. Havia invadido o apartamento? Sim, conhecia Laura muito pouco, explicou. O clima ficou estranho: os policiais pediram seus documentos, e enquanto tirava a carteira de identidade do bolso, Marcel explicava o que fazia para viver. Por isso sabia que ela estava em apuros, ou que ao menos tinha fortes razões para achar isso. Explicou que ela andava tão desesperada que, cedo ou tarde, acabaria dando cabo de sua vida. Como ele achou que seria cedo, não pensou duas vezes em invadir sua casa e salvá-la. Os policiais não ficaram inteiramente convencidos com aquela versão, então pediram a Marcel que não deixasse a cidade até que ele e Laura fossem interrogados. Para Marcel, aquilo tinha saído barato. Preso cinco vezes enquanto exercia a profissão, após desfazer embaraços, saía das delegacias com um nada consta. Já fora espancado por capangas e por seguranças de indústrias. Mas nada se compararia a enfrentar os olhos da mulher por quem fora conquistado. Até sorria sozinho enquanto andava pela calçada e adentrava a floricultura. Só podia estar apaixonado. Tinha medo de ela enxotá-lo do hospital. Que besta que ele era! Era assim que se considerava. Uma besta. Tinha prometido a si mesmo nunca se enrolar com alvo, nem com cliente. Agora estava de quatro por uma mulher que mal sabia de sua existência. As possibilidades de ganhar um fora assim que cruzasse a porta do quarto dela eram grandes.

Com o troco pelas rosas compradas em uma das mãos, Marcel caminhava de volta ao carro, chegando a pensar na covarde possibilidade de nem sequer aparecer naquele quarto. Podia deixar as rosas na portaria do prédio de Laura, e as flores seriam entregues pelo porteiro quando ela chegasse. Talvez seu destino fosse a lixeira do corredor de serviço. Talvez nunca entrasse no apartamento da pretendida. Patético. Marcel bufou. Abriu a porta da Saveiro e sentou, olhando para o buquê de rosas. Iria ao hospital, sim, encarar seu julgamento. Estava para nascer a mulher que não amasse receber rosas de um admirador romântico.

* * *

Quando o elevador se abriu no terceiro andar do hospital e Marcel deu os primeiros passos na direção do quarto de Laura, seu estômago se enregelou e seu coração começou a bater disparado. "Chega, otário! Controle-se. Você não é mais um moleque de quinze anos. É só uma mulher que está lá. Uma mulher que você salvou do suicídio. Uma mulher que está te deixando louco de paixão. Chega!"

Marcel disse isso a si mesmo, baixinho, e logo depois reconheceu a voz de Laura. Ela estava rindo alto! Ele firmou os passos, chegou até o batente e se deteve um instante com o punho erguido, pronto para bater à porta. Laura conversava animadamente com uma amiga. À medida que ele reconhecia aquela voz, um rosto se formava em sua memória. Era Simone. As duas falavam em voz alta e ele podia ouvir toda a conversa.

– Eu já disse que não sei de onde ele surgiu, Cristo! Quantas vezes vou ter que repetir, Simone?

– Ai, amiga, mas é estranho. A gente viu o cara uma vez só... não que eu queira ser egoísta, mas ele só foi salvar você? E eu, como fico? Se eu passar mal duvido que ele vá até minha casa.

As duas riram escandalosamente mais uma vez.

– Só você para fazer graça numa situação dessas, Simone. Só quem não te conhece estranharia.

– Amiga, o pior já passou, não é? Não adianta ficar lamentando agora. Eu quero teu bem, e estou felicíssima que esse anjo tenha caído do céu numa hora bem oportuna, do contrário, não estaríamos aqui, rindo feito duas doidas.

– Ele estava aqui hoje cedo. – O tom de voz de Laura mudou. – Você precisava ver que gracinha.

– Hum. Além de super-herói ele é destruidor de corações também?

– Você já o viu, boba. Vai dizer que ele não é um pedaço de mal caminho? Ele é gato, charmoso, ele é tudo!

– Para de exagerar, amiga. Você está sob efeito de medicamentos. Nunca ouvi na minha vida você falando de homem nenhum assim. Ainda mais um que mal conhece! Isso é um perigo, menina.

Laura deu um suspiro.

– Eu não lembro dele tanto quanto você – reclama Simone, fingindo uma pontinha de ciúmes.

Marcel, ainda do lado de fora, sorria ouvindo a conversa.

– De um a cinco, qual nota você dá pra ele?

– Ai, Simone, não faz pergunta difícil. – Laura deu outra gargalhada.

– Poxa, um a cinco é fácil.

– Ai, sei lá. Acho que dou uns dezoito!

As duas riram de novo. No corredor, uma enfermeira passou pela porta de Laura e franziu a testa. Marcel encolheu os ombros e continuou sorrindo.

– Isso porque eu falei de um a cinco, hein! Jesus!

Marcel, vendo que a enfermeira vinha em direção ao quarto, decidiu entrar. Bateu à porta e entrou de supetão.

– Carteiro! Entrega especial para dona Laura.

As amigas arregalaram os olhos e explodiram numa risada conjunta. Laura puxou o lençol e cobriu parte do rosto, estava vermelha feito um pimentão.

– Ai, meu Deus do céu?! Por favor, me diz que não faz muito tempo que você está aí.

Simone não conseguia parar de rir, até lacrimejava, olhando para Laura e para Marcel.

– Não faz muito tempo que estou aqui, lindinha. Acabei de chegar.

– É você o anjo da guarda caído do céu que surgiu para salvar minha amiga?

– Simone!

Simone estende a mão e cumprimenta Marcel.

– Olha, falando sério agora, obrigada por ter aparecido na vida da minha amiga, na hora certa. Ela teve muita sorte em ter te encontrado. Muito obrigada mesmo. Já falei para ela que o melhor remédio para ela seria um homem que nem você.

– Simone!

– Eu é que tive sorte, Simone. Sorte de terem colocado ela na minha frente. Adorei tê-la conhecido.

– Ah! Ela também adorou ter te conhecido. Pode apostar. Nunca vi essa menina assim, suspirando de dois em dois segundos por um desconhecido.

– Simone! Para com isso! – berrou Laura, cobrindo mais um pouco a face.

A enfermeira bateu à porta e apareceu no batente.

– Pessoas, diminuam a algazarra, por favor. Temos pacientes precisando descansar nesse andar.

– Pode deixar, dona, vou deixar os pombinhos silenciosos aqui. Já deu minha hora.

– Sai! Some daqui! Vai pra casa! – gritou Laura mais uma vez, totalmente constrangida pela situação.

– Tou cansadinha mesmo, vou pra casa dormir um pouco. Só que antes vou dar uma passada naquela praça abençoada. Vai que despenca outro anjo desses bem na minha cabeça?! Vou começar a comer lá todos os dias. Se for preciso, acendo até vela, minha amiga.

Laura descobriu a cabeça e arremessou um travesseiro contra a amiga. Simone abaixou-se, desviando. Saiu e deixou a porta encostada.

Laura, ainda vermelha, suspirava aliviada.

– Ai! Graças a Deus. Que vergonha.

Marcel sorria para a mulher. Parecia que duzentas toneladas haviam saído de suas costas. Não havia sensação mais deliciosa na vida do que descobrir ser correspondido pela pessoa amada. Estendeu o buquê de rosas para Laura.

– Uau! São lindas, Marcel. Coloque-as aqui pertinho de mim, por favor.

Marcel apanhou um vaso sobre a mesa próxima à janela e colocou-o sobre o criado-mudo ao lado da cama.

– Eu vi você ao meu lado hoje de manhã. Mas eu estava tão grogue que não conseguia nem me mexer direito. Dormi de novo antes de poder lhe agradecer.

– É. Eu fiquei aqui um tempão, esperando você acordar. Nunca fiquei tão aflito na minha vida. Como passei a madrugada toda em claro, olhando pra você, pro seu rosto... viva... acabei dormindo aqui no sofá mesmo. Depois saí para trabalhar e...

– Marcel...

– Fala.

– Como é que... como é que você achou a minha casa?

Marcel respirou com dificuldade. Ela estaria pronta para saber de tudo? Seria a hora certa de revelar a verdade? Lutava com o senso de dever e moral que ditava sua vida, achando que deveria ser sincero naquele momento mesmo, mas tinha certeza de que ela saltaria da cama como uma gata arisca e acuada. Respirou fundo e mentiu.

— Eu... o seu amigo da praça... ele me ligou e pediu que eu fosse imediatamente para sua casa. Disse para eu falar com você a qualquer preço, que ele estava com um pressentimento ruim. Para falar a verdade, eu estava com um pressentimento muito ruim também. Tanto é que, quando cheguei na sua casa, fiquei batendo na porta por minutos, depois desisti e entrei no elevador. Então desisti do elevador, apertei a emergência, corri para seu apartamento e arrombei a porta. Eu sabia que você precisava de ajuda.

— Sei — Laura respondeu vagamente, com a voz baixa, mas seus olhos ficaram pregados naquele homem à sua frente, que derramava justificativas como água minando de uma fonte.

Um silêncio desconfortável cresceu no quarto até que Laura olhou nos olhos do investigador e voltou a falar.

— Obrigada, Marcel. Obrigada por ter arrombado aquela porta. Eu estava fora de mim. Eu vou acabar ficando sozinha nessa vida e isto está me deixando doida. Meu pai... ele...

Laura fez uma pausa e seus olhos se encheram de lágrimas. Nesse instante, Marcel abraçou-a contra o peito com força.

— Você não vai ficar sozinha, garota. Estou aqui para o que der e vier. Fico com você o quanto você quiser.

— O tempo que eu quiser?

— Sim. O tempo que você quiser.

— Você vai me achar uma grande de uma abusada se eu te pedir para ficar comigo para sempre?

Marcel apertou Laura com mais força.

— Pra sempre? Hum... pode ser para sempre. Acho que eu vou adorar você. Adorar para sempre.

Laura afastou-se dele repentinamente e encarou seus olhos negros.

— Por quê?

Marcel abriu um sorriso e começou a falar tranquilamente.

— Não é todo dia que um ogro feito eu ganha nota dezoito de uma tremenda gata maravilhosa feito você.

— Ai, meu Deus! – gemeu Laura, afastando Marcel e apanhando o lençol, cobrindo completamente sua cabeça.

— Ué? Tá com vergonha porque escutei a nota que você me deu?

— Não. Não. Nada disso. Some do meu quarto, eu vou explodir de vergonha!

— Por quê?

Laura não conseguia tirar o lençol da cabeça.

— Acredita que só agora lembrei que você me viu peladinha, como vim ao mundo?!

— Ah! Laura! Naquela situação, te juro que nem conta! Hahahahaha!

Laura descobriu a cabeça e tomou a mão de Marcel entre as suas. Trouxe a mão com ternura até seus lábios e selou um beijo delicado.

Capítulo 38

– Minha mãe sempre me comprava algodão-doce. Adoro – disse Laura, arrematando o último pedaço.
– Acho gostosinho, talvez porque lembre a infância.
– É justamente isso. A troco de que vamos comer uma montanha de açúcar esfiapada, não é? Para resgatar nossa infância.

Marcel tirou o cabelo claro de Laura da frente de seus olhos e depois beijou-a. Beijo com sabor de algodão-doce.

– Não sei se lembra infância ou se eu acharia bom. O fato é que lembra minha mãe, lembra minha mãe de um tempo em que eu gostava. E a sua mãe?
– Hum. Minha mãe. Ela é uma senhorinha muito carinhosa. Você vai gostar dela.
– Ah, é? Fale-me dela, então.
– Ela é bem pacata hoje em dia. Do tipo que ia adorar estar aqui com a gente nessa pracinha. Na hora do almoço.
– Nada mais natural. Não há lugar melhor nessa cidade do que essa praça. Amo passar minhas horas de almoço aqui. Sempre arranjo boa companhia.
– Adora ficar aqui jogando conversa fora, não é?
– Exatamente. E jogar conversa fora aqui já me salvou a vida um bocado de vezes. Me sinto protegida neste lugar. Longe de todo mundo, de curiosos, de gente oportunista.

O comentário da namorada fez um alarme inconsciente disparar, fazendo com que Marcel se soltasse do abraço de Laura e, por puro instinto, olhasse para as janelas do hotel de onde observara a mulher e seu amigo. Marcel sentiu um gelo na espinha. Exatamente em sua janela havia um homem parado, curvado sobre a luneta montada sobre o tripé. Olhava para eles. Estavam sendo vigiados! Ato reflexo, Marcel não escondeu o espanto e afastou Laura completamente.

– Espere aqui!

Saiu correndo na direção do hotel.

– Marcel!

Laura, sem entender nada, ficou estática, sentada no banco da praça, observando o namorado se afastar correndo.

Marcel já maldizia a si mesmo por sua falta de sangue-frio. Com aquela corrida, o observador certamente tinha entrado em alerta e, àquela altura, estaria em fuga. Deveria ter deixado os ânimos se acalmarem para depois escolher um ponto cego e se afastar de Laura, e só então correr até o quarto de hotel. Mas já era tarde. Marcel não tinha certeza, mas suspeitava reconhecer a silhueta misteriosa que espreitava pela janela. O homem estava longe, mas era um sujeito magrelo, com uma característica touca de lã sobre a cabeça. O tal que tinha batizado de "malandro" em suas notas. Marcel apertou o passo. Entrou correndo pelo lobby do hotel sob os olhares de espanto dos funcionários.

– Não deixem ele sair! – gritou ao passar pela recepção e entrar no elevador.

Quando passava pelo segundo andar, escutou um estrépito de bandejas, pratos e talhares caindo no corredor. Por instinto, travou o elevador e abriu a porta em tempo de ver um vulto passar com rapidez. Quando pisou fora do elevador, viu a porta da escada fechando-se por força da mola. Correu até lá e escutou os passos em desabalada carreira, descendo os lances até o andar térreo. Marcel não perdeu tempo raciocinando. Quando se deu conta, já atravessava o lobby, no encalço do malandro que sempre vivia rondando o bar na viela. O sujeito devia tê-lo seguido e vindo em busca de informação. Marcel atravessou a porta e o alcançou já na calçada. O malandro era malandro de fato. Assim que sentiu a mão apertando seu ombro, girou o corpo e deu um empurrão no perseguidor. Marcel rolou da calçada para o meio-fio, e um carro freou bem em cima. Agitado, o investigador levantou-se, sentindo a pancada na cabeça. O carro parado à sua frente era uma viatura da Polícia Civil.

– Aquele cara me atacou! – gritou, voltando a correr e dobrando a rua.

Alan olhou para Gabriela e deu de ombros.

– Nós vamos atrás daquele cara?

– Eu sei para onde ele tá indo. Entra na próxima à direita.

– Pensei que a senhora era de fora da cidade. E olha que eu conheço tudo que é maluco aqui.

– Deixa de graça. Quer ir atrás dele? Sobe na próxima.

Marcel não avistava o malandro. Mas sabia muito bem para onde ele estava indo. Devia estar tomando o rumo do boteco que lhe servia de casa, restaurante, banheiro e todo o tipo de conforto que se podia arranjar naquele pardieiro. Apertou o passo. Quando estava na viela já subindo a escadaria do morro, conseguiu avistá-lo. Ele não foi na direção do bar. Marcel pôde ver o vulto do malandro, com os pés cheios de barro, seguir em direção ao casebre que vigiava havia semanas. Então apressou ainda mais o passo. O malandro, ainda na porta, vacilou. Quando estava prestes a entrar, virou para trás para checar se ainda era seguido. Deu de cara com Marcel, enfiando a mão na porta.

– Te peguei, malandro!

– Eu acho que não pegou, não! – retrucou o homem, com um sorriso no rosto.

Marcel sentiu um chute explodindo em seu estômago e foi ao chão gemendo de dor enquanto a porta era batida com toda força.

– Não! Não vai escapar! – berrou, levantando-se no mesmo momento em que os policiais chegavam ao casebre.

Marcel arremessou-se contra a porta, que cedeu à sua força. Parou no meio de um cubículo vazio, e seu temor foi novamente confirmado. A lâmpada acesa balançava no alto, projetando sombras nas paredes do casebre. Seus olhos percorreram todos os cantos. O homem não estava mais lá! Por onde, Cristo, aquele homem saíra?! Tinha evaporado! Chutou as caixas de madeira e girou sobre si mesmo, inconformado com o sumiço do rapaz – tal e qual Miguel havia feito.

Alan entrou esbaforido.

– Cadê ele?

– Vocês viram que ele entrou aqui, não viram? – perguntou Marcel, ainda respirando com dificuldade, cansado da corrida e com o estômago dolorido.

– Entrou aqui? – insistiu Alan, olhando para o pequeno cômodo sem saída alguma.

Marcel dessa vez só moveu a cabeça, inconformado, abatido, olhando para a lâmpada pendurada que ainda balançava no teto.

– Isso aqui tá vazio, filho. Não tem pra onde correr dentro desse negócio.

– Pois é. Já estou cansado disso.

Marcel lançou um olhar para o chão, estranhando as pegadas de lama que iam até o meio e terminavam ali. Endireitou o corpo e voltou-se para fora, caminhando em direção à escada da viela.

– Peraê, cidadão. Você não vai prestar queixa contra esse cara?

Marcel olhou para o boteco do outro lado. O bêbado que gostava de contar piadas estava lá. A garota bonita de costas tatuadas tomava uma cerveja e batia as cinzas de seu cigarro no balcão, olhando para ele – como se assistissem a um espetáculo.

Marcel olhou para Alan, que balançava a cabeça negativamente.

– Não. Deixa quieto. Já tô cansado disso.

Alan, visivelmente consternado, olhou para Gabriela, que permanecia neutra na situação.

– Cara imbecil. Faz o maior salseiro lá embaixo e chega aqui para deixar quieto?!

– O cara sumiu, Alan. O cara não roubou nada do cidadão, não fez nada. É o que você disse... tem gente que faz tempestade em copo d'água.

Alan permaneceu imóvel em frente ao diminuto cômodo. Olhou para dentro dele mais uma vez. Depois, seus olhos foram para os moradores que passavam por ali e para os desocupados parados no boteco.

– Vamos embora, Alan – insistiu Gabriela. – Não quero ficar parada aqui a tarde toda.

Alan suspirou indignado e seguiu Gabriela, refazendo o caminho por onde tinham entrado na viela.

Capítulo 39

Marcel dirigia a Saveiro, voltando para a casa da namorada sob o olhar de estranhamento da mulher.

– Que bicho te mordeu aquela hora?

– Reparei num cara estranho, observando a gente.

– Estranho? Estranho foi você sair correndo daquele jeito. Quem era aquele sujeito?

– Não sei. Mas se ele não estivesse devendo, não teria fugido de mim. Ele deve estar aprontando alguma coisa pra gente.

– Pra gente?

– Esse mundo é cheio de gente doida, Laura. De repente estava nos vigiando para nos roubar, vai saber. Se eu o tivesse alcançado teria descoberto o que ele queria.

– Fala sério, Marcel. Que cara azarado, ele. Ia roubar o que da gente?

– Sei lá, Laura. Sei lá.

Marcel encostou o carro.

– Você vai ficar legal?

– Eu estou legal. Você é quem está estressado hoje.

Marcel sorriu para a namorada.

– Mais tarde eu volto pra te ver. Vou trabalhar um pouquinho.

– Entregar umas correspondências?

Marcel coçou o pescoço com desconforto. Ela ainda não sabia.

– Eu não trabalho só com entregas, Laura.

A mulher soergueu as sobrancelhas.

– Hum. Trabalha com mais o quê?

– Pesquisa. É um papo longo que teremos que ter, mas não agora. Prometo te explicar tudo.

– Ai, ai, ai. Por que será que tem um alarmezinho disparando na minha cuca bem agora?

– Porque você não é besta e nem nada. Mas esquece isso. Numa boa hora eu te conto o que tenho que contar.

– Isso não ajuda, sabia? Mulher é um bicho curioso dos infernos.

– Segura essa curiosidade, um dia ou dois, ok?

– Ok.

* * *

Após deixar Laura, Marcel voltou para o quarto de hotel. Seus olhos zanzavam pelas fotografias da namorada presas na parede. Começou a arrancar uma por uma do mural e depois a rasgá-las. Tinha tentado ligar para o cliente uma dúzia de vezes. Tinha deixado pencas de recados na caixa postal de voz do maldito, que simplesmente não retornava mais seus contatos. Indagou na portaria sobre recados. Nada. O cliente, aparentemente, tinha abandonado o caso, bem como, coincidentemente, Miguel tinha abandonado Laura. O que fazer? Tinha recebido uma bolada, com a qual conseguiria se virar uns meses. Deveria esquecer tudo? Deveria. Mas não podia. Estava afundado demais em tudo aquilo e no mistério daquele quarto. Não ficaria em paz até desvendar aquele truque. Por que o malandro tinha invadido seu quarto de hotel? Nada faltava, estava tudo ali, seus pertences mais valiosos, coisas em que qualquer vagabundo adoraria pôr a mão para trocar por alguns reais. Com as fotos empilhadas na escrivaninha, começou a rasgá-las, picá-las em pedaços bem pequenos. Tinha que acabar com tudo aquilo. Desvendaria apenas a forma como eles o enganavam, evaporando daquele quarto e pronto, caso encerrado. Não ficaria mais atrás de um homem sem ter um cliente a quem reportar as novidades e do qual receber sua outra metade do pagamento.

Capítulo 40

Alan estava sentado em sua mesa. Percebeu que não havia nenhum olhar sobre si. Abriu a gaveta e retirou um bilhete em papel amarelo debaixo de um bloco de anotações. Era o bilhete encontrado com o Cicatriz. Ficou olhando para os dizeres do papel enquanto tragou lentamente seu cigarro, soltando uma lufada longa de fumaça branca. Tinha ali o celular de um tal Rodrigo. Discou o número, e então escutou o som repetido das chamadas. Teve tempo para mais uma tragada lenta e profunda. Só então alguém atendeu.

– Alô, alô.

Alan soltava a fumaça devagar.

– Alô.

Ele reconheceu a voz do garoto.

– Fala quem é, porra! Não tenho o dia todo.

Alan desligou, baixando o dedo no gancho do aparelho telefônico. Ficou com o falante na mão mais um instante, batendo a peça retangular no queixo. Bilhetes em geral eram cacos de verdade, pedaços de um todo, muito úteis em investigações. Aquele caco de informação deixava claro que havia uma conexão entre a vítima, o tal de Vavá, Cicatriz e o tal de Rodrigo. Alan tinha ouvido falar de um novato na área com esse apelido, Vavá, há coisa de quinze dias. Pelo que diziam, havia tomado a boca de um sujeito chamado Jean, um traficante filho da mãe que não valia um pedaço de excremento de cachorro. O mais violento e execrável daquele pedaço. Alan vivia esperando um deslize do marginal para dar um fim à sua vida. Mas matar traficantes, sem uma desculpa razoável, chamava bastante atenção. Por isso ficava rodando, feito mosca-varejeira, em cima do lixo. Uma hora ou outra os filhos da mãe lhe davam um bom motivo para enfiar-lhes meia dúzia de balas nos cornos. Tinha escutado por aí que esse tal Vavá tinha apagado o Jeanzinho. Mereceria uma medalha se não fosse ele também um traficante ordinário. E que, pelo visto, já estava aprontando das suas, se exibindo para a clientela nova, dando cabo de viciadinhos feito a menina morta a golpes de halteres. Ele também daria o seu escorregão e Alan torcia para estar por perto e ter a chance de enfiá-lo direto numa cova assim que vacilasse.

Capítulo 41

Laura sorveu o líquido quente com estrépito, atraindo o olhar de Marcel. A mulher lançou um sorriso para o namorado e tornou a encher a colher com caldo fumegante de feijão, uma de suas especialidades na cozinha. Marcel estava inquieto. Não tocou na comida e se contorceu na cadeira como se ali estivesse infestado de formigas.

– Que bicho te mordeu, homem?

– Você gosta dessa pergunta, hein.

– Mas é que você não para quieto, nem mexeu na comida. Alguma coisa está te aporrinhando.

– Droga. Eu não sei o que dizer. Não quero te deixar preocupada.

– Pronto, conseguiu bem agora. Já estou preocupada. Escuta o teu tom de voz... e outra, nunca comece uma frase com "não quero te deixar preocupada" para uma mulher. A gente fica preocupada no ato.

Marcel esboçou um sorriso, mas terminou sacudindo a cabeça.

– Eu acho que estou ficando louco, Laura. Eu não devia falar disso com você, eu não costumo misturar as coisas... eu nunca misturei as coisas, não no meu trabalho.

– Calma, querido. Respira e me conta logo o que tanto te aflige – incentivou Laura, com um sorriso reconfortante no rosto.

– Eu vou falar com você sobre isso senão eu fico louco. Já estou tonto com toda essa história.

Laura ergueu as sobrancelhas, tinha no rosto um misto de apreensão e graça, um sorriso meio espremido nos lábios, mais para acalentar seu parceiro do que qualquer outra coisa.

— Conheço um jeito maravilhoso de aliviar essa sua tensão e te fazer colocar tudo pra fora. Vem cá.

Laura puxou Marcel até o tapete da sala e tirou sua camisa.

— Deita aqui.

Montou nas costas do rapaz e começou a massagear suas costas.

— Hummm. Fosse qualquer outro dia, qualquer outro assunto eu derreteria com essas suas mãozinhas aí.

— Me dá cinco minutos que você vai ver. Nenhum homem resistiu até hoje.

— Ah! Quer dizer que você faz isso com todos, é?

Laura desceu suas mãos até a base da coluna de Marcel e voltou com firmeza até sua nuca.

— Hahaha! Não. Só uns sete.

— Sete?

— É. Semana passada.

— Engraçadinha.

— Ando engraçadinha mesmo. Você está me enchendo de graça, me deixando animada, culpa sua.

Laura viu um enorme sorriso aparecendo na boca do namorado.

— O que há de tão errado com esse seu trabalho, mocinho?

O sorriso sumiu e Laura sentiu os músculos dorsais se contraírem imediatamente.

— Para você entender, terei que contar uma coisa, mas eu estava esperando uma hora melhor para falar.

— Ai, saco! Por que sempre depois de uma conversa começada com uma frase assim vem uma briga homérica?

Marcel virou-se com agilidade, tirando o peso da mulher de suas costas, mas mantendo-a em cima de seu corpo; agora ela estava sentada sobre seu abdome.

— Laura... eu sei que a gente se conheceu há poucos dias, mas a verdade é que eu estou perdidamente apaixonado por você.

A mulher abriu um sorriso e se dobrou para beijar a testa do homem.

– Você não é burra nem nada, então eu acho que você sabe muito bem que o seu amigo da praça, o Miguel, não é meu amigo coisa alguma.

Laura suspirou e pôs a ponta do indicador na ponta do nariz de Marcel.

– Eu desconfiava. Tenho meus motivos.

– Como já te disse, eu trabalho no ramo de pesquisa. Investigações particulares, mais precisamente.

– Tá me dizendo que você é um araponga?

Marcel faz uma careta e resmunga.

– É. Mais ou menos. Não usa esse termo, eu detesto. É muito brega.

– Meu namorado é um araponga. Por que não me disse antes?

Marcel perdeu o sorriso novamente. Ficou com uma expressão tensa. Laura entendeu aquilo como um sinal vermelho. Também ficou tensa. O que ele estava escondendo?

– Você não deveria ficar tão desconfortável nessa posição. Também não deveria ficar nervoso...

– Eu fui contratado para investigar... – engoliu em seco e pigarreou – investigar aquele homem que se encontrava com você na praça, Laura.

Laura caiu sentada no tapete, boquiaberta.

– Não acredito no que você está me falando.

– Eu descobri que sou um péssimo investigador nessas últimas semanas, Laura. Eu preciso te falar tudo o que... eu... eu perdi o foco. Eu não descobri nada a respeito daquele homem, porque eu não observava aquele homem como deveria. Desde o primeiro instante em que a vi, Laura, você não sai da minha cabeça. Eu sei tudo sobre você e nada sobre o meu alvo. Eu não podia fazer nada. Você estava lá o tempo todo... se eu soubesse que ia me apaixonar por você eu não teria começado, não teria aceitado esse trabalho.

– Apaixonar? De verdade?

– É.

– Foi tão repentino tudo isso, não foi?!

Marcel apenas aquiesceu.

— Tou parecendo menininha de colégio. Não posso te ver que minha barriga gela, meu coração dispara.

Marcel respirou fundo.

— Eu também estou assim, Laura. É como se eu tivesse esperado a vida inteira para te conhecer. É só olhar para você que eu fico louco. Se te acalma, meu coração também dispara.

— Me acalmar? Eu não estou nervosa.

— Eu estou surpreso, não posso mentir.

— Você está conversando com uma mulher morta, Marcel. Se você não tivesse entrado na minha casa naquela noite, eu não estaria aqui. Estaria a sete palmos debaixo da terra. Estou fazendo hora extra nesse mundo, então por que teria medo de um homem apaixonado, alguém que eu sinto que é meu amor de verdade? Eu estaria num caixão agora, então não tenho medo de mais nada que venha de você.

Os dois ficaram se olhando calados por um instante. Laura alisou o rosto do rapaz por alguns segundos até voltar a colocar o indicador na ponta do nariz de Marcel.

— Parece que estava escrito que seria assim. Incondicional. A gente se encontrando. Se apaixonando. Eu tenho até vergonha de falar dessa forma... mas com você eu falo. É como se a gente já se conhecesse... de outras vidas, quem sabe?

— Por quê?

— Eu nunca me apaixonei desde que... desde...

— Desde que você e o Orlando terminaram?

— Hum. O Orlando sempre foi um babaca, Marcel. Estou falando desde que botei os olhos no meu filhotinho pela primeira vez. Foi amor imediato – disse Laura, assumindo um tom de confidência na voz.

— Você está falando do Cauã?

— Marcel! Você não só nos espionava! Você nos ouvia também?!

— Era só meu trabalho, Laura. Não é exatamente prazeroso ficar ouvindo confissões doloridas dos outros, quando essas pessoas estão frágeis e nem imaginam que estão sendo grampeadas.

Laura voltou a sentar em cima da barriga do namorado e passou as mãos espalmadas sobre seu peito.

– Quem exatamente te contratou para vigiar o Miguel?

– É exatamente aí que começa o problema. O que está me deixando aflito, numa sinuca de bico.

– Explica.

– Eu nunca fiz um trabalho assim...

– Explica!

– O cliente, ele é anônimo. Não revelou sua identidade para mim. Até se encontrou comigo algumas vezes, mas não consigo descobrir nada sobre o filho da mãe.

– Mas isso não é comum no seu trabalho?

– Pedir anonimato até que é, mas eu não aceito, não trabalho desse jeito.

– E então por que você aceitou esse trabalho em especial?

Marcel sorriu e alisou o rosto de Laura, tirando os fios de cabelos de sua face.

– Talvez porque o destino quisesse que eu estivesse aqui, agorinha mesmo, debaixo de você, entre suas pernas, recebendo essa massagem maravilhosa.

– Para. Fala sério agora. Estou curiosa.

– Teve um enviado na história. O enviado do cliente foi até meu escritório e me ofereceu uma bolada irrecusável. Muita grana mesmo, Laura.

– Enviado? Nossa! Parece aquelas tramas de cinema, de espionagem internacional.

– As coisas estranhas não pararam aí. Eu comecei a seguir esse tal de Miguel. Todo dia, depois de te ver, ele deixava aquela praça, avançava na direção do Hotel Califórnia, subia uma viela. Lá em cima, na frente de um boteco, num trecho estreito e enlameado tem umas casas paupérrimas.

– Uma favelinha, uma área livre. Eu conheço. Tem uma creche lá que eu e a Si pintamos no ano passado.

– É, é meio isso.

– Essa curiosidade toda tá me dando vontade de tomar café. Vem cá.

Laura levanta e arrasta Marcel até a cozinha, coloca um pouco de água para ferver.

– Você estava falando da viela.

– É. Todos os dias Miguel entrava num casebre... pra falar a verdade, casebre é bem generoso para aquela joça. É um cômodo minúsculo, se tiver dez metros quadrados é muito. Tudo tosco, no tijolo, sem acabamento.

– Ué, virou decorador de interiores?

– Não, é sério. Deixa eu explicar. O cômodo é minúsculo e não tem uma janela, não tem uma passagem de ar, nada, zero.

– E?

– E... que ele entrava ali. Ficava lá e, do nada, desaparecia. Entendeu por que frisei o lance das janelas, de não haver saída? Porque ele entrava, não saía e, depois, não estava mais lá. Desaparecia.

– Desaparecia? Como assim? Ficava lá dentro e não saía, é isso?

Marcel bufou e passou a mão pelos cabelos.

– Até pensei que era isso. Mas o fato é que o cara some. E outro dia...

– Segura isso pra mim um pouquinho – pediu Laura, passando o coador de café para o namorado.

– Não sei explicar. Ele se escafedeu. Eu entrei no cômodo depois de um deles ter entrado. Não tinha ninguém lá dentro. Como se fossem assombrações, sei lá.

– Espera aí. Eles? Você não está de olho só no Miguel, então?

Marcel ergueu os ombros.

– E você quer dizer que eles somem, sumido mesmo?

– É. Ele entra... outro dia eu me vesti de carteiro, o dia que você me deu um banho escaldante com o café...

Laura fez uma careta enquanto derramava a água no coador.

– Outro dia, logo depois que ele entrou, eu entrei atrás. Questão de segundos. Não dá pra explicar aquilo, a sensação de você abrir uma porta e pronto, não tem mais ninguém ali, num lugar onde não há saídas nem janelas nem portas. É como se ele tivesse virado fumaça.

– Será que ele não se escondeu bem escondidinho?

Marcel balançou a cabeça negativamente, com uma expressão de careta no rosto.

– Não, não. Sem chance, Laura. Ele evaporava, tou falando. Eu não nasci ontem. Até queria estar enganado, ter sido feito de bobo. Seria menos estranho do que eu estar matraqueando aqui pra você, dizendo que o cara sumia. Você precisa ver o local para entender. Tinha até uma caixa de madeira e outras de papelão lá dentro, mas não tinha esconderijo nenhum. Não tinha alçapão nem parede falsa. É coisa de doido. É inexplicável.

– Ai, meu Deus! Quer dizer que estou me encontrando com uma alma penada na hora do almoço? – perguntou Laura, erguendo as mãos e balançando-as na frente de Marcel.

– Para com isso. Não brinca com uma coisa dessas.

– É, eu só brinquei, mas que é estranho, isso é. Deve ter uma resposta. E a mais simples que você encontrar, pronto, é a sua resposta.

– Eu cheguei a pensar nisso.

– Pensou no quê? Em alma penada?

– É. Em fantasma. Pior que isso me dá até calafrios, arrepia os pelos do meu braço, porque esta é a resposta mais simples à qual chego.

– Fantasma? Fala sério. Fantasma ao meio-dia. Nunca ouvi falar de assombração ao meio-dia, araponga.

– Ué, quem disse que assombração tem hora?

– Sinistro.

Marcel balança a cabeça positivamente.

– Sinistro mesmo. E tem outra... – sussurrou o namorado, soprando o café para tomar um gole.

– O quê?

– Eu sou muito bonzinho, mas se me chamar de araponga de novo te quebro os dentes.

Os dois riram.

Capítulo 42

Alan soltou a bituca do cigarro e jogou-a no chão de pedra. Pisou com a ponta do sapato, torcendo até apagar a brasa. Estava parado há cerca de quinze minutos na beira do platô de rocha da pedreira, olhando para a queda de vinte metros. Repassava o depoimento que Rodrigo tinha lhe dado. Sabia que algo não batia, e o maldito moleque estava escondendo alguma coisa crucial. Suspirou fundo. Estava anoitecendo e um vento frio começava a cortar o paredão de pedras e a remexer longas nuvens no céu violeta. Lembrou-se de quando o balconista da lanchonete da rodoviária disse que o Cicatriz era um tipo calado. Aí sua mente foi assaltada por Rodrigo falando que o Cicatriz "disse" para ele não abrir o bico, que o Cicatriz "disse" que ia acabar com ele.

– Moleque filho de uma puta. Tem coisa errada no depoimento desse pivete. Isso não vai ficar assim.

Alan voltou andando até o seu carro e entrou batendo a porta. Em menos de dez minutos, estava de volta ao centro da cidade, começando a passar pelas ruas estreitas enquanto a escuridão da noite se instalava, visitando os points da molecada, bares e postos de gasolina. Ele sabia que cedo ou tarde encontraria o pulha mentiroso.

Era sempre assim quando ele ficava com a pulga atrás da orelha. Ainda mais com aquele caso. Pela primeira vez, remoía-se por ter puxado o gatilho. Sua cisma, sua fúria era contra traficantes, não contra inocentes.

Avistou Rodrigo recostado a um muro na entrada de um beco junto à velha fábrica de biscoito. O garoto estava num dos points de tráfico, dono do pedaço, impune. Alan encostou o carro ao lado do garoto e saiu num pulo, pinçando sua nuca com o indicador e o polegar, afastando Rodrigo do boteco, jogando-o contra a parede e terminando por torcer seu braço.

– Você mentiu pra mim, seu merda.

– Não, cara, não menti. Juro!

– Mentiu, sim, moleque. Tinha outro cara metido nessa história, você sabia desde o começo e não me contou.

– Não menti. Eu não ia esconder um negócio desses do senhor.

Alan, enraivecido, arremessou o rapaz contra parede do beco, fazendo com que ele arrebentasse o nariz contra os tijolos. Sacou a pistola da cintura e empurrou o cano contra o crânio do jovem, obrigando-o a se ajoelhar.

– Vamos ver o que o meu detector de mentiras diz sobre essa sua conversinha mole, então? Vai encarar? Vai querer encarar meu detector de mentiras?

Alan agilmente destravou a pistola, deixando-a engatilhada e, perigosamente, encostada na cabeça do rapaz.

– É só mentir uma vez que ele dispara sozinho, seu filho duma puta.

Rodrigo começou a chorar e se curvar ainda mais.

– Esse bilhete aqui! Olha, porra!

– Hã?

– Quem é o Vavá, seu puto? A Débora devia uma boladinha pra esse cara. É o cara novo no pedaço?

Rodrigo encolhe os ombros, chorando e balançando a cabeça, que era a todo instante acompanhada pelo cano frio da arma do investigador.

– Como você ia esquecer disso? Hein?! Esquecer que tinha um Vavá na história que me contou?

Rodrigo soluçava e olhava para a direção da rua. Pessoas passando na calçada, prováveis compradores de seus tirinhos de coca, davam meia-volta ao se depararem com a silhueta de alguém apontando a arma para a cabeça do vapor.

– Tá vendo, seu merda?! Quem era aquele ali que saiu de fininho?

– Não sei.

Alan ergueu a arma poucos centímetros e puxou o gatilho. O estampido avassalador fez o ar do beco vibrar e Rodrigo começar a chorar desbragadamente.

– Falei que é um detector de mentiras, não falei? Você acha que vale mesmo a pena morrer por qualquer um desses viciados? Acha que é um ato honrado numa hora dessas ser um herói, um cara que não abre o bico? Ele não deu a mínima pra você, seu idiota. Me viu aqui com a arma na sua cabeça e deu meia-volta. Acha que ele vai chamar os gambés? Acha que vai ligar pra 190? Vai nada, vai fazer igual a você se tivesse a chance: vai correr, se enfiar num esconderijo com o rabo entre as pernas, torcendo pra eu não ser da polícia.

Alan chutou as costas de Rodrigo, derrubando-o no chão.

– Ele é traficante? Onde ele mora?

Rodrigo, ainda caído, balançou a cabeça negativamente mais uma vez.

Alan enrijeceu o braço, aproximando-se da testa do garoto.

– Ele vai me matar, cara. Eu não quero morrer, ah, eu não quero morrer, pelo amor de Deus – clamava Rodrigo, ajoelhando-se e colocando as mãos espalmadas uma contra a outra.

– Que diferença isso faz agora, nesse instante? Sou eu quem está com a arma na sua cabeça, não ele. Se você não me contar o que eu quero ouvir eu acabo com a sua raça. Vai abrindo essa boquinha aí, moleque.

Rodrigo apertou os olhos e entrelaçou os dedos, parecia fazer uma prece.

– Ontem mesmo eu acabei com o cara da cicatriz. Matei ele no descampado.

– Eu ouvi falar que ele foi executado.

– Fui eu. Com esse cano aqui. Tipo, eu tenho o dedo mole. Tou ferrado mesmo, com um bando de urubu em cima de mim já querendo me trancar. Que diferença vai me fazer um vagabundo a mais ou a menos nas costas?

– Pelo amor de Deus, doutor!

– Abre o bico, filho. Faz isso que tu volta pra casa hoje.

– Eu nem conheço esse cara... só o apelido. Vavá. Quem conhecia bem ele era a Débora, cara. Só sei que ele é novo no pedaço. Ele arregaça, cara. Ele é foda.

– Se o cara é foda, como é que eu nunca ouvi falar das presepadas dele aqui no meu pedaço? Tá de zoeira com a minha cara, pivete?

– Não tou zoando. É sério. Esse Vavá pegou o ponto do Jeanzinho. Sapecou o Jeanzinho na moral. Veio forte e tomou tudo. Chegou até cobrando as dívidas que a galera tinha com o Jean. Foi aí que a Débora entrou na história. Ele ia lá direto cobrar a grana.

– E quando ele a matou?

– Foi no dia que ele apareceu lá, junto com o Cicatriz. O Cicatriz não falava nada, fazia gestos e escrevia, só isso. A Débora ficou bem nervosa em ver o Cicatriz ali com o traficante. Tão nervosa que ficou andando que nem uma doida, revirando tudo, procurando um isqueiro, maluquinha de tudo. Lembro do Vavá emprestando um Zippo pra ela. Aí pediram que eu esperasse na sala. Eu fiz isso. Fiquei fumando um baseado no sofá da Débora. Ouvi a Débora gritando que não ia, que não queria sair dali e coisas do tipo.

– Hum, continua.

– Aí eles foram embora. Assim, sem mais nem menos.

Alan balançou a arma, batucando levemente na cabeça do rapaz.

– Temos uma menina morta na história, cara. Quando chega nessa parte?

– Eles, o Cica e o Vavá iam saindo. Eu ainda tava fumando, segurando uma baforada louca no peito, soltando miudinho quando eles passaram. Aí o Vavá parou e bateu no peito, procurando algo. Disse que tinha deixado o isqueiro lá dentro. Voltou rapidão e parou na minha frente, apontando o dedo dele, assim como você tá me apontando a pistola.

– Desembucha.

– Ele olhou nos meus olhos de um jeito "mórbico" que me deu vontade de vomitar. Ele disse, "eu não estive aqui, nunca. Se escutar alguma coisa diferente disso por aí, eu acho você e arranco suas tripas pelo rabo". – Rodrigo levantou-se, passando a mão nas costas e limpando o sangue do nariz, depois tornou a olhar para Alan. – Aí ele perguntou se eu tinha entendido bem. Eu disse que sim. Ele me obrigou a ficar quieto, tá. Eu gostava da Débora, pô. Mas ela tá morta. De que adianta esse gostar agora? Eu quero ficar vivo, não quero ninguém me arrancando as tripas pelo rabo. O cara é da pesada, detetive. Ele é da pesada. Eu já tô me borrando só de lembrar da cara dele.

Alan abaixou a pistola e desarmou-a, recolocando-a no coldre da cintura.

– Tem certeza de que não sobrou mais nada para eu ficar sabendo sobre aquela noite?

Rodrigo respirou fundo e baixou a cabeça. Vavá tinha lhe dado um maço de dinheiro para ficar calado. Mas disso o porra do investigador não tinha que ficar sabendo. Balançou a cabeça negativamente.

Alan afastou-se até o carro, olhando mais uma vez para Rodrigo. Ameaçou:

– Eu vou derrubar todo mundo, moleque. Todo mundo. Fica ligeiro. Não entra no meu caminho.

Capítulo 43

Marcel ficou parado na frente do espelho depois do banho quente. Lentamente, o vapor se dissipava, deixando o investigador particular encontrar sua própria imagem no espelho. Marcel não queria mais aquela nuvem de mistério ao seu redor. As coisas com Laura só melhoravam. A mulher, de forma generosa e irracional, tinha aceitado sua presença de forma incondicional, abrindo-se totalmente para ele e aceitando seu amor, sua atração, seu jeito. Marcel não era mais um menino, era um homem que tinha encontrado sua mulher. Tinha começado aquilo e queria prosseguir da forma certa, e a forma certa para ele era desvendar as forças que o levaram a encontrar aquela mulher desesperada. Marcel não aceitava mais a incógnita do casebre. Para ter sua mente livre e se desligar de vez daquele caso, precisava dar um fim ao mistério. O celular de seu contratante não atendia mais havia dias, caindo sempre em caixa postal. Ao que parecia, aos seus olhos, o cliente desistira de seus serviços. Ele não tinha ordem para prosseguir nem mais seria pago para qualquer passo que desse. Poderia simplesmente virar as costas e deixar a água correr no rio. O dinheiro adiantado para o caso inacabado lhe daria folga por uns bons meses. Tempo de se reestruturar para trazer Laura para sua vida em definitivo. Mas pensava em Miguel. Pensava no homem que passou tantas tardes ao lado de Laura naquele banco de praça. Seu sentimento não era nobre, não estava buscando um desaparecido, um ente querido. Seu sentimento era mesquinho. Preocupava-se com a possibilidade de Miguel voltar a se encontrar com Laura. Um homem que entrou em um quarto e simplesmente evaporou. E para compreender isso era preciso manter a cabeça fresca e admitir que naquele casebre existia algum truque para que aqueles que ali entravam pudessem sumir sem deixar pistas. Talvez tivesse sido um cafofo de traficante no passado, com direito a túnel para desaparecer no caso de um cerco da polícia. Pelo que andava escutando nas ruas, a polícia daquela cidade não era fácil. Mas ainda seria precipitado de sua parte atribuir aquele sumiço a algo sobrenatural. Na verdade, não queria nem considerar essa parte. Se considerasse, admitiria o quê? Fantasmas? Assombrações vagando entre os vivos? Que tipo de gente seria aquela que invadia o quartinho? Não. Ficava com o lado humano. Miguel era gente, manipulador, tinha conseguido manter Laura calma durante todo o tempo em que Marcel manteve vigilância sobre ela. Mas agora Marcel tinha medo, sim. Miguel poderia colocar na cabeça de Laura que Marcel não era uma boa pessoa. Isso o afligia. Suas intenções com Laura eram reais, a paixão era real, mas não podia contar a ela toda a verdade. Amor algumas vezes também traz medo. Medo da perda. Medo do isolamento, da rejeição. Marcel sabia que não estava preparado para ser afastado de Laura e que talvez nunca estaria dali em diante. De uma forma canhestra, tentaria garantir que isso não acontecesse fazendo o que sempre fazia: obtendo informações. Ao pensar nisso, tudo convergia para o cubículo. De alguma forma, eles se escondiam ali, mais que Miguel, um bando todo. Se escondiam alguma coisa, tratava-se de um segredo. Um bando. Um crime. Se havia um segredo, Marcel teria a chance de garantir o silêncio daquele estranho sujeito que perdia horas e horas por semana simplesmente batendo papo com uma mulher na praça do bairro. Marcel estava determinado a desvendar aquele mistério, a qualquer preço. Seu caderno estava aberto nas anotações dos horários em que cada um daquele estranho bando entrava e saía daquele barraco. Na escala diante de seus olhos, logo seria o horário de Miguel aparecer. De um jeito ou de outro, Marcel teria suas respostas naquele dia.

* * *

Não muito longe dali, Laura estava imersa numa atmosfera completamente oposta. Ao contrário de seu namorado, sentia-se incrivelmente relaxada e divertia-se com a companhia de sua amiga Simone. Tomavam sorvete e caminhavam pela praça. Laura parecia alheia a tudo, concentrada apenas em não deixar a bola de chocolate despencar de cima do cone, lambendo o creme doce e rindo das brincadeiras de Simone. O clima mudou um pouco quando Simone olhou para o banco da praça e questionou por onde andava Miguel.

– Desde que Marcel surgiu, o meu anjo conselheiro desapareceu. Nunca mais voltou aqui para esse banco.

– Estranho, né?

– É.

Laura parou e ficou olhando para aquele banco vazio, como alguém que se dá conta semanas depois de ter perdido um amuleto ou o pingente de um chaveiro predileto.

– Será que ele nunca mais vai aparecer?

– Não sei. Sabe, tou até me sentindo culpada.

– Por quê?

– Desde que o Marcel apareceu. Eu sinto saudades do Miguel, sim... mas... poxa, o Marcel me preenche tanto, de um jeito que o Miguel nunca preencheu. Sempre ficava faltando algo.

– Preenche, né? Sei perfeitamente como é que ele anda te preenchendo. Hahaha!

– Não acredito que você disse isso, Simone?! Olha a mente poluída dessa pessoa. Eu abrindo meu coração pra você...

– É você que está dizendo.

– Tou falando do lado afetivo, sua devassa.

– Ui, bem que eu queria ser uma devassa preenchida. Mas carteiros sarados estão em falta, sabe?

– Não precisa executar para ser uma devassa, basta pensar. – Laura sorveu mais do creme gelado, moldando o sorvete com a língua, reduzindo seu tamanho significativamente. – Sabe o que é mais estranho?

– Conta.

– Apesar de ele ter sumido sem dar notícia alguma, sei que está tudo bem. O que estou vivendo com o Marcel é tudo o que ele sempre queria, tudo o que ele sempre dizia pra eu fazer.

— O quê? Se deixar preencher? Hahahaha!

— Ai! Dá um tempo, Simone. Tou falando sério agora. Não é isso. Sexo por sexo, nós conseguimos facilmente. O que estou dizendo é sobre me dar uma nova chance de ser feliz. Acho que ele ia adorar conhecer o Marcel.

— É bem capaz. Até eu que sou crica com você tou adorando o Marcel.

— É como se ele ainda estivesse por perto, olhando por mim, orando por mim.

— Peraí. Tá falando de quem agora? Do Miguel?

— Sim.

— Ai, amiga, então chuta que é macumba. Tá parecendo história de encosto.

As duas explodiram em risadas desbragadas, chamando a atenção de quem passava pela praça e das crianças nos limites de areia do playground.

Capítulo 44

O sol descia rumo ao horizonte, banhando o céu de púrpura; aves em bando seguiam em direção ao rio, crianças uniformizadas cruzavam as ruas em grupinhos, também retornando para casa. Igualmente o faziam trabalhadores saídos de seus escritórios, seguindo para os estacionamentos ou caminhando rumo a alguma parada de ônibus, à promessa de um pouco de alegria na mesa de um boteco, a um afago da esposa ou a um beijo recheado de saudade do marido. Todos voltando para casa.

O poente também despertava outros seres. Os que saíam para o trabalho com a chegada do crepúsculo. Insetos voadores buscando a luz artificial e hipnótica orbitavam os sóis de vidro e halogênio, insetos rasteiros deixando seus ninhos, e além de toda a casta de trabalhadores, existiam ainda os humanos também rasteiros e fugidios, esquivos e pretensamente invisíveis que circulavam até as esquinas, distribuindo pedacinhos de sonhos que, ao caírem na corrente sanguínea dos clientes, levavam o germe onírico do escape, mas também deflagravam um tipo de inferno sólido, ácido, corroendo as células do corpo enquanto encantavam a mente daqueles que resolviam dar uma volta no lombo daquela besta louca e encantadora. E era para um desses distribuidores de quimeras que os olhos do investigador Alan convergiram mais uma vez, continuando sua vigília cerrada sobre Rodrigo. Alan tinha lançado a isca com o arrocho no beco, agora era só esperar o garoto espernear até o limite de sua segurança para sair correndo como um ratinho num labirinto enchendo d'água. Rodrigo estava recostado em um muro de tijolos, poucas quadras acima do beco onde fora enquadrado anteriormente.

Nervoso, não parava quieto, andando para lá e para cá incessantemente. Finalmente apanhou seu aparelho celular e caminhou até um telefone público. Alan sorriu com o canto da boca quando percebeu que ele falava com alguém. Era isso que queria. Rodrigo não segurou a onda. Sabia que cedo ou tarde Vavá iria descobrir que ele tinha dado com a língua nos dentes. Estava encurralado. Morrer para um policial era relativamente mais atraente do que morrer para um traficante. Um policial daria um tiro limpo: abriria um buraco no meio da testa, sem maiores rodeios. Traficantes gostavam de requintes de crueldade, demorando mais para finalizar o desafeto. Nesses anos de janela, Alan já tinha visto muita coisa de arrepiar os cabelos, até mesmo para um casca-grossa feito ele. Traficantes davam cabo de um inimigo e de toda sua família – esposa, filha de seis anos de idade, bebês, cachorro e laçavam o periquito para desfiar depois do almoço. Amarravam o sujeito e a família toda em arame farpado e ateavam fogo. Por essas e outras tinha quase certeza de que o garoto tinha deixado algum rabicho de história para trás. Era só questão de esperar a hora certa. Estava de olho desde o dia anterior, desde o arrocho no beco. Com medo, Rodrigo cederia ao desespero e levaria Alan para onde ele queria. O acerto de contas. E muito provavelmente era isso o que ele estava fazendo naquele exato momento.

Alan estava absorto nesses pensamentos quando seu celular tocou. Viu o nome de Gabriela no display e então apertou um botão, rejeitando a ligação. Recolocou o celular sobre o banco de passageiro, bem ao lado do revólver trinta e oito cano curto. O mesmo que usara para dar cabo do Cicatriz. Era uma arma para as horas extras. Os olhos do policial voltaram-se para o rapaz que caminhava, descendo a rua. Alan aguardava tranquilamente Rodrigo se afastar para que pudesse sair com o carro sem ser percebido pelo meliante. Experiente, Alan conhecia aquelas ruas como a palma da mão. A exceção foi o curioso episódio em que Gabriela indicou exatamente por onde ir na viela. O fato é que ninguém chegava antes que ele nas quebradas. O carro deslizou suavemente, contornando esquinas, parando nos faróis, sempre de olho por onde Rodrigo caminhava. Alan aguardava a travessia de pedestres enquanto Rodrigo dobrava mais uma esquina. O policial avançou para a quadra seguinte, parando mais adiante, onde estacionou e esperou o rapaz se aproximar. Nada de emoção nem correria de perseguições de cinema. Só a paciência e o desejo de descobrir onde ele se encontraria com Vavá ou um de seus capangas. Alan soltou a embreagem lentamente quando então se assustou com a porta de seu veículo sendo aberta. Era Gabriela, que se sentou de supetão no banco do passageiro. Alan colocou o revólver no meio das pernas e olhou com ar de reprovação para a agente da Corregedoria.

– Calma, espertinho. Hoje você não vai fugir de mim.

– Hum. Quem tá fugindo, garota? Mas vou logo avisando que não é uma boa hora para a Miss Corregedoria ficar comigo.

– Por quê? Está indo assassinar alguém?

Alan abriu a porta e saiu do carro, tirando um cigarro do maço e acendendo-o. Lançou um olhar pela longa avenida. Rodrigo passava do outro lado, sem notar que o policial estava estacionado na esquina. Era assim que Alan queria as coisas. Observou o garoto uns segundos enquanto acendia o cigarro. Virou-se de costas para não ser notado e lançou um olhar para a agente.

– Talvez. Talvez eu esteja mesmo.

Gabriela também saiu do carro. Seu olhar era de incredulidade.

– Tá vendo nosso amiguinho ali? A testemunha que esteve com a garota morta?

– Aonde ele está indo?

– É justamente isso que vamos descobrir. Eu dei um apertão nesse carinha e ele abriu o bico. Disse que quem matou a garota não foi o Cicatriz, foi um traficante para quem ela devia dinheiro. Um tal de Vavá, novo no pedaço, e que está passando o rodo geral pra ficar com a boca do Jeanzinho.

– Você acha que ele tá indo pra toca dele?

– Esses caras não agem assim. Só se esse Vavá for muito burro para enfiar o moleque no cafofo dele. Eles devem ter marcado algum encontro pelo telefone. Vão se ver em algum canto por aqui, porque já me liguei para que parte da cidade esse escroto tá indo. É só eu não perder o pivete de vista que vou ver quem é esse filho da puta, assassino de mulher.

Alan deu um tapinha no capô do carro e voltou para seu lugar. Soltou uma baforada de fumaça pela janela e não convidou Gabriela a entrar. Mesmo assim a agente da Corregedoria estava determinada a ficar colada em seu objeto de investigação.

— A gente não devia chamar reforços, avisar alguém na delegacia sobre essa perseguição em andamento?

Alan saiu com o carro, calado, sem dar resposta para Gabriela. Não demorou um minuto para avistarem Rodrigo mais uma vez. Agora Alan redobraria a precaução. Estavam num ambiente mais ermo, onde era difícil dissimular a perseguição.

— Ainda acho mais sensato chamar a delegacia.

— Você não tem que achar nada. Eles iriam estragar tudo. Calma. Eu digo quando for a hora, aí você chama quem você quiser.

Alan adiantou-se mais algumas quadras, parando numa esquina onde a visão lhe privilegiava. Afortunadamente, Rodrigo subiu duas quadras e virou para a esquerda. Estava chegando a uma região cheia de galpões velhos, boa parte deles inativos, à espera de um momento favorável ao mercado mundial para voltarem a ser úteis.

Agora o sol era apenas uma centelha crispada no horizonte e sobre as cabeças de milhares de pessoas da cidade o céu estava quase negro, alheio ao balé dos viventes e de seus caprichos e necessidades. Um traço de estrelas cintilava, mostrando uma noite sem nuvens. Uma lua gorda e enorme subia no horizonte com sua luz refletida.

— Vou precisar de você – revelou Alan, olhando para Gabriela.

A agente não deu um pio. Seu peito subia e descia com intensidade, como se uma forte emoção tivesse sido desencadeada pelas palavras do colega.

Rodrigo empurrou um portão metálico e entrou numa propriedade. O caminho era cheio de mato alto e o chão era de terra. Tomado por uma autoconfiança feroz e traiçoeira ou por mera idiotice, avançou sem olhar para trás uma única vez.

Alan, sabendo o ponto de encontro, deu ré em seu carro até deixá-lo completamente mergulhado na escuridão. Deixou o veículo, acompanhado pela agente da Corregedoria.

— Fique escondida ali – diz, apontando e empunhando o revólver de cano curto. – Se vir alguém chegando e entrando, liga no meu celular, que eu dou um jeito de vazar.

— Você não tem um rádio?

— Tenho, lá na delegacia, mas não vamos voltar lá. Não dá tempo.

— Genial.

— Eu não sabia que ia ter uma parceira aqui, essa noite.

— Eu não quero ficar aqui. Quero te ajudar lá dentro. Pode ser perigoso.

— Só vai ser perigoso se vierem em bando. O cara pode até vir sozinho. Pode ser um prepotente arrogante do caramba, crente que o otário tá sozinho lá dentro. Se você fizer o que estou te pedindo, vai ser suave.

Gabriela bufa e balança a cabeça.

— Eu fui mandada para cá para inibir você de fazer coisas exatamente como essa.

— Vai me ajudar ou não vai? Preciso entrar agora e saber se você vai estar aqui. Se não vai ajudar, desaparece, que é melhor pra sua segurança.

— Calma. Eu tou confusa.

— Não dá tempo de ter calma, Gabriela. Juntos? – pergunta ele, estendendo a mão para a mulher.

Gabriela dá um tapa na mão do policial e toma o rumo do morro apontado.

— Minha garota! – exclama, com um sorriso.

Alan foi em direção ao galpão, mantendo o corpo curvado, olhando para todos os lados.

Capítulo 45

Laura estava parada em frente ao pai no hospital. As lágrimas desciam facilmente enquanto ela rememorava a conversa de um minuto atrás, com o Dr. Breno, bem ali no corredor. O Dr. Breno tinha visto os últimos resultados de exames e as notícias não eram as esperadas. Seu pai não tinha evoluído para uma melhora e, ao contrário disso, dava pequenos, contudo, preocupantes passos para um quadro mais grave. Os rins já não funcionavam bem, o fígado estava quase inútil e a cadeia de falência de órgãos teria seu início em poucas horas caso a deterioração de seu organismo, de sua saúde continuasse se agravando. Não era fácil encarar a notícia de que seu pai, de fato, estava morrendo. Não era justo. Queria tanto que o pai conhecesse o homem de sua vida. Queria tanto que o pai desanuviasse o semblante sabendo que ela estava a um passo de retomar a felicidade plena em sua existência. Queria que o pai soubesse disso tudo, da sua alegria, da sua felicidade incontida. Se ela, exaltada, falasse ao pai que estava sendo precipitada, já chamando esse cara de "homem da sua vida" com poucas semanas de relacionamento, era bem capaz de ele levantar a mão e dizer que ela era uma tonta e que deveria deixar a vida contar o caso. Sempre otimista, sempre pra frente e descolado. Como sentiria falta dele.

Laura enxugou as lágrimas e beijou a testa do pai, depois as mãos, como sempre fazia. Deixou o hospital com o semblante tomado pela melancolia, olhos vermelhos e tristes, boca semiaberta, passos vacilantes. Seguia rua após rua, sem saber muito para onde ir sob a luz minguante do poente. Quando se deu conta, estava em frente à igreja em que trabalhava todos os dias. Mas não fora até ali para uma hora extra. Estava lá em busca de consolo. Precisava de auxílio, precisava de Deus. Cruzou a porta maciça de madeira e vagou pelo centro do corredor com os olhos perdidos na nave. Ajoelhou-se em frente ao altar e mais uma vez não conteve o choro. Ela soluçou um pouco e depois começou a se acalmar, e então andou até o confessionário, onde entrou. Mais uma vez se ajoelhou, seus olhos buscaram o pároco que receberia parte de seu desespero.

– Por que choras, minha filha?

Laura pôs a mão na boca, fazendo cessar os soluços. Respirou fundo, retomando o controle das emoções.

– Quer confessar seus pecados?

– Sim, padre.

Ambos ficaram em silêncio por um curto espaço de tempo.

– Meu pai está morrendo.

– Entendo.

A voz do padre ressoava confortante e envolvente, carregada de uma energia de compreensão que tocou Laura profundamente. Era como estar diante de um conhecido, de um velho tio, de um ente querido.

Laura olhou para fora. Uma mulher e uma criança passaram perto do confessionário e tomaram a direção do altar. A menina olhou para Laura e levou um puxão da mãe. Laura sorriu para a menina, que virou o rosto, sendo carregada pela mulher.

Laura voltou a olhar para a tela que a separava do padre, dando um longo suspiro. Sua voz saiu apagada, mas calma.

– Meu pai tem câncer, padre. O médico me deu a notícia hoje. Disse que ele não irá suportar por muito tempo, alguns dias, semanas no máximo.

– Esse é um momento de luta e dor, filha. Precisa estar preparada para que a vontade de Deus seja cumprida. Todos os que nascem um dia se confrontarão com a hora da partida, deixando para trás uma casca fria, mas quem crê, esse jamais deixa a vida. Você precisa acreditar que a morte da carne de seu pai não representa um fim, será para ele uma transformação, um novo começo. Ter medo e raiva nesse momento não é um pecado, filha. É natural lamentarmos a separação daqueles que amamos. É preciso aceitar e compreender para amparar os que estão sofrendo.

— Às vezes eu penso... fico pensando se vale mesmo a pena continuar aqui, nesse plano.

O padre permaneceu calado enquanto Laura busca as palavras.

— Eu, na verdade, queria muito ir com ele, padre.

— O melhor remédio nesses momentos de agonia é a fé, minha filha, é a fé. É preciso ter fé dentro do coração. Se não tem fé, precisa buscá-la, criá-la. Tenha esperança. A esperança é o melhor adubo da fé e da vida. Creia que seu pai parte para um lugar melhor que esse nosso mundo. Cristo nos mostrou que nada termina na carne. Todos nós evoluímos. Você também irá mudar um dia, filha, tornando-se uma linda borboleta livre do casulo.

— Eu não vou suportar, padre. Eu não vou aguentar mais essa provação. Meu pai é tudo o que restou de minha família.

— Filha, não diga o que não sabe. Deus semeou o caminho que você ainda vai trilhar. Se há sementes, há caminho.

— Não há sementes em meu caminho, padre. Minha vida é um deserto.

— Você pode estar se sentindo sufocada agora, nesse momento, perdida num deserto seco e com um horizonte sem fim à sua frente. Mas a chuva virá. A ternura virá. Creia em mim. Não desista da sua luta porque a paisagem árida não lhe agrada agora. Tudo vai melhorar. Acredite. Deus está trabalhando nesse exato momento, bem agora, diante de seus olhos. Muitos como você perdem a fé, filha, perdem a fé antes da hora.

Laura, tocada pela mensagem, mais uma vez chorava.

Do outro lado do salão, um ministro da igreja conversava com a mãe e a filha, que acabavam de se levantar diante do altar. Ele lançou um olhar para Laura, ainda ajoelhada no confessionário. Ficou parado um momento observando-a. Notou que chorava.

— Tenha fé e aguarde, filha. Nenhuma vida vem à Terra para ser vã. Tenha fé e em breve estará cercada e coroada por lindas flores semeadas por seu Pai do céu. E não serão flores de um simples jardim. Acredite.

Elas chegarão carregadas de um aroma que agirá em seu coração. Um aroma que entrará em seu espírito e te libertará de toda tristeza. Quando chegar ao oásis, esquecerá do deserto num segundo.

– E o que eu faço, padre?

– Continue caminhando. Continue com um pé à frente do outro. Seu oásis pode estar a um passo de distância. Não desista nunca. Continue caminhando sem olhar para trás. Olhe para frente, querida.

Laura olhou para o corredor novamente. Viu o ministro da igreja olhando em sua direção. Ela sorriu e baixou a cabeça.

– Não sei se consigo, padre.

– Quando se sentir sozinha, pense nas flores. Pense nas sementes lançadas pelo Pai Celeste. O caminho é maior e mais íngreme para alguns, mais suave e ameno para outros, mas todos encontrarão um oásis no fim da jornada. Creia nisso, menina. Um ramo de alegria está para desabrochar em sua vida. Posso sentir a fragrância de sorriso e felicidade desabrochando em seu peito. Seja forte, filha. Seja forte.

Laura respirou fundo e se levantou, fazendo o sinal da cruz.

– Obrigada, padre. Eu tentarei.

Virou-se para o altar e flexionou o corpo, disparando pelo corredor central em direção à calçada. Enxugou as lágrimas e pensou em Marcel. Queria o abraço de seu namorado naquele exato instante. Não fosse a presença dele, sabia que não teria razão para terminar viva aquele dia.

O ministro da igreja levantou o braço em direção a Laura quando ela deixou o confessionário. Queria conversar com ela, mas notou que ela estava tomada de forte emoção e desespero, pois chorava soluçando quando levantou-se dali. O ministro tinha o coração acelerado porque vira a mulher se confessando. Ele se aproximou ainda mais do confessionário e puxou a cortina do compartimento do padre. Temeu que algum engraçadinho estivesse aprontando com Laura, mas não. O confessionário estava vazio.

Capítulo 46

Alan entrou sorrateiramente no galpão. Seus olhos percorreram todo o local. Estava todo empoeirado e desorganizado. Corredores com estantes imensas, indo do chão ao teto, cobertas pela poeira acumulada ao longo de anos de abandono. O pé-direito daquele lugar tinha cerca de dez metros de altura. Muitas de suas telhas estavam quebradas, deixando a fraca luz do luar entrar irregularmente, enchendo o ambiente de sombras. Travessas de madeira caídas, paletes apodrecidos, amontoados com entulho. Um armazém abandonado.

– Veio encontrar quem aqui? – disparou o investigador.

Rodrigo, pego de surpresa, deu um salto e ergueu as mãos ao ver o revólver apontado em sua direção.

– Abaixa os braços, rapaz. Fica quietinho, miudinho. Quero que seu amigo venha pra cá.

– Não tem ninguém vindo pra cá, doutor.

– Conta aquela do Saci agora. – Alan se aproximou um pouco. – Você ligou pra quem lá do orelhão? Pro tal do Vavá?

Rodrigo apenas gaguejava, sem conseguir formular uma resposta.

– E você foi burro de vir se enfiar aqui? Num buraco deserto e escuro? Cê é bem burro mesmo, hein, moleque! A idade faz a gente mais esperto, mais experiente... a gente fica maduro, matreiro, não cai nessas. Só que ao que tudo indica você não vai ter a chance de amadurecer com a idade. Hahahaha.

– Para com isso, cara.

– Por que você acha que ele marcou aqui?

– Você vai me matar?

— Eu não. Quem vai te matar é o Vavá assim que ele chegar aqui, seu otário!

* * *

Do lado de fora, dois carros pretos emparelhavam com o portão. Quatro pessoas desceram de cada veículo, ocupando o terreno em frente à edificação. No passado, o local havia sido uma processadora de carne de frango, uma fábrica que transformava restos dos penosos em pedacinhos dourados de frangos empanados. Nos anos áureos de produção, a empresa emanava certa graça, dando emprego para muitos na cidade e esbanjando aquele brilho mágico das coisas que estão dando certo e prosperando. Até que um dos encarregados pegou sua esposa nos lençóis com um dos gerentes da empresa. O casal arteiro desapareceu certa noite e há quem diga que se transformou em pedacinhos dourados de frango empanado, tendo sido distribuído em todos os estados do Sudeste. Talvez por conta dessa lenda desonrante, a aura próspera e viva da fábrica se extinguiu e, anos mais tarde, a processadora de frango cerrou as portas, tornando-se um antro para gente como aquela, que marcava encontros para eliminar sequazes desgarrados, párias obstinados ou simplesmente um palhaço, como era o caso do jovem Rodrigo.

Vavá era um tipo caricato. Barba por fazer cobrindo o rosto, camisa de botão e manga curta e correntes de ouro no pescoço. Era alto e magro, mas de compleição forte. Provavelmente, tratava-se de um daqueles sujeitos difíceis no mano a mano, forjado pela vida bandida, pela sagacidade adquirida nas ruas e nas prisões.

Antes de o chefão entrar, um gordo baixinho, com boné na cabeça, foi em direção ao portão empunhando uma escopeta. Deu uma olhada ao redor e foi acompanhado por mais um dos capangas de Vavá.

Outros dois, do segundo carro, saíram andando pela rua, sob o olhar cauteloso de Gabriela. Ela também notou que mais dois homens do carro de trás ficaram parados no portão, enquanto Vavá e os três do carro da frente afundavam terreno adentro. Seus olhos se detiveram sobre os sujeitos que vagavam pela rua. Primeiro eles atravessaram o asfalto bem em frente ao galpão. Ali estaria completamente às escuras não fosse o brilho da lua cheia e o salpicado de estrelas no céu.

Davi, um moreno jambo e de cabeça raspada, também capanga de Vavá, avistou o carro de Alan no fundo da rua. Aqueles eram sujeitos que não precisavam de muitos sinais para levantar a guarda e esperar pelo pior. Levou o rádio à boca e resmungou algo entredentes. Sem que a agente da Corregedoria notasse, o homem caminhava em direção ao carro mergulhado nas sombras, pondo sua mão na coronha da pistola presa ao tórax.

Na entrada do galpão, o gordinho de boné e rádio na mão parou e virou-se para Vavá.

— O Davi tá falando que teu camarada não veio sozinho.

Vavá balançou a cabeça e olhou para as incontáveis prateleiras perdidas no galpão escuro.

— Chega na moral. Chega na miúda. A gente senta o dedo em todo mundo que estiver aí.

Gabriela, aflita com a quantidade de traficantes rodeando a velha fábrica, escondeu-se ainda mais entre o mato alto do morro. Quando se abaixou e abriu o celular, selecionando o número de Alan no display, algumas pedras rolaram sob seus pés, descendo o pequeno promontório de terra. Gabriela procurava o número de Alan, angustiada. Precisava avisá-lo de que Vavá chegara, e muito bem acompanhado.

Davi escutou o som de pedriscos rolando sobre a calçada. Eles vinham do morro ao lado do galpão, formado por restos de entulho de demolição e terra, elevando-se coisa de cinco metros acima do nível da rua. O acesso era fácil e aquele seria um ótimo terreno de onde observar o movimento de quem entrasse e saísse do perímetro. Davi tinha vinte e quatro anos e uma pistola na mão. Queria um dia ser o chefe da boca, e para tanto precisava mostrar serviço, por isso não pensou duas vezes em galgar aquele morro, com toda atenção e cuidado.

Perto dali, Alan continuava com o revólver apontado para o rapaz.

— O que você combinou com o traficante? Por que está aqui?

— Tô com medo, porra! Com medo de ficar aqui. Ele me prometeu uma grana para eu ficar calado. Você me fez abrir o bico. Até ele somar dois com dois é rapidinho, é baba, cara. Vim pedir mais grana pra evaporar daqui.

— E você acha que ele vai te dar mais dinheiro? Uma bala é mais barata e eficaz do que ficar nessa lenga-lenga com você.

— Me dá uma chance de sumir, eu tô suplicando.

— Vocês combinaram de se encontrar a que horas?

Rodrigo apanhou o celular no bolso da calça diante do olhar suspeito do policial e conferiu a hora marcada no visor.

— Agora.

* * *

Davi sentia o sangue bombeando forte, batendo em seu pescoço, fazendo a carótida saltar. Ele já tinha matado gente antes, mas era sempre a mesma sensação de euforia quando chegava aos segundos anteriores à execução. Sua boca trancava e os músculos ficavam tão rijos que o maxilar doía. Estava atento a todos os movimentos. A mulher, acuada ainda sem saber, estava de costas para ele, digitando alguma coisa no celular. Davi sabia que ela era um verme e que avisaria outro verme lá dentro sobre o que estava acontecendo. Não podia deixar. Deu um grito de alerta, para que ela se virasse. A mulher estava com a outra mão na cintura, tentando sacar sua arma. Mas em poucos segundos, lívida, percebeu que era tarde demais. Ergueu a mão vazia na direção de Davi, como se pedisse: "espera, não me mata." Ele não esperou. Puxou o gatilho três vezes, fazendo sua pistola cuspir fogo na direção da intrusa. Gabriela ainda tentou se levantar e tirar a arma, mas Davi a segurou pelo ombro e tomou a arma de sua cintura, jogando-a no chão. Olhou nos olhos da mulher ferida, que perdia as forças e caía de joelhos. Davi conhecia a morte, por isso afastou-se dela, descendo o morro, deixando-a cair pelo mato e morrer sozinha. O bandido queria pegar quem quer que estivesse no galpão.

Lá dentro, Alan ficou estático quando ouviu o som dos disparos.

— Gabriela... — escapou um murmúrio de sua boca.

Rodrigo não pensou duas vezes. Notando o átimo de distração, fugiu correndo na tentativa de alcançar os corredores entulhados entre as prateleiras.

Alan levantou o revólver e disparou, acertando Rodrigo na perna direita. Viu o rapaz correr mais alguns passos, e manteve a arma apontada para ele, pronto para apagá-lo se fosse necessário. Tomado pela dor, Rodrigo mergulhou no chão, com as mãos em torno do joelho ferido. O policial não teve tempo de alcançar o garoto. Um novo disparo de arma de fogo explodiu dentro do galpão, reverberando fortemente e fazendo a poeira se desprender do teto. Alan abaixou-se e escondeu-se atrás de uma das prateleiras, procurando com os olhos o atirador. Escutou passos vindo de duas direções. Apanhou seu celular e ligou para o distrito, pedindo ajuda.

– Marília – diz o policial, reconhecendo a voz da escrivã. – É o Alan falando. Tou cercado por uma quadrilha aqui na rua dos galpões velhos. Tou na Galetino. Manda todo mundo pra cá. Acho que pegaram a Gabriela.

Mal terminou a ligação, escutou outro disparo. Farpas de madeira voaram de encontro a seu rosto. Aquela bala passou perto. Alan abaixou-se ainda mais. Viu um homem barrigudo, baixinho, empunhando uma escopeta. Escutou mais passos e outras vozes. Os homens estavam se espalhando, armando um cerco. Por conta da parca iluminação, mal enxergavam um palmo diante do nariz.

Alan embrenhou-se em meio ao entulho e às chapas grossas de compensado. Atravessou uma das prateleiras pelo meio, escutando uma troca de palavrões entre os bandidos. Precisava sair dali e encontrar Gabriela. Os comparsas do traficante não pareciam agitados o suficiente para que os disparos escutados minutos antes tivessem sido contra eles. Ou Gabriela estava cativa dos bandidos, ou o pior tinha acontecido e, com essa possibilidade sombria penetrando em sua mente, Alan via a chance de alcançá-la com vida, precisando de ajuda, sem deixá-la morrer sozinha no meio do mato.

Rodrigo, ainda gemendo, levantou o rosto e viu Vavá e um capanga parados ao seu lado. O garoto rastejou na direção do traficante. Vavá olhou para seu cúmplice e fez um sinal com a cabeça na direção do garoto. Com uma pistola na mão, embrenhou-se no meio das prateleiras. Seus olhos encontraram uma mancha junto a uma chapa de compensado. Sorriu.

Alan sentia o peito arder. Quando tocou região próxima à axila esquerda sentiu dor. Sua mão voltou molhada de sangue. Alan balançou a cabeça negativamente. Deus! Tinha sido atingido pelo baixinho da escopeta! No calor da situação e enquanto rastejava, não tinha se dado conta do ferimento. Abaixou-se e mergulhou debaixo de uma das prateleiras recobertas de madeira. Sua respiração começava a ficar ofegante e entrecortada, deixando claro que o estrago era para valer. Na penumbra, percebeu vultos caminhando ao seu redor. Os traficantes se espalhavam, como cães farejadores cercando a caça. Alan apertou os lábios e sufocou um gemido ao sentir o ferimento doer ainda mais. Esperou os homens passarem e rastejou em direção a uma das portas do galpão – se chegasse ao pátio teria uma chance de escapar. No entanto, precisava descobrir qual dos malandros era o tal de Vavá. Iria caçá-lo e acabar com sua raça. Um homem que abusava de seu poder para matar garotas impunemente não poderia ficar vivo por muito mais tempo em sua cidade. Alguém como aqueles malditos traficantes havia tirado a vida de sua querida Amanda.

Puxou o crucifixo que carregava pendurado no pescoço. Em sua mente via apenas Amanda, ferida de morte, caída na calçada e se esvaindo em sangue. Antes de morrer, entregara o crucifixo a Alan, prometendo estar sempre com ele. O policial beijou o crucifixo e caiu de costas. Ouviu passos se aproximando e cerrou os dentes, levantando a arma. Queria acabar com Vavá, mesmo que aquilo lhe custasse a própria vida.

– Amanda, meu anjo. Me ajude, Amanda. Me guia pra fora desse lugar.

Do lado de fora do galpão, Gabriela abriu os olhos e levantou-se no meio do matagal. Com serenidade, sacudiu a sujeira que grudou em sua roupa e em seu sangue. Em seu rosto não havia a menor expressão de desconforto, nem mesmo um único esgar de dor. Parecia que nada havia acontecido e que nenhum tiro perpassara aquela mulher. Olhou para o galpão e murmurou:

– Estou indo, querido.

A pele de Gabriela incandescia-se, adquirindo um tom acobreado e luminoso. Ela deu dois passos e então desapareceu em pleno ar, numa explosão de luz silenciosa, como um ser assustador, um ser de luz.

Dentro do galpão, uma rajada de vento sacudiu as prateleiras, ergueu pedaços de compensado e levantou a poeira solta. Os bandidos ergueram os braços, cobrindo os olhos e protegendo a face dos destroços que voaram em profusão. Vavá caiu no chão, seguido pelo capanga.

– Que merda é essa, Décio? Tá vindo temporal aí?

– Parece, velho. Tá até relampejando – respondeu Décio, estendendo a mão para apanhar seu boné.

– Vamos logo pra cima desse mané e acabar com ele antes que desapareça.

Rodrigo, ferido na perna, sangrando e sentindo calafrios, tinha um revólver apontado para sua testa por um dos capangas de Vavá. Gino, o bandido, também cobria o rosto num misto de susto e medo. Coisas estavam caindo das prateleiras velhas. Latas, madeiras e entulho porcamente organizados desmantelavam-se, aumentando o barulho e a confusão. A poeira solta voluteando no ar era o que mais atrapalhava. Gino ergueu a arma por um segundo. Rodrigo, percebendo o vacilo do bandido, cogitava fugir novamente, talvez golpeando o filho da mãe. Mas e se errasse o soco? E se não tivesse forças para derrubá-lo? Tomaria outro tiro. Um tiro certeiro dessa vez. O sangue que escorria de suas pernas e inundava o chão, os calafrios e o medo acovardaram novamente o garoto, que muito assustado, permaneceu onde estava.

Alan continuou arrastando-se rumo a uma das inúmeras portas metálicas que podia ver daquele lado do galpão. Eram as antigas portas de emergência da linha de produção. Boa parte delas estava obstruída por pilhas de entulho. O policial também tinha se assustado com a ventania repentina, contudo, percebeu que era hora de tomar proveito da distração instaurada: mirou a porta e arrastou-se para a próxima bancada, esgueirando-se para debaixo da fileira de prateleiras. Uma empilhadeira depenada jazia com sua carcaça enferrujada à direita. Escorou-se nela para poder se levantar. Já não ouvia os passos dos marginais, o que era ruim. Tinha que sair dali ou ganhar tempo, evitando um confronto direto. Mesmo que algum dos bandidos estivesse na sua linha de tiro, teria de avaliar muito bem a situação. Um disparo atrairia o restante do bando como mariposas ao redor de uma lâmpada. Ganhar tempo significava que os reforços estariam a cada segundo mais próximos dos galpões e logo cercariam a propriedade e prenderiam aqueles desgraçados.

Gabriela adentrou o galpão junto com a ventania, que terminou tão repentinamente como começou. Ela andava confiantemente, seus olhos vasculhando os corredores demarcados pelas imensas prateleiras de ferro e madeira, procurando por ele, seu parceiro, seu protegido.

– Aponta essa lanterna pra cá, porra! – berrou Vavá.

Décio obedeceu ao chefe. No chão viram mais um rastro de sangue. O verme estava se arrastando por ali. Vavá fez sinal para Eduardo e Caboclo contornarem a prateleira.

Os bandidos se moviam lentamente. Uns com as armas levantadas, outros com os canos abaixados. Todos olhando os corredores e os cantos escuros. Apenas três dos capangas tinham lanternas compactas, pouco potentes, o que ajudava Alan a manter-se escondido.

O policial gemeu baixinho, levando a mão ao ferimento próximo à axila. A dor tinha aumentado um bocado e ele sentia o corpo tremer. Arrastou-se mais um pouco e sentiu um frio percorrer a espinha quando ouviu o chão estalar sob seus pés. Sua perna direita afundou na madeira podre e, no instante seguinte, um bom pedaço do chão também afundou, cedendo ao peso do investigador e da estante, que tombou, prendendo o agente da Polícia Civil. Alan sufocou um gemido na boca, levantando a estante de ferro e madeira, tentando liberar sua perna presa. Não era a dor que o preocupava. Era o estardalhaço que aquela estante causou ao tombar, deixando bem claro para qualquer um ali dentro onde ele estava.

Com efeito, assim que a estante desmoronou, todos os bandidos se viraram na direção do som. As lanternas, rápidas, pegaram ainda algum movimento da prateleira caindo e seus fachos de luz revelavam onde a poeira ainda revoluteava.

– Vão! – ordenou Vavá.

Alan, escutando os passos convergirem em sua direção, puxou a perna com toda força, voltando a rastejar para debaixo das outras prateleiras empoeiradas e carcomidas por cupins. Levantou-se, abafando um grito de dor. A perna latejava e doía mais que a ferida à bala na axila. Deu um passo e duas saltitadas, afastando-se do perigo como pôde. O som dos passos em seu encalço ficavam cada vez mais próximos. Então foi atingido por um facho de luz de lanterna. Não pensou duas vezes e disparou três vezes na direção da luz, jogando-se no meio de outra prateleira a tempo de se desviar dos disparos que foram cuspidos de volta. Lascas de madeira subiam próximas à sua cabeça. Alan fazia um esforço monstruoso para se arrastar para o corredor à sua esquerda e ficar de pé mais uma vez. Ele não pôde ver, mas uma dupla astuta de capangas, com a lanterna apagada, ultrapassou os homens que trocavam tiros e tomou o corredor de prateleiras à esquerda. Não conseguiam enxergar direito, mas, andando devagar, pé ante pé, eram guiados pelos sons dos disparos, do revide e também do arrastar do policial, que resfolegava. Queriam encurralá-lo de surpresa e então puxar o gatilho, à queima-roupa. Apesar de não saber que o cerco se fechava também no seu flanco esquerdo, Alan virou-se e olhou para todos os lados instintivamente. Seus ouvidos aguçados procuraram pelo som das sirenes que deveriam já estar se aproximando para dar cobertura. Era frustrante não ouvir a cavalaria, nem sinal dela. Manteve seu braço erguido, pronto para um novo disparo. Não enxergou as luzes se aproximando – os malditos apagaram as lanternas e se moviam como hienas cercando a carniça. Alan respirava apressado, o suor descia da testa, deixando seu cabelo empapado. A mão que empunhara a pistola com firmeza a vida toda, agora tremia, deixando a mira incerta. Virava os olhos para todos os lados, buscando os ruídos. Não podia mais disparar a esmo. Estava ficando sem munição. Tudo o que tinha de mais precioso no momento era o tempo. Não podia ficar parado e morrer. Tinha que sair dali.

Gabriela caminhou em linha reta até o capanga que segurava o trinta e oito apontado para a cabeça do jovem Rodrigo. O garoto estava de joelhos, choramingando, apavorado. Nenhum dos dois ouviu o som de seus passos, nem mesmo notaram-na quando parou atrás do bandido.

Alan apertou os olhos e puxou fundo o ar para os pulmões. Sua visão estava escurecendo e a cabeça latejava doloridamente. Ele rastejou mais um pouco e, sentado, apoiou as costas na parede do galpão. Só faltava achar uma porta, uma passagem, qualquer coisa que o deixasse sair daquela arapuca. Então escutou um estalo à sua direita. Ergueu a pistola instintivamente e pôs o dedo no gatilho.

Gabriela se aproximou do ouvido do bandido com a arma em punho e sussurrou:

– Ele está vindo pra cá. Ele vai te acertar um tiro na cabeça. Ele vai escapar e trazer toda a polícia pra cá.

Gino sentiu um arrepio na nuca e olhou para o garoto ajoelhado. Não era muito mais velho do que o chorão. Olhou para as prateleiras com o coração disparado. Pressentia que algo daria muito errado. Então ouviu o rimbombar de um tiro. Mais três em resposta. Abaixou-se quando um dos disparos acertou a coluna alguns metros à sua direita. Gino esqueceu do garoto sob sua custódia e correu para um dos corredores, escondendo-se, assustado sem jamais ver a mulher que chegou ao pé do seu ouvido para soprar-lhe a sorte.

A mulher atravessava as estantes em velocidade vertiginosa, guiada pelos clarões dos disparos, procurando Alan.

O policial enfiou-se entre duas caixas de madeira, tentando ficar invisível, sem saber que ao seu lado esquerdo uma dupla de capangas chegava de mansinho, vendo onde ele estava. Então olhou fixamente para a frente, jurando ter visto um reflexo a cerca de cinco metros. Tentava controlar a respiração, o que era difícil – faltava ar em seus pulmões. Ao seu lado, o sujeito com a arma puxou o cão, deixando-a engatilhada. Só queria se aproximar mais um pouco. Arrastou o pé suavemente, sem fazer barulho, pois sabia que o cara era bom e que precisaria dar um tiro certeiro na cabeça do filho da mãe.

Gabriela finalmente alcançou Alan. Só teve tempo de chegar perto do seu ouvido e soprar.

– À sua esquerda, querido.

Alan sentiu um frio no estômago e jogou-se para a frente, ouvindo um disparo. Caiu de lado no chão, olhando para a esquerda. O homem ainda estava com a mão estendida e agora olhava para ele, como os olhos arregalados. Alan deu dois tiros no peito do sujeito, que tombou imediatamente. De relance, o policial viu um segundo bandido recuando até uma das prateleiras. Rastejou de volta à parede. Percebeu que estava cercado. Os outros urubus rondavam por ali, tinham ouvido os tiros e procuravam apenas uma brecha entre aquele monte de caixas e entulho para atirar em sua direção. Estava encurralado. Se ficasse parado, seria seu fim. Arquejando de dor, levantou-se, apoiando as costas na parede. Sentiu um prego espetar seu ombro, obrigando-o a trocar de posição. Decidiu tomar o corredor de prateleiras da direita, evitando o sujeito que viu se esconder.

Gabriela subiu sobre uma das prateleiras, olhando para os homens se aproximando de Alan. O cerco se fechava. Olhou para o policial, que saía da parede buscando se mover, e então saltou para o seu lado. Ele estava indo na direção errada.

— Por aí não. Tem gente ali. Vai reto, até aqueles ferros.

Alan, assaltado por um mal pressentimento, não foi para a direita, decidindo no último instante seguir reto pelo corredor à sua frente, abaixado, com a arma levantada. Não sabia mais quantas balas tinha na pistola. Avançava arrastando a perna ferida. Agora o barulho não podia ser evitado. Tinha que sair dali, lutando se fosse necessário. Aumentou a velocidade, precisava chegar até a pilha de canos de ferro jogados no fim da prateleira, poderia se esconder ali. Um disparo e um clarão. Pedaços de madeira voando. Alan abaixou-se involuntariamente e jogou-se sobre os canos de ferro, infestando o galpão com a reverberação das dúzias de cilindros metálicos rolando para todos os lados. A escuridão, aliada, encobria seus passos, confundindo os perseguidores. E não era só a noite que o estava ajudando, havia algo que ele não sabia identificar. Algo como um anjo da guarda protegendo suas costas e guiando seus passos. Caído, girou o corpo para se enfiar embaixo de outra daquelas imensas prateleiras. Um sorriso brotou em seu rosto quando finalmente escutou o som das sirenes se aproximando. Cinco bandidos vinham em sua direção. Alan sabia que seu tempo estava acabando. Imaginava como ganhar mais alguns segundos quando escutou um berro cortar o galpão.

– Aparece, policial de merda! Tenho que acabar com você antes de seus amigos chegarem aqui!

Ele sabia que era o líder daquela corja, o traficante. Arrastou-se na direção oposta, ganhando um corredor e entrando embaixo de outra prateleira. Sua nova posição o colocava perto do bandido que, apavorado com o tiroteio, se escondeu no meio das caixas de madeira. Estava encolhido e não viu o policial. Alan levantou a pistola. A luz da lua entrava por alguns buracos do velho telhado. Alan sabia que não erraria aquele tiro e que eliminaria mais um dos filhos da mãe.

Gabriela ajoelhou-se ao lado do policial e passou a mão em seu cabelo empapado em suor.

– Não faça isso. Chega de matança por hoje. Deixe ele viver. Depois dessa noite, ele vai mudar.

Alan vacilou um instante. Talvez não fosse boa ideia apagar aquele sujeito. A coisa já estava feia para o seu lado. Precisava guardar balas para uma emergência. Embaixo da estante não havia muito espaço. Ele olhava para frente. O cara ainda estava lá, sem se dar conta de que podia ter morrido com um balaço no meio dos cornos um segundo atrás. Para Alan, o sujeito acuado era o menor de seus problemas. O pior era não saber onde estavam os outros asseclas de Vavá.

Gabriela levitou até pairar acima das prateleiras e olhou novamente ao redor. Para ela não existia escuridão. Vavá estava chegando perto demais de seu protegido. Assim que percebeu que um dos homens tinha visto Alan, ela planou até ele, gritando:

– Sai daí agora!

Alan arrastou-se para fora da prateleira e, no novo corredor, levantou-se como pôde, coxeando em direção a uma encruzilhada de bancadas e máquinas velhas. Seu coração batia desesperado, enquanto buscava um lugar para se amoitar. Potes de vidros empoeirados quebraram junto com o trovejar de uma cano doze. Chispas de ricochete de balas luziram ao seu redor, e, chegando ao fim do corredor, deslizou no chão e virou-se rapidamente, escorando-se na estrutura metálica de uma coluna, revidando com dois tiros na direção de onde vinham as balas. Viu ao menos três patifes se jogando no chão também.

Um deles era Vavá, que caiu sentado ao lado de Décio, o de boné, e balançou a cabeça negativamente.

– Vagabundo cheio de sorte! A gente não acerta uma no miserável! Esse merda tem o corpo fechado! Não acredito que não vamos dar fim nesse escroto antes de a polícia chegar aqui.

Vavá lançou um olhar para Davi, que estava do outro lado com mais um amigo às suas costas. Fez um sinal para o capanga.

– Vai por ali, na moral, e apaga esse filho da mãe, pelo amor de Deus!

– Vai dar merda, chefe. Os vermes já tão chegando – reclamou Décio, atrás do traficante.

– Agora pra mim é ponto de honra liquidar esse safado. Da polícia cuido eu. Vamos logo pra cima desse vagabundo.

Gabriela surgiu atrás de Alan e chegou bem perto de seu ouvido.

– Eles estão vindo por aqui, proteja suas costas, meu bem – sussurrou.

Alan sentiu uma aflição crescente e então olhou para trás. Saltitou até chegar ao corredor que estava às suas costas e lançou um rápido olhar, protegido pela ponta da prateleira. Uma bala cravou-se na madeira quando ele voltava com a cabeça. Instintivamente, levantou a mão, entrou com o corpo no corredor e puxou o gatilho. Viu Davi tombando, sem saber exatamente onde o acertara. Atrás dele, outro bandido surgiu. Já vinha com a mão alta, segurando um revólver. Os dois dispararam ao mesmo tempo, e as explosões das cápsulas se misturaram ao grito de Gabriela, que, etérea, posicionou-se entre os dois homens, aflita, com medo de que Alan fosse ferido de morte.

O policial sentiu uma fisgada em seu braço. Outro tiro. Puxou o gatilho mais uma vez e a pistola continuou imóvel, com o carro puxado para trás. Não havia mais balas. Deu um passo para trás enquanto o capanga se aproximava dele, com o revólver erguido. O homem não disse nada nem puxou o gatilho. Deu três passos e caiu, quase abraçando Alan, derrubando o revólver naquele chão empoeirado. O corpo desabava e um fio de sangue saía de sua testa. O som das sirenes enchia o galpão, os parceiros de Alan já estavam chegando, já estavam entrando. Estaria a salvo dali a pouco.

– Acabou, xará! – berrou o homem às suas costas.

Alan virou-se. Era Vavá, que estava com a arma erguida e quase tocando sua cabeça.

Assustado, surpreendido, o policial cambaleou para trás, tropeçando num sarrafo, indo em direção a um amontoado de caixas de madeira.

Vavá puxou o gatilho repetidas vezes, com um leve sorriso no rosto.

Alan tombou sobre as caixas, esmagando parte delas. Seu corpo todo chacoalhou assim que o traficante puxou o gatilho da pistola. Só pôde ouvir o tronitoar dos disparos, sem escutar o grito que Gabriela deu ao agarrar-se ao seu corpo. Alan sentiu um tipo de eletricidade percorrer sua pele e tudo ficou escuro por um segundo. Quando sua cabeça bateu contra o chão, olhou para o lado e viu o homem morto que acabara de balear.

Décio chegou perto do chefe e chamou sua atenção, fazendo um sinal para a porta.

– Eles já estão aqui, chefe. Hora de vazar.

Vavá voltou os olhos para frente. Ainda estava com a pistola fumegante apontada para Alan. Seus olhos se arregalaram assustados quando o som de mais disparos encheram o galpão.

Enquanto o traficante olhava para o lado, Alan aproveitou a distração para tomar o revólver caído junto ao corpo ao seu lado. Assim que o traficante olhou em sua direção, puxou o gatilho.

Décio, com as mãos para o alto, começou a correr na direção contrária, alcançando o corredor e batendo de frente com os policiais que invadiam o galpão, jogando sua escopeta no piso.

– Quieto, mãos na cabeça.

O sujeito não teve dificuldades de obedecer, já sabia como deveria agir: ficou de joelhos com os dedos entrelaçados sobre o boné.

O delegado alcançou o corredor onde Alan estava, trazendo uma lanterna e a arma em punho.

— Pode entrar, Rogério. A barra tá limpa, meu amigo.

Rogério aproximou-se do corpo de Vavá e o virou com o bico do sapato. O homem agonizava, sangrando em profusão e tossindo, engasgado com um tiro na garganta. Ao lado de Alan havia o cadáver de um comparsa.

— Andou ocupado por aqui, hein, moleque.

Alan soltou um gemido e deitou-se nas caixas.

— Não tá na hora de você estar jantando com seus sogros? – debochou o delegado.

— Para de fazer graça e chama logo uma ambulância.

— Esses caras já estão no bico do corvo, Alan. Tenho que chamar é o rabecão.

— Não é pra eles, Rogério. Porra, eu sou um ser humano, dá pra se ligar?

Rogério aproximou-se e lançou o facho de luz sobre o policial, cuja aparência era lastimável. Sangue escorria de sua testa ferida, sangue se acumulava ao redor dos seus pés. Sangue vindo do corpo do capanga morto ao seu lado.

— Tá ferido?

— Não. Tou brincando de me jogar no chão e fingir de morto.

O delegado estendeu o braço e levantou o policial.

Alan gritou de dor e ficou de pé, pulando com uma perna só. Então Rogério viu um rasgo no braço do homem.

— Você tomou um tiro?

— Por falta de um, tomei dois. Dá pra chamar essa ambulância ou vou ter que ir saltitando até o seu carro?

Rogério riu e levou o rádio à boca chamando a central. Pediu uma ambulância com urgência. Logo seus olhos percorreram os corpos que estavam no chão.

— Cadê a Gabriela?

Alan meneou a cabeça negativamente.

— Que merda, Alan. Que merda. Não vai me dizer que ela...

— Estou aqui, delegado. Não dê uma notícia dessas para ele.

Os dois olharam para trás e viram Gabriela se aproximando.

– É capaz de ele ficar feliz por ter se livrado de mim. Viu? Não vai ser tão fácil se livrar de mim, Alan.

Alan sentiu um arrepio cruzar seu corpo. Se não tivesse todo estropiado, correria até a mulher e lhe daria um abraço apertado.

– Vaso ruim não quebra – murmurou o policial para a agente da Corregedoria.

Capítulo 48

Marcel sentou-se em frente ao bar. Olhou para o relógio de pulso. Apesar de fazer parte de seu trabalho, sempre era acometido por um certo tipo de tensão quando sentia o metal frio da arma roçando seu braço e sua costela. Poucas vezes precisou sacar a arma do coldre e menos vezes ainda precisou disparar contra uma pessoa.

Não sabia ao certo o que iria acontecer. Não sabia se teria que apontá-la para alguém assim que a tarde entrasse, mas sabia que descobriria algo em questão de segundos. Olhando para o relógio, viu que a contagem ia chegando ao meio-dia, a hora em que Miguel abriria aquela porta, a hora de ter sua resposta. Pela visão periférica, percebeu um vulto se aproximando pelo canto direito. Levou a mão à coronha da pistola e encarou o malandro de touca de lã, que permaneceu encostado na máquina de fliperama, olhando para ele, segurando um copo de cachaça na mão direita. Marcel voltou os olhos para o relógio. Faltavam quinze segundos. Deixou o bar com passos decididos rumo àquela porta. Era agora ou nunca. O malandro saiu de perto da máquina de fliperama e foi em sua direção. Marcel tirou a arma do coldre e apontou-a para o sujeito, que hesitou, parou e ergueu as mãos. Marcel segurou a maçaneta da porta e olhou para o relógio.

– Três, dois, um.

Marcel girou a maçaneta e entrou. A porta lhe escapou dos dedos, batendo violentamente às suas costas. O detetive caiu de joelhos quando um clarão insuportável escapou do ponto de luz no teto do cômodo vazio e um zumbido atordoante cresceu ao seu redor. Marcel apertou os olhos e gemeu, largando a arma no chão de cimento cru. Abriu levemente as pálpebras a tempo de perceber um corpo surgindo diante de si, logo abaixo da lâmpada incandescente. Marcel, puro instinto, afastou-se e tentou apanhar a arma mais uma vez. A luz ainda incomodava os olhos e o zumbido o mantinha tonto. Estava confuso. Aquela pessoa não tinha entrado, tinha surgido! Exatamente isso, surgido do nada! A luz foi diminuindo e o detetive estava sentado, recostado na parede com o coração e a respiração acelerados. A pessoa parada à sua frente era Miguel. O amigo de Laura. Quando pôde enxergar melhor, Marcel engasgou ao tentar falar. Seus olhos foram invadidos por um ambiente irreal. Não fazia o menor sentido. Não estava mais naquele cômodo exíguo, o que o fez ter uma estranha e súbita certeza de que também não estava mais naquela viela, nem naquela cidade. Marcel estava caído, sentado sobre uma grama verde, no meio de um pasto imenso, debaixo de um céu luminoso e ensolarado. A roupa de Miguel esvoaçava por conta do vento forte.

– Bem, Marcel, não era bem assim que tinha que ser... você antecipou as coisas um bocado, meu amigo.

Marcel levantou-se atordoado, levando a mão ao rosto, protegendo-o contra o vento, que foi amainando gradativamente.

– O cômodo... aquele quarto?

– Você mais do que ninguém imaginava que aquele não era um quarto qualquer, não é mesmo, meu amigo? – Miguel andou até Marcel e sacudiu pedacinhos de grama seca do ombro do rapaz. – E é evidente que você sabe que este aqui tampouco é um campo qualquer.

Marcel ainda tinha a face dura, e a brutal incompreensão que assolava sua alma era traduzida por um pequeno esgar em sua expressão facial. Seus olhos se dirigiram para todos os lados e finalmente pararam sobre a figura de Miguel, imóvel à sua frente.

– Quem é você?

Miguel sorriu.

– Boa pergunta – fez uma pausa e coçou a cabeça. – Eu poderia coroar esse momento com preâmbulos desnecessários, mas, uma vez que você, propositalmente, foi escolhido para estar aqui, acho que não é necessário. Tudo bem que estamos tendo essa conversa num momento prematuro, mas não preciso usar de muitos rodeios contigo, você é macaco velho.

— Escolhido? O que você quer dizer com isso?

— Sim. Escolhido. Como eu, como o cara que você não gosta e que está do lado de fora jogando fliperama no bar. Nós fomos escolhidos para ajudar nossos irmãos de espírito, Marcel. Nossa gente.

O jovem, ainda estupefato, andava ao redor de Miguel, alternando seus olhos esbugalhados entre a figura à sua frente e aquela incrível paisagem. Estava, talvez, no fundo de um vale. Até onde podia enxergar, o campo verde continuava, como um carpete sob seus pés, subindo para montanhas igualmente cobertas por uma vegetação de cor exuberante. Havia bandos de pássaros brancos cruzando o céu, rumo ao topo dos morros no entorno, poucas nuvens, bem finas, e aquele vento, agora suave. Árvores sempre equidistantes, o que não tirava a beleza impressionante do entorno.

— Enquanto você nos vigiava naquela praça, o que descobriu sobre Laura e seus encontros comigo?

Marcel lançou um olhar cheio de desconfiança para Miguel. Como ele sabia que era vigiado?

— Você foi até aquela praça pensando que encontraria um casal de amantes, mas não foi isso o que encontrou. Você sabe o que encontrou?

— Vocês só conversavam. Isso não é tão incomum no meu trabalho. Maridos hoje em dia são um bando de escrotos. Às vezes as mulheres querem só bater meia hora de papo para se sentirem envolvidas, cuidadas. Você fazia isso com ela. Conversava com ela. Ela precisava dessa atenção. Aliás, qualquer um gosta disso. Sentir que está sendo cuidado por um amigo, amiga, que alguém pensa na gente.

— Exatamente. O que eu fazia com ela, Marcel? O que o bêbado fazia naquele restaurante naquela noite contando piada?

Marcel ergueu as sobrancelhas.

— Aquele pinguço? Ele está com você nessa?

— Todos os que você viu entrar ou sair desse quarto são meus parceiros, Marcel. O que ele fazia no restaurante?

Marcel ergueu os ombros e puxou pela memória a primeira vez em que viu o bêbado com a camiseta toda remendada, entrando no bar do restaurante e chegando perto do sujeito cabisbaixo. Seu rosto iluminou-se instantaneamente.

– Ele estava animando aquele cara. Ele... ele contou uma piada.

Marcel abriu a boca num sorriso, lembrando aquela mesma reação simples, porém poderosa – o sorriso escapando da boca do homem sentado na cadeira, a princípio incomodado com a presença do bêbado, mas cedendo, ao final, às piadas do sujeito.

– Exatamente. Igual à mesma coisa que fiz com Laura.

– Mas por quê? Quem são vocês?

– Somos um remédio para os angustiados, para as almas que estão assim, por um fio de se perderem.

– Quem são vocês?

Miguel suspirou fundo e fez um gesto com a mão.

Marcel arregalou os olhos ao ver uma serpente de luz saltar da palma da mão daquele homem e se enrolar nele inteiramente, até que sua pele ficasse metalizada, cor de cobre; suas roupas resplandeciam em luz suave, branca, e duas asas enormes farfalharam em suas costas. Marcel ficou boquiaberto e imóvel por longos segundos até que Miguel rompeu o silêncio com uma voz de trovão.

– Somos anjos, Marcel.

O jovem detetive não conseguiu falar. Seu coração disparara, e ele sentiu uma pressão nos ouvidos e nos olhos, o que fez a sensação de torpor voltar por um momento. Não conseguia articular a voz. Aquilo era incrível demais!

– Estamos aqui para evitar o pior. Nos últimos anos, os humanos têm se entristecido mais e mais. Estão afundando num abismo que sua própria raça cavou e continua cavando. A grande maioria está se isolando, perdendo contato um com o outro, apesar de dormirem lado a lado. – Miguel fez uma pausa e passou a mão no peito do rapaz, como se o coração de Marcel estivesse precisando de cuidado. – Vocês estão colocando o coração e a energia de vida em coisas estúpidas. Guardam e adubam máculas do passado, não derramam perdão ao redor. Vão deixando seus corações apodrecerem aos poucos, encapsulados em armadilhas tão profundas que nunca se libertarão do ódio e da cobiça sem auxílio. Vemos coisas e desejos horríveis cercando o pensamento de muitos, e por muito tempo sofremos sem poder interferir. Muitos de vocês estão se entregando muito facilmente, Marcel. Mas mesmo com essa permissão que nos foi dada para interferir, alguns de vocês não parecem ser capazes de nos escutar.

Miguel deu alguns passos, afastando-se de Marcel. O jovem ainda estava pasmo, com os olhos arregalados mais uma vez, olhando para aquela figura impressionante a poucos metros de distância. Aquilo estava realmente acontecendo?

— Está acontecendo, Marcel. Eu estou bem aqui na sua frente, de verdade. Ainda estamos naquela viela. Ainda estamos naquele quarto. Ainda estamos no seu mundo.

— Eu... eu não entendo...

— Vocês desaprenderam o que é amor. O que é viver em paz. Não se contentam em amar e cuidar, em serem cuidados uns pelos outros, deixando a cobiça estender seus tentáculos sobre seus pensamentos. Não dominam e são dominados pelo desejo. Os que se perdem nesse trilho triste acabam escolhendo o caminho mais sombrio possível... que só parece ser um atalho mais fácil, mas não é.

Marcel passou a mão na cicatriz em seu pulso.

— Você por acaso está falando de suicídio?

— A vida é o único tesouro, Marcel. Ninguém pode tirar a própria vida. Não existe luz no final desse túnel, entende? É cruel. É intolerável.

Marcel aquiesceu.

— Os suicídios estão aumentando tanto... tantas almas perdidas... fomos autorizados e forçados a intervir mais acintosamente. Uma coisa mano a mano, sabe?

Marcel olhava pela centésima vez para aquele imenso par de asas brancas e reluzentes. O rosto de Miguel parecia metalizado, apesar de manter-se expressivo e suave, dono de uma aura iluminada e olhos que irradiavam uma suave luz amarelada.

— Brincamos dizendo que somos uma tropa de choque celestial.

— Todos os que eu vi saindo daquele cômodo... todos são anjos? Até aquela prostituta?

Miguel riu do tom de voz de Marcel.

— Todos. Todos os que você viu, incluindo aquela mulher que, aos seus olhos, se parece com uma prostituta. Têm todos os que você também não viu. Estamos no meio de uma batalha, lutando por vidas dia após dia, para que suas almas não se percam.

— Quem eu não vi?

Miguel faz um gesto novamente. Dessa vez a serpente de luz foi direto para a cabeça de Marcel, que não conseguiu se desviar a tempo. A partir daquele momento, quando Miguel falou, Marcel enxergou o que ele queria. A imagem de uma mulher morena, muito bela, de cabelos negros, longos e encaracolados, entrando numa viatura da polícia, inundou o pensamento de Marcel.

— Para interagir com seu mundo, Marcel, precisamos ter muitas caras, muitos acessos, muitas formas. Aqui nesse mundo o nome dela é Gabriela.

Marcel viu a bela mulher ao lado de Alan.

— A policial. Eu a vi outro dia. Eles me seguiram até aqui...

Marcel enxergava agora o bêbado sentando na calçada ao lado de um homem que chorava. Via o malandro andando pelas ruas da cidade, com um cigarro no canto da boca. Via a garota com a tatuagem das coroas de espinhos nua, fazendo amor, com os cabelos empapados em suor. Ela beijava o homem com vontade, com desejo. O jovem detetive sentiu uma descarga elétrica percorrer seu corpo quando finalmente viu, em sua mente, o cliente anônimo sentando-se à mesa do restaurante e lhe entregando um pacote com fotografias, movimentando sua cigarreira com o símbolo em forma de número oito, o símbolo deitado que representa o infinito. Então não pôde distinguir se a próxima imagem estava sendo de alguma forma projetada pelo anjo ou se era uma lembrança genuína. Ele viu a pasta de couro do estranho contratante que surgiu em seu escritório. Aquele símbolo em forma de oito estava na valise. Aquele símbolo formado pelas costuras nos remendos da camisa do bêbado, na touca de lã do malandro, nas coroas de espinho nas costas da garota sexy que, entrelaçadas, também formavam o símbolo do infinito!

— Como você viu, nossas missões não envolvem apenas uma boa conversa. Alguns precisam de dinheiro, outros querem ser realmente amados por uma mulher. O ser humano é uma criatura complexa. Muitas vezes confunde as necessidades de seu corpo com as reais necessidades de sua alma.

— Mas sexo? Dinheiro? Por que entregam dinheiro para os outros? Isso é tão... estranho. É tão diferente do que se espera de um ser divino.

Miguel tinha a expressão dura e agora rodeava Marcel.

— Você não tem ideia de como vocês se deixaram ficar à mercê desses papéis. Estão dominados pelo dinheiro. Transferiram quase toda a importância da experiência de viver para um ciclo de ter e manter, sustentar um meio doentio de viver, possuir coisas e, quando finalmente alcançam um objetivo, lá vem outro desejo material novinho em folha. A humanidade perdeu sua essência. O homem sempre foi movido pelo desejo, pela vontade, mas essa fome vem se tornando implacável graças aos meios de vida atuais. Suas mentes estão sendo envenenadas por quererem sempre mais. Destroem o seu mundo para possuir e fazer coisas descartáveis, fugazes. Ao que parece, se você não tem o que o seu vizinho tem, você se torna um inútil, a sociedade faz você se enxergar como um inútil. Então você quer ter o que todos os que não são inúteis têm. Mas a vida passa depressa demais para vocês e, conforme o relógio biológico vai acelerando o seu tique-taque, muitos de vocês enxergam uma partícula da importância da experiência de estar aqui, neste plano, e se dão conta de que não se pode ter tudo na vida. Alguns quebram, e quebram tão feio ao confrontar esse átimo de clareza que afundam num mar de tristeza e desesperança. Isso está envenenando corações mais rápido que qualquer vírus, que qualquer bactéria. As corporações têm mais valor que seus irmãos de sangue.

A voz metálica de Miguel calou-se e ele moveu a mão novamente, fazendo a serpente de luz circular pela cabeça de Marcel, que passou a enxergar o malandro que supostamente estava do lado de fora do cubículo. Marcel não sabia se isso acontecia naquele momento ou se acontecera há tempos, ou se ainda estava para acontecer. Marcel apenas tomou consciência daquele momento, assistindo a tudo como um espectador fantasma, presente naquele ambiente. O malandro entrava na sala de um apartamento totalmente desordenado e bagunçado. Trazia uma maleta estilo 007. Parava em frente a uma mesa de centro sobre um carpete grosso e branco e depositava a maleta lá e depois a abria. Estava cheia de dinheiro. O rapaz que a recebeu chorava e dizia obrigado.

— Você salvou minha vida. Salvou minha vida, cara. Obrigado, obrigado, obrigado – agradece o rapaz, chorando e caindo aos pés do malandro.

O malandro continuava calado. Depois fez um sinal com a mão, pedindo algo para o choramingão, que secou as lágrimas e se levantou, indo até a estante e tirando detrás de uma fileira falsa de livros um pacote de drogas, depositando-o na mão do anjo intercessor.

Marcel chegou a assustar-se quando a imagem foi invadida pela voz poderosa do anjo ao seu lado.

— Agimos de muitas formas e por vários caminhos.

Marcel ainda via o malandro. Ele fumava um cigarro, metido numa jaqueta escura, andando por uma ponte acompanhado agora pelo cliente misterioso. O malandro atirou ao rio a droga que comprara do traficante enquanto o suposto cliente arremessava os documentos e as fotografias que Marcel lhe fornecera durante o último encontro.

— Mas... o que vocês querem comigo? Por que estou no meio dessa história?

— Não obstante, mesmo com todo nosso empenho e poder, falhamos. Nem sempre as coisas saem como queremos, nem sempre temos toda a força necessária para aliviar o fardo de nossos alvos, nossos protegidos. Às vezes, as pessoas não se abrem para nós e acabam nos afastando, nos negando a chance de salvá-las. Ou, simplesmente, nem todo o conforto que damos basta para colocar uma pobre alma nos trilhos novamente a fim de que viva completamente sua experiência, sua Aventura. Algumas vezes essas almas perdidas estão tão convictas de que se entregar ao suicídio é a coisa mais certa e justa a fazer que bloqueiam todos os canais, nossos caminhos, submergindo num pântano escuro e impenetrável donde somente sairão se derem uma chance para que em seus corações floresça a sementinha da esperança. A esperança, Marcel, pode ser a diferença entre a vida e a morte nesses casos. Quando falhamos em detectar o que fará essa semente germinar, somos nós quem afundamos no pântano junto como nossos protegidos.

A serpente reluziu mais uma vez e Marcel passou a enxergar uma roda de anjos espremidos dentro de um pequeno banheiro. Quando eles ergueram os rostos, o humano percebeu que choravam, desesperados, ao redor do corpo de um adolescente. Um rapaz novo. Uma carta de universidade por perto. A carta dizia que ele não fora aprovado no exame de admissão. Ele tinha os punhos cortados e agonizava. Logo depois, o jovem apareceria também de pé, ao lado dos anjos. Ele também chorou ao ver seu corpo lívido e banhado em sangue. Marcel sentiu um arrepio percorrer seu corpo ao se perguntar se havia também um anjo ao seu lado quando tentou se matar. Logo a resposta chegou em uma nova imagem, que o fez se emocionar ao ver a cena terna de Miguel abraçando e afagando Laura, novamente no quarto do bebê, ajoelhada junto ao berço, chorando copiosamente.

— Mas ainda não entendi o que eu tenho a ver com o plano de vocês.

— Precisamos salvar Laura, Marcel. Precisamos salvá-la imediatamente. Ela está por um fio. E só você poderá segurá-la aqui, nesse plano, sem que ela opte pelo desfecho mais sombrio dessa jornada.

— Eu estou lá, com ela, todos os dias. Eu a auxiliei quando ela tentou...

— Você fez bem, Marcel. Você foi incrível. Nós todos conseguimos aquela noite. Era esse nosso grande plano, vocês se aproximarem. Você, Marcel, é um em um milhão para Laura.

— Como assim?

— Ela não se apaixonaria assim, num estalo, por mais ninguém no planeta. Suas almas estavam alinhadas. Vocês tombaram apaixonados um pelo outro com uma facilidade arrebatadora.

— Ela é tudo pra mim agora.

– Viu? É disso que estou falando. Ela também é uma em um milhão para você. E você, Marcel, você foi aceito por aquela mulher. Foi querido. Ela está pronta para receber a semente de esperança, e você pronto para salvá-la.

Marcel foi novamente assaltado pelas visões que o anjo lhe transmitia. Não sabia como as imagens chegavam até sua retina, mas elas estavam ali, vivas, como se ele estivesse em outro lugar, num parquinho de praça, que talvez fosse "a" praça. Crianças rindo. Laura balançava uma criança. Os dois tinham um sorriso enorme no rosto. Laura ria e chamava seu nome. O investigador girou sobre os calcanhares, esperando encontrar a própria figura naquele momento feliz, mas ele não estava ali, até onde podia observar. Sentiu um arrepio subir por sua espinha, uma forte emoção. Ele sabia. Então percebeu alguém chegando ao seu lado. Um homem com uma blusa azul-clara, trazendo um embrulho amarelo em papel de presente de aniversário. O homem tinha um topete grisalho e um sorriso confiante. Dirigiu-se até Laura e abraçou-a com força. O investigador sentiu um arrepio consumir-lhe a alma. Seus pelos se eriçaram. Aquele homem! Ele reconhecia aquele homem! Era o contratante! O homem que o pagara para investigar Miguel e Laura. O que estava fazendo ali, naquela praça, trazendo um presente?

– Sabemos que Laura ainda está instável, Marcel. Justamente agora, nesse momento de instabilidade, ela passará por uma grande provação, uma perda irreparável. Laura será privada de alguém muito próximo a ela, alguém de quem ela gosta sobremaneira. Tememos que, dessa vez, ela não suporte a perda. É aí que você entra na história, trazendo um presente para essa mulher, para que ela tenha uma semente de esperança plantada no peito e se agarre a isso mais que tudo. Só você pode salvá-la. Só você pode dar a ela essa semente, Marcel.

– Você está falando... do pai dela? – perguntou Marcel, murmurando.

O anjo suspirou e remexeu as asas, deixando Marcel mesmerizado por um instante.

– Para que ela tenha a mínima chance de manter-se em vida, sem se precipitar de encontro ao vale do desespero, precisamos que você continue, Marcel, não desista, haja o que houver. Você foi escolhido para ser nosso auxiliar nessa empreitada. Só você poderá supri-la com o amor necessário. Será recompensado por isso.

– Como?

Miguel abriu um sorriso, seus olhos fulgurantes estavam fixos nos de Marcel.

– Calma. Uma coisa de cada vez. Primeiro conclua nosso plano. Ainda falta um ingrediente importante para que nossa jornada chegue a termo no caso de Laura. Para tanto, você precisa continuar em vida, precisa continuar com Laura e não aqui, no plano dos anjos. O caminho lhe será apontado naturalmente. Não se preocupe com a amnésia.

– Amnésia? Do que você está falando?

O anjo levantou a mão e outra serpente de luz escapou de sua palma, infestando os olhos de Marcel com uma claridade intensa e cegante. Marcel sentiu uma tontura irresistível e foi ao chão, caindo desacordado aos pés do anjo cor de bronze.

Capítulo 49

Quando Marcel abriu os olhos, não fazia ideia de onde se encontrava. Levou quase um minuto inteiro para se dar conta de que estava deitado numa cama e entender que Laura cochilava ao seu lado. Ele já havia estado ali, no hospital, mas agora era ela quem velava seu sono, sentada, encolhida na poltrona estofada.

Marcel fechou os olhos um instante. Não sabia como tinha ido parar ali. A última coisa de que se lembrava era da porta do cômodo batendo com força às suas costas. Olhou para Laura mais uma vez e sorriu quando ela abriu os olhos e o viu. Laura tinha a habilidade mágica de fazer seu mundo melhorar pelo simples fato de existir. Algo tão intenso que tinha se desencadeado com uma força impressionante e incontrolável, tomando conta de seu pensamento em poucos dias. Paixão. Paixão pura. Estava doido por ela.

– Olá.

Laura espreguiçou enquanto ajeitava o cabelo e bocejava.

– Olá, dorminhoco.

– Você pode me explicar como vim parar aqui?

Primeiro Laura abriu um sorriso e soergueu as sobrancelhas, mas o sorriso foi desaparecendo aos poucos enquanto ela erguia os ombros.

– Eu estava esperando você acordar para justamente fazer a mesma pergunta.

Marcel suspirou e afundou a nuca no travesseiro mais uma vez, como se estivesse sentindo algum tipo de desconforto.

– O que você estava fazendo sozinho naquela viela, Marcel? Ali é meio barra-pesada.

— Já te falei. Estava investigando.

— Investigando?

— O cômodo. Aquele lugar estranho. Eu entrei... e daí não lembro de mais nada.

— Como assim? Não lembra de mais nada?

— Estou no mesmo hospital em que te visitei?

— É. Eu tenho umas boiadas aqui. Era para você estar num do Estado, mas o Dr. Breno achou melhor trazer você pra cá para investigar melhor o seu caso.

— Eu, investigado? Essa é boa – murmurou Marcel, tentando sentar-se. – Como você me achou?

— Tinha um bilhete nas suas roupas, com o meu telefone. O motorista do resgate me entregou o papelzinho, mas não estou achando agora.

— Resgate? Vim pra cá em ambulância e tudo?

— Isso.

— Como é possível? Eu não vi, não ouvi nada.

— Você teve um desmaio. O Dr. Breno está querendo descobrir mais sobre esse episódio.

— E se eu estava dentro daquele cômodo, como é que me acharam?

— Um bêbado ligou pro resgate. Acredita nisso? Salvo por um pau d'água.

— Por que desmaiei? Esse médico aí, Dr. Breno, já fez algum exame?

— Sim, mas não sabe de nada ainda. Os médicos estão tentando montar um quebra-cabeça com as informações que tiraram de você. Fizeram ressonância, exame de sangue, neurológico. Bem, já sabem que você não foi golpeado, não estava bêbado e nem foi drogado, e também sabem que não abusaram de você. Não me pergunte como descobriram isso.

— Engraçadinha.

— Agora sério, até aqui tudo bem. Talvez tenha sido um evento isolado. Um pouquinho de confusão mental é até comum nesse caso.

— Hã? Confusão mental?

– É. Você veio falando coisas no carro do resgate. Os médicos não entenderam nada. Você estava falando numa língua diferente. Você tem descendência eslava, chinesa ou coisa do tipo? Eles não entenderam uma palavra sequer.

– Evento isolado... falando línguas esquisitas... basta eu não estar ficando maluco pra me dar por contente.

– A boa notícia, grilo falante, é que só estavam esperando o senhor acordar para te dar alta. Segundo os exames, o senhor não tem lesão alguma, hematomas ou hemorragia, nada. Está totalmente compensado, sem perturbação hemodinâmica nem nada. É como se tivesse tirado uma soneca fora de hora. Razão zero para ficar aqui no hospital. Vão fazer uma avaliação e, se tudo continuar ok, direto pra casa.

– Isso é bom.

Marcel lançou um suspiro e fechou os olhos por um segundo. Tentou evocar suas lembranças. Lembrou-se de atravessar a rua. De ameaçar o malandro, apontando-lhe sua pistola. Naquele momento, uma corrente elétrica percorreu seu corpo. Laura não tocara no assunto, então era provável que ninguém tivesse encontrado a arma. Marcel se deu conta de que deveria voltar à viela.

Capítulo 50

Assim que Marcel terminou de picar os pimentões, Laura apanhou os pedacinhos e despejou-os na panela, mexendo o molho. Ao cozinhar, ela ficava concentrada, imaginando as combinações olfativas e palatáveis para o seu tradicional molho de cachorro-quente. Estava tão absorta que não percebeu Marcel parado, havia minutos, observando o seu vaivém. Só quando se virou uma segunda vez notou o olhar fixo do namorado. Ela sorriu e enrubesceu como uma adolescente. Conhecia aquele olhar.

– O que foi? – perguntou.
– Sabia que você é a coisinha mais linda que eu já vi na face da Terra?
– Hum. Não sabia, não.
– Então acredite, porque você é.
– Verdade?
– Verdade, adorada.
– Então tomara que o mocinho nunca vire astronauta.
Marcel riu.
– Por quê?
– Porque se você entrar numa nave e conhecer outros mundos, eu posso não ser a mais linda. Só me garanto aqui, na Terra.
– Duvido que exista coisa mais fofa que você no universo, adorada.
– Sou adorada?
– É. Você é minha única adorada. Minha paixão. Minha coisinha.
Laura lançou um sorriso espontâneo e imediato para o namorado e aproximou-se dele, beijando seu queixo e depois seu rosto, sentin-

do suas bochechas pegando fogo. A mulher tinha o coração disparado e a mente embriagada de felicidade. Se afastou um pouco para poder encará-lo nos olhos.

– Você acredita em anjo da guarda, Marcel?

– Hã?

– Anjo da guarda, um protetor enviado do céu? Você acredita?

– Eu acredito, e muito.

– Sabe o que eu acho? Acho que você é um anjo da guarda que apareceu na minha vida. Eu estou completamente caidinha por você, como por encanto. Tou boba e apaixonada, sinto frio na barriga quando você me olha desse jeito e me fala essas coisas. Só de ouvir sua voz eu estremeço inteira.

– De que jeito eu olho?

– Esse jeito que você estava me olhando. Com cara de homem, de desejo. E posso ser sincera?

Marcel balançou a cabeça.

– Eu achava que nunca mais sentiria essa paixão por um homem na vida. Juro por Deus.

Marcel abraçou a mulher e tocou a testa dela com a sua.

– Posso ser sincero também?

– Claro, meu anjo.

– Eu não estava olhando pra você. Estava tentando ver o molho, estou com fome.

– Nhá! Mentira!

Os dois riram freneticamente. Os risos amainaram quando Marcel selou a boca de Laura com um beijo a princípio terno, depois ardente.

Laura, no meio de um suspiro, sentindo as mãos do namorado percorrendo seu corpo, deixou escapar:

– Naquela noite, se você não chegasse, eu não estaria aqui. Você me salvou naquela noite, Marcel. Você não pode ser de verdade.

– E você me salvou hoje, Laura. E acredite, eu sou de verdade.

– Quem te salvou hoje foi um bêbado. – Riu.

– Pensando bem, lindinha, acho que sua teoria está completamente furada.

— Como assim?

— Seu eu fosse um anjo, um anjo mesmo, com asa e tudo, eu não estaria tendo esses pensamentos que estou tendo agora.

— Quais pensamentos?

Marcel agarrou Laura pela cintura com firmeza. Apertou a mulher entre seus braços e pôde sentir que ela estremecia.

— Pensamentos de diabinho ouriçado, não de anjinho com cabelo encaracolado.

Laura riu e suspirou ao mesmo tempo, colocando-se na ponta dos pés para beijar os lábios do namorado. O beijo foi intenso e o abraço, apertado. Ele apoiou Laura sentada na mesa e a abraçou ainda com mais força, transbordando de desejo, beijando-lhe o pescoço, a orelha e a nuca. Laura, extasiada, com a pele arrepiada, entregou-se às carícias do namorado, retribuindo seus beijos e seu calor. Os lábios de Marcel não cansavam de buscar sua língua. A mulher chegou a perder o fôlego três, quatro vezes, totalmente presa às investidas do namorado. Marcel deslizou sua mão por baixo da camiseta de Laura, fazendo-a vergar para trás e soltar um gemido. Laura enlouqueceu quando os dedos do homem puxaram o laço que prendia sua bermuda. Ela já não respirava, só estava ali, entregue aos braços dele, que a agarrou e deitou-a gentilmente no chão da cozinha.

— Adorada — ele murmurou.

Ela desceu as mãos pelas costas dele e depois subiu, arrancando a camisa do namorado. Os dois se agarraram como se fossem uma coisa só. Só pararam quando o cheiro insuportável de pimentão queimado tomou conta de toda a cozinha.

— Acho que hoje vamos ter que jantar fora, bonitão — brincou Laura.

Capítulo 51

— Todo mundo viu você com a arma na mão, Alan! Dessa vez essa conversinha de que estava na casa da sogra não vai colar – queixou-se o delegado Rogério, exasperado. – Dois comparsas do Vavá estão no caixão. O próprio Vavá e mais um dos seus vagabundos, no hospital. Não sei se ele se safa. Tá com o pé na cova.

— Infelizmente, vaso ruim não quebra fácil, doutor.

Rogério, com o rosto e o pescoço vermelhos, andava de um lado para o outro. Depois parou na frente de Alan e lançou um olhar de viés.

— Se eu fosse você, não ficaria com esse bom humor todo. O cara tomou um tiro no gogó. Está por um fio. E o pior eu ainda não te falei.

Rogério apanhou uma pasta que parecia conter um dossiê e jogou-a no tampo da mesa. Algumas fotografias do corpo do Cicatriz vazaram para fora da pasta.

— Você fez uma puta duma merda quando apagou esse cara. Uma lambança, Alan. Assim que sua amiguinha da Corregedoria der uma olhada nisso aqui, você já era. Corregedoria vai ser pouco. A imprensa vai cair matando em cima da gente, igual a carniça. Vão ressuscitar aquela história de banda podre da Civil.

Alan nada disse, apenas apanhando a pasta e remexendo os documentos.

— Esse cara que você colocou no relatório como Cicatriz não é assassino e nem queria Débora morta. – O delegado sentou-se na frente do subordinado. – Emerson Torquato era o pai de Débora, 59 anos, não era bandido, ficha limpa, aposentado por invalidez. Perdeu a fala depois de um grave acidente de trabalho, num torno industrial, quinze anos atrás. Quase morreu... Cicatriz. O sujeito quase morreu na ocasião, por isso tava com a cara toda remendada, o pescoço daquele jeito. Perdeu até um pulmão na brincadeira e as cordas vocais foram pro vinagre. O sujeito lutou pra ficar vivo e veio morrer justo aqui, no meu distrito. Tá sentindo o cheiro de merda?

Alan remexeu-se na cadeira. Sua respiração já estava alterada. Ele tinha matado, sim, aquele sujeito. Ele só matava bandidos, traficantes safados que acabavam com a vida dos outros a troco de nada, como tinham feito com sua amada esposa. Mordeu os lábios, lutou para não abrir a boca e para esconder seus sentimentos, o que não foi fácil. A imagem do sujeito, Cicatriz, Emerson, como quer que o chamem, assaltava sua mente naquele momento. Via-o debaixo da sola de seu sapato, gemendo, algemado, tentando dizer alguma coisa, mas incapaz de articular uma palavra sequer por conta de sua deficiência. Então Alan o executara a sangue-frio e, tomado por fúria e insanidade, arremessado seu corpo inocente do alto da pedreira.

— Uma semana antes do óbito, esse cidadão fez um empréstimo na caixa de funcionários onde prestava serviço para complementar a aposentadoria. O dinheiro, segundo o responsável na empresa, era para sanar uma dívida da filha. Só isso disseram, mas a gente sabe qual dívida era essa e com quem. O homem veio até aqui pagar o Vavá e livrar a cara da filha, mas para pagar, queria que Débora desse um basta nessa vida ingrata de drogadinha. Como todo pai tem direito, queria que ela voltasse com ele, voltasse a estudar. Ela se recusou. Mesmo assim, ele pagou Vavá, mas escreveu num papelzinho que nunca mais ia pagar um centavo de porcaria nenhuma para ela. A que conclusão chegamos? Vavá já estava lá, sabia que a menina ia voltar para as drogas, voltar a dever a ele, não quis perder a viagem e deu um jeito de executar a garota quando ninguém estava olhando. Graças ao Rodrigo temos peças pra juntar nesse quebra-cabeças.

Alan fechou o dossiê e girou a pasta na mesa, devolvendo-a ao delegado.

— Quem quer que tenha apagado o velho, achando que estava fazendo justiça, cagou federal. Acabou apagando um cara que era do bem, bom cidadão, trabalhador, deficiente físico, pai zeloso, sem uma mísera passagem pela polícia... Provavelmente o pobre coitado nunca tenha posto o pé numa DP. – Rogério olhou fundo nos olhos de Alan e fechou a cara. – Eu disse que esse dia ia chegar pra você, seu justiceiro duma figa. Cedo ou tarde você iria se juntar aos seus cadáveres no inferno.

Alan nada respondia. Estava abalado. Dava pra ver isso em seu rosto. Estava nervoso, explodindo por dentro. Só não teve um chilique na frente do delegado porque não queria entregar os pontos. Sabia como amenizar seu erro. Essa certeza de que ainda podia fazer a morte de Cicatriz valer a pena foi tomando seus ossos, sua alma. Sabia que Vavá é quem teria que pagar por esse sangue inocente.

– Tira essa ideia de justiça a qualquer preço de sua cabeça, homem. Esse trilho de sangue vingativo não te leva a lugar algum, Alan. Sei que é lugar-comum falar, já te disse e repito, tirar a vida desses vagabundos não vai trazer sua Amanda de volta. Se você estivesse empregando essa energia pra meter esses canalhas na cadeia, estaria fazendo eles pagarem, sofrerem muito mais, e tudo isso dentro da lei.

– Você sabe muito bem que nem sempre a lei funciona no nosso país, Rogério. O que tem de juiz comprado no sistema desses traficantes filhos da mãe! Advogado põe muito neguinho no bolso com maços de nota de cem.

– Isso não muda o fato de você ter matado um pobre de um homem mudo. Estou até vendo a cena, você dando um arrocho no infeliz, que não conseguiu te dar resposta alguma. Não te respondeu por quê? Por que era valentão? Não. Nada disso, justiceiro. Ele não te respondeu porque era mudo, não falava. Isso não tem nada a ver com justiça. Isso é assassinato.

– Eu não sabia, delegado. Não sabia, juro.

– Sua ignorância e desatenção não vão tirar ninguém da cova, Alan.

O policial levantou-se e parou um instante junto à porta, olhando para o delegado. Depois abriu-a, aguardando, como se esperasse uma voz de prisão ou uma liberação para o ato.

– Vai, Alan. Vai dar uma espairecida, pensar um pouco sobre essa droga toda. E fica preparado, porque agora o teu inferno vai começar e não vou poder ajudar. A coisa fedeu bem fedida pro teu lado. E tem mais.

Alan virou-se novamente antes de sair.

– O tal Vavá...

– O que tem o corno?

– Eu não vou poder fazer muito com ele.

– Como assim?

– Ali, na hora, ninguém achou arma nenhuma com ele. Evaporou.

– Ele atirou em mim, descarregou aquela merda em mim. Escapei por puro milagre.

– Fizeram exames na mão dele. Não tem vestígios de pólvora. Você pode não ter visto direito. Deve ter sido um capanga dele que atirou em você.

Alan franziu a testa e soltou a maçaneta da porta. Vavá não estava usando luvas. Era impossível sair impune a um teste residuográfico.

– Você está armando pra cima de mim, doutor? Está querendo dizer que aquele marginal vai sair pela porta da frente?

– Estamos sem provas contra ele.

– Ele atirou em mim! Matou a menina! Que mais você quer? Minha palavra vale menos que a dum traficante agora? A Gabriela estava lá. Ele entrou com a quadrilha toda naquele buraco. Ela viu.

– Você está sujo, garoto. Corregedoria em cima. Sua palavra não vai valer porcaria nenhuma dessa vez. A Gabriela não vai querer te livrar dessa facilmente. Tem dois advogados dos bons aí fora querendo acabar com a minha raça. Onde está o namoradinho da Débora agora? Deve ter virado fumaça.

– Já estão trazendo dinheiro daquele ordinário aqui pra dentro, não é? Vai ficar suave pro Vavá, não vai?

– Ele é primário. Vão pedir relaxamento. Não é fichado, não tem vestígio de pólvora, não há testemunhas de que foi ele quem atirou em você. Provavelmente vai terminar aleijado por conta de seus excessos.

– Quanto você tá levando nessa, hein, Rogério? – pergunta Alan, se aproximando.

O delegado ficou de pé.

– Quanto eles querem enfiar no seu bolso? – questiona o policial, encostando o indicador no peito do chefe.

Rogério deu um safanão no braço do policial e fechou a cara novamente.

Alan cutucou o peito do delegado mais uma vez enquanto disparou, com a língua ferina:

– O dinheiro dele deve ser muito bom para que até você, doutor, dê as costas pra mim.

Dessa vez o delegado apanhou o punho de Alan e girou seu braço, fazendo-o ficar de costas, com o braço torcido, comprimindo o policial contra a prateleira de livros de direito.

Alan, contra a prateleira, resmungava.

– Ficar aleijado é pouco para um bandido, doutor. O desgraçado vai acabar com a vida de quanta gente ainda? Você vai deixar isso acontecer? Vai deixar ele sair comprando todo mundo?

– Não tô armando nada, seu merda. Você que armou pra sua cabeça. Você sozinho. Matou um inocente. Matou o mudinho achando que estava fazendo limpeza. Olha o que você fez. Devia se dar por satisfeito de eu não te tacar numa cela agora mesmo.

Rogério afrouxou o aperto e Alan se desvencilhou, seus olhos estavam injetados de raiva.

– Some daqui enquanto tem tempo, Alan. Evapora. Quando sua amiguinha sumida aparecer, vai ter um relatório bem gordo pra preparar. Essa informação vai para cima, não vem pra mim. Não vou poder fazer nada, garoto.

– Não precisa fazer nada. Eu sei muito bem como isso vai acabar. Pode deixar comigo, que vou terminar essa história em grande estilo – profetizou o policial, apontando o dedo para a cara do delegado.

Deixou a sala batendo a porta.

Rogério não faria nada com o subordinado por conta dos longos anos de parceria. A partir daquele momento, Alan estava por sua própria conta e risco.

O delegado foi até a porta da sala. Os escrivães estavam calados, simulando não terem notado a confusão na sala do superior. Rogério olhou para Mara e apertou os lábios antes de falar.

– Já conseguiu localizá-la?

– Não, senhor. O celular não responde.

– Isso tá esquisito, Mara. Manda alguém até o hotel. Ela está no Califórnia. Tomara que esse cabeça de vento não tenha feito nenhuma porcaria. Ache Gabriela, agora!

Capítulo 52

Laura estava mais uma vez sentada no banco da praça. Seus olhos percorreram o entorno, e ainda que não vissem as crianças que todos os dias brincavam ali no parquinho, seus ouvidos captavam as risadas divertidas e vivazes. Laura sabia que Miguel não viria mais para os bate-papos. Era como se ele soprasse em seus ouvidos que estava tudo bem e que ele estivera ali somente como um par de ouvidos reserva até que ela encontrasse um homem que a escutaria para o resto da vida. Laura suspirou fundo, confortada. Talvez fosse aquela a primeira vez em que se sentava naquele banco com um sorriso autêntico no rosto. Se Miguel não viria, então por que cargas-d'água ela estava ali? Era o que se perguntava quando viu um homem se aproximar. Ele era forte, com o rosto coberto por sombras tão escuras que ela mal podia divisar o brilho de seus olhos. Laura sentiu um calafrio. Ela estava ali para conversar com ele, ser para ele o que Miguel tinha sido para ela esse tempo todo. Quando ele sentou a seu lado, sentiu o coração acelerar e vontade de levantar e correr para longe dali. Aquele homem estava com as mãos cobertas de sangue. Laura olhou para os lados. Onde estava Marcel para protegê-la? Onde estava Miguel? Se os seus anjos da guarda não estavam ali, tudo aquilo só podia ter um único significado: ela precisava ser forte. Quando olhou para as mãos do homem mais uma vez, um novo calafrio percorreu seu corpo. Ele segurava uma arma de fogo. Ela não entendia nada de armas, mas sabia que aquela era uma das grandes. O medo repentino foi tamanho que as palavras escaparam fracas e gaguejadas por sua boca.

– Para que você trouxe isso aí?

O homem levantou o rosto e olhou para ela. Ele apertou os olhos e balançou a cabeça em sinal negativo.

– O que você está fazendo aqui? Eu quero ficar sozinho. Era para eu estar sozinho.

Laura, instintivamente, levantou a mão e acariciou a cabeça do desconhecido.

O sujeito, arisco, virou-se para ela e encostou o cano do revólver em sua garganta.

– Tire as mãos de mim! Eu só quero ajudar! – gritou Laura.

– Eu não quero a ajuda de ninguém. Só queria estar sozinho aqui para acabar com tudo.

– Abaixe a arma, por favor.

O homem obedeceu-lhe.

Laura tremia. Sentia as pernas moles. Mesmo que quisesse levantar e partir, não conseguiria.

– Acabar com tudo como? – ela perguntou, insistente.

O sujeito levou a mão suja de sangue ao punho de Laura, levantando o seu braço.

– Acabar com tudo desse jeito, você sabe.

Laura sentiu um embrulho no estômago. Então era isso. Ela estava ali para convencê-lo a esquecer aquela vontade venenosa. Aquele homem era um suicida. Laura olhou para os lados mais uma vez. Com efeito, não fosse ela ali, ele estaria sozinho. Nem ela mesma entendia como tinha ido parar lá, no banco da praça. Ainda estava trêmula quando desistiu de encontrar um rosto, conhecido de preferência, e voltou a olhar para o homem sentado ao seu lado.

– Não faça isso. Não vai encontrar nenhuma resposta acabando com tudo desse jeito.

– Eu não busco resposta, moça. Eu busco paz.

– Tá. Entendo. Mas você acha que aqueles que você vai deixar para trás ficarão em paz? Não, eles não ficarão.

– Hahaha! Sabe o que é engraçado?

– Não, mas posso imaginar.

— Eu não tenho ninguém para deixar para trás. A única pessoa que eu tinha já se foi. Foi tomada de mim. Era isso que você tinha imaginado?

— Não.

Os dois ficaram calados por um instante.

— Qual é o seu nome?

— Alan. Eu era policial.

— Era? Você se demitiu ou se afastou?

— Eu desisti, só isso. Agora eu não sou nada. Sou um homem com as mãos sujas de sangue inocente. Eu não aguento mais essa vida sem ela.

— É cedo para desistir, Alan. Ainda é cedo.

— Você não compreende. Eu só não quero mais essa vida. Não quero mais estar aqui.

— Compreendo. Compreendo, sim. Lembra? — Laura ergueu o punho exibindo a cicatriz novamente.

O policial sorriu e enfiou o cano do revólver na própria cabeça.

— Não faz isso, Alan. Por alguma razão a vida precisa de você.

— A vida não precisa de ninguém. É muita pretensão nossa achar que alguma coisa vai mudar se não estivermos aqui. A gente sai, para de sofrer, e a vida continua, como se a gente nunca tivesse existido. Que diferença vai fazer essa minha decisão daqui a 40, 80 anos?

— Nenhuma — respondeu a mulher vagamente.

— Exato. Agora me dê licença, que vou apertar o botão de parada de emergência.

Os olhos da mulher se arregalaram quando ele puxou o gatilho e o som de trovão tomou a praça.

Laura deu um pulo na cama, sentando-se enquanto gritava.

— O que foi? — indagou Marcel, sonolento.

— Tive um pesadelo horrível — respondeu Laura.

Capítulo 53

Alan não conseguia se acalmar. Era a primeira vez que a culpa o consumia. Via claramente que sua fúria tinha deturpado seus sentidos apurados de investigador e comprometido seu julgamento quando levara Cicatriz até o alto da pedreira. Fora um estúpido naquela noite. Poderia simplesmente ter arremessado o pobre coitado lá do alto e terminado com tudo. Pareceria um suicídio. Mas não bastara. Tinha espancado o infeliz. Tinha enfiado cinco balas na fuça do desgraçado. Tinha feito o miserável engolir toda sua fúria e ressentimento pela perda de Amanda. Um sentimento torpe que corria como veneno em suas veias e que quando alcançava suas peçonhas externava-se naquela tempestade irracional de violência e reparação. Só havia um lugar no planeta onde conseguia aplacar aquela fúria, aquele sentimento de derrota. Alan apanhou a garrafa de vodca à sua frente, a segunda aberta naquela tarde, e cambaleou pelos corredores da casa, dirigindo-se aos fundos, onde abriu a porta de uma garagem. Era ali, entre os retalhos de uma vida perdida, que se recolhia quando queria matar saudades de Amanda, lembrar de Amanda, ver Amanda. Puxou uma cadeira de praia do meio das tralhas que enchiam o cômodo de 25 metros quadrados. Além de depósito de coisas velhas, aquele refúgio era como um templo para cultuar Amanda, pois ali existiam aos montes pôsteres de shows antigos, feitos pela mulher, em bares e boates da cidade, emprestando sua voz doce e firme, encantadora e poderosa para os amantes da noite. Alan deixou os olhos vagarem por quadros com borboletas desenhadas, casulos, telas inacabadas, o cavalete, a paleta com crosta seca de tinta óleo, tudo como ela deixou quando partiu pela última vez.

Alan levou a garrafa de vodca à boca e sorveu dois bons goles. Secou os lábios com a costa das mãos. Fechou os olhos e logo em seguida uma imagem se formou em sua mente. Viu o Cicatriz se remexendo no chão, tentando virar de costas. Lembrou-se do chute que deu nele naquele momento. Então deu outra golada na bebida. Agora seus pensamentos o transportaram para outro lugar, menos corrosivo, menos sombrio. Estava com Amanda. Andavam de bicicleta num parque da cidade. Depois viu-a cantando e lhe apontando o indicador, chamando-o para o palco, mandando beijos. Então Alan baixou a cabeça e apertou os olhos, começando um choro convulsivo. Viu Amanda saindo da boate e, em seguida, um clarão. Corre-corre, tiroteio, bandidos e uma viatura de polícia. Amanda caída sangrando na calçada. Uma bala perdida, cuspida pela pistola de um traficante em fuga. Amanda perdida. Amanda acabada. Amanda e mais nada. Alan abriu os olhos e arremessou a garrafa contra a parede do quintal dos fundos. Ela se estilhaçou em dezenas de pedaços, que se espalharam por cima do antigo azulejo vermelho. Quando os cacos se assentaram, restou um barulho estridente, que se repetia. Alan levou muito tempo para entender que era a campainha de sua casa. Cambaleante, levantou-se e, com passos incertos, foi em direção ao portão.

Gabriela levantou os olhos quando ouviu os passos se aproximando no corredor lateral da casa. Suspirou involuntariamente ao ver sua esperança derreter. A recepção não foi das mais animadoras.

— O que você quer?

Gabriela não respondeu de imediato.

— Já não basta tudo o que aconteceu? Tem que vir aqui rir na minha cara?

— Posso entrar?

— Eu tenho escolha, dona Gabriela?

— Tem. Pode me tocar daqui. Me mandar ao inferno pela vigésima vez. É você quem sabe, Alan. Só fico se você quiser. É assim que funciona de onde venho.

Os dois ficaram parados ali por um tempo. Gabriela imóvel. Alan oscilando para frente e para trás. Ela franziu a testa, olhando para o policial com o braço esquerdo imobilizado e o tórax enfaixado. Alan tinha uma mancha escura de sangue no curativo próximo à axila.

— Vem — resmunga.

Gabriela seguiu Alan pelo corredor lateral até os fundos da casa. O corredor era coberto por antigas lajotas vermelhas, com arquitetura típica das casas construídas nos anos 1960. Enquanto ele se sentava numa cadeira de praia no quintal dos fundos, viu uma bicicleta ao seu lado. Andou até a bicicleta enquanto seus olhos se iluminaram e um traiçoeiro sorriso brotou em seus lábios involuntariamente. Gabriela passou a mão pela bicicleta e pousou os dedos sobre um adesivo de uma borboleta cor-de-rosa.

— O que você quer?

Gabriela olhou para Alan e nada respondeu. Seus olhos foram atraídos como ímãs para as telas inacabadas, pela bagunça na garagem dos fundos, para os cartazes de show da ex-mulher do policial.

— Por que veio aqui?

— Porque era para cá que eu queria vir. Queria ver você, sabe? Acho que você está sofrendo. Precisava ficar com você um pouco. Depois de tudo pelo que você passou.

Alan, com um cigarro na boca, usando um canivete, rompeu o lacre de outra garrafa de vodca com alguma dificuldade, tentando mantê-la presa no meio de seus joelhos, mas sem jamais olhar para a mulher ao seu lado para pedir ajuda. Desenroscou a tampa e tomou outro bom gole do destilado.

— Seu braço tá legal?

— Por quê?

— Porque você, além de tudo, foi baleado duas vezes. Só estou querendo saber...

— Não. Não tou falando do tiro. Tou perguntando por que quer ficar comigo?

— Não sei, Alan. Não faz pergunta difícil. – Ela deu uma boa olhada para ele e depois seus olhos pararam nos cartazes de shows. – Achei que você estivesse só, precisando de alguém. Eu gosto de você. De ficar perto de você.

– Quem eu preciso perto de mim não está aqui. Está tão longe que meu coração parece que vai implodir de tanta saudade. – Alan soltou a fumaça de uma tragada e deu outro gole no gargalo. – Ninguém pode fazer nada por isso. Ninguém. Ela se foi.

– Você não pode ficar assim, Alan. Não vale a pena. Esse trilho de morte não vai te levar a lugar nenhum.

Alan levantou-se de supetão.

– Todo mundo me fala isso, porra! Até você agora?! Essa dor do inferno não para! Eu não tenho escolha. Eu não quis deixar barato. Esses ordinários tiraram a mulher da minha vida! Todos eles! E agora só agravaram meu ódio por eles... o pai da Débora não tinha nada a ver... nada a ver.

– Eu não vim à toa até você. Eu sei com quem estou lidando.

– Então enche logo sua papelada, me entrega de uma vez pra Corregedoria e me enfia num buraco escuro e sem chave. Não fica com essa lenga-lenga do meu lado, que não tenho estômago pra isso.

Alan sorveu outro gole da garrafa.

– Estômago você tem pra essa porcaria. Tou vendo tudo. – Gabriela andou até Alan e ficou olhando em seus olhos, sentindo um frio no estômago ao encará-lo. – Não adianta nada te mandar prum buraco... se a sua cabeça vai continuar presa nessa obsessão, onde eu não poderei te ajudar. Você está criando uma casca em torno de si, não deixa ninguém chegar perto pra te ajudar.

Alan ergueu o dedo indicador e apertou-o contra o peito de Gabriela.

– Me ajudar? Me ajudar? Hum. Você tá maluca ou o quê? Quem é que tá pedindo ajuda aqui?

– É só olhar pra você, Alan. Seu corpo inteiro está gritando por ajuda, menos a sua boca.

– Que tipo de ajuda você quer me dar, garota? Acha que só porque te acho bonita vou me jogar nos seus braços? Eu sou de outra mulher, para sempre. Um dia vou me juntar a ela novamente, pra sempre, custe o que custar.

Gabriela baixou os olhos e encarou a garagem cheia de coisas de Amanda mais uma vez.

— Essa mulher está em outro lugar agora, Alan. Está em outro lugar.

— Mas não era para ser assim. — Agora ele tinha lágrimas descendo do rosto, carregado de expressão de revolta e dor. — Era para ela estar aqui, comigo. Ao meu lado.

— Tenho que fazer você parar com essa busca insana e sangrenta por algo que não vai ser desfeito, meu anjo. Você está se perdendo.

— Não me chama de anjo, sua maluca! Só ela me chamava assim! E só pra você saber, você chegou atrasada, garota! Perdido eu estou faz tempo. Desde que enfiaram uma bala na cabeça da minha esposa. Ele atirou no traficante. Descarregou a arma no filho da mãe. O desgraçado revidou com um tiro. Um tiro! A bala atravessou a cabeça de Amanda. Tá compreendendo no buraco que você veio se meter?!

Alan, em novo acesso de fúria, arremessou a garrafa contra a parede. Dessa vez, dentro da garagem, vidro e vodca voaram sobre as telas e pôsteres de apresentações.

— Me diz como você vai me salvar disso! Como? Um filho da puta tirou a vida da minha esposa com uma única bala. O desgraçado do traficante, que tomou cinco tiros, chegou ao hospital; Amanda morreu na calçada. Ela não conseguiu nem resistir até a ambulância aparecer. A Justiça deu garantias para o salafrário enquanto eu enterrava o amor da minha vida. Quando caí na real, quando voltei do baque que tomei, o maldito já tinha desaparecido. — Alan empurrou Gabriela sobre os cacos junto à parede do quintal, fazendo com que ela batesse com as costas no muro. Depois, para manter-se de pé, ficou agarrado ao ombro dela. — Então me diz, como no céu ou no inferno você vai conseguir me ajudar? Explica?! Porque eu mesmo não sei.

Gabriela livrou-se da mão do policial.

— Pelo visto, não te passaram tanta informação assim ao meu respeito. Te disseram um monte de coisas, te contaram tanta coisa, mas não tudo. Por que vocês não me esquecem? Deviam me dar um tempo, deixarem eu fazer o que é melhor pra todo mundo.

— Você está tão enganado, Alan. Tão enganado. Queremos estar perto de você, abrir seus olhos.

– Abrir meus olhos? Eu não pedi pra ninguém abrir meus olhos! Não pedi!

– Você precisa mudar, Alan. Você tem que mudar. Isso vai te ajudar, te tirar desse buraco em que se enfiou.

Gabriela descolou-se do muro e caminhou até Alan. Passou os braços em volta do corpo do homem, que acabou por repeli-la com um novo empurrão.

– Quer me ajudar mesmo? Por que você não vai até o cemitério e não abre os olhos da minha mulher? Por que não a faz respirar de novo? A pintar quadros de borboleta durante a tarde e cantar pra mim durante a noite? Por que não faz isso?

Gabriela insistiu e abraçou o policial ternamente.

– Alan, pare de sofrer tanto por algo que já se foi.

Sem mais suportar a tensão reprimida, Alan começou a chorar, deixando o corpo todo tremer nos braços da policial. Gabriela apertou-o ainda mais forte, e em pouco tempo ele se acalmou. Mas, de repente, afastou-se. Seus olhos estavam injetados de raiva.

– Some daqui, sua imunda! Some da minha vida! Você apareceu para me deixar perturbado!

– Não, Alan. Não diga isso! Não fala isso!

– Some, sua vadia! Some! Você é confusão na minha cabeça!

– Não fala assim.

Alan cambaleou para frente e agarrou o braço de Gabriela, tentando empurrá-la para o corredor, fazê-la ir embora.

– Some!

No afã de fazê-la se mover, caiu de bêbado e levou a mulher junto com ele. Gabriela, a princípio presa pelo peso do homem, logo se recuperou, sentando-se e colocando a cabeça dele sobre sua perna.

– Some da minha vida, sua cagueta, dedo-duro de uma figa!

A mulher, também chorando, alisava o rosto do policial.

– Não diz isso, Alan. Não repete mais isso. Eles não vão deixar eu voltar se você decidir assim.

– Some! Desaparece da minha vida!

— Não, Alan. Por favor. Deixa eu ficar e cuidar de você. Você consegue mudar.

Alan esforçou-se para virar, mas estava bêbado demais para ter agilidade e coordenação nos movimentos.

— Eu não quero mudar. Não preciso mudar. Só preciso que você suma. Desapareça da minha vida! Sai de perto de mim!

Ele agora estava de pé e voltou cambaleando até o galpãozinho dos fundos.

— Eu te amo, Alan. Não me separe de você.

Alan arregalou os olhos, surpreso com aquela revelação inesperada. Como seria possível aquilo? Aquele amor não se encaixava em sua mente, em seu raciocínio. Gabriela só estava tentando ganhar tempo, baixar sua guarda. Era impossível ser verdade. Ninguém ama um assassino!

— Some daqui! — berrou a plenos pulmões, com as veias do pescoço saltadas.

A violência daquele brado desmontou Gabriela. Ela andou até uma das telas onde se via o desenho de um casulo. Fechou os olhos enquanto duas lágrimas sulcavam sua face.

Sentado no chão, Alan cambaleava para frente. Girou o corpo e aos poucos foi ficando de pé. Queria tirar Gabriela de sua casa. Não aguentava mais aquela presença. Virou para a garagem dos fundos e ficou parado um instante. Ela não estava mais ali. Desaparecera. Alan riu baixinho. Era isso que queria. Ficar sozinho. Sua respiração mudou, foi ficando mais rápida. Sentiu-se mais firme, ereto, decidido. Cruzou o fundo do quintal e foi até um armário da garagem entulhada. Abriu uma gaveta e tirou de lá uma lata de sorvete. Dentro dela havia um revólver trinta e dois e uma caixa de balas. Abriu o tambor e retirou todas as balas, recolocando apenas um projétil enquanto falava consigo mesmo:

— Você matou um inocente, seu infeliz. Você matou um pai preocupado com a filha, diabo.

Girou o tambor e fechou-o sem olhar para a arma. Colocou o cano na cabeça, engatilhou o revólver e respirou fundo.

– Você matou um inocente.

Puxou o gatilho. Sua mão começou a tremer sem que pudesse controlá-la. Baixou o revólver e abriu o tambor novamente. Colocou mais um projétil. Outra vez girou o tambor e travou-o dentro da arma. Levou o revólver até a têmpora. Fechou os olhos. Engatilhou-o.

– Você matou um inocente, filho de uma égua. Um mudo que não podia se explicar!

Em meio a um gemido, puxou mais uma vez o gatilho.

A arma estalou, seca, quando o cão encontrou um compartimento vazio. Plec!

Alan arfava, tomado por um nervosismo incontrolável. Mergulhou a mão na caixa de balas e logo preencheu todos os espaços vazios. Girou o tambor, dessa vez completo, e travou-o no corpo da arma. Olhou para as telas de sua querida Amanda, para os cartazes da cantora da noite, para a poça de vodca no chão.

Tirou seu isqueiro Zippo do bolso. Rodou a pedra e acionou a chama, arremessando o objeto no chão da garagem. O fogo começou timidamente, lambendo os restos de vodca pelo piso, para depois encontrar latas de solvente, telas secas, amontoados de papel. Alan sabia que o ponto onde tinha chegado o colocava numa trilha irreversível.

– Ele não vai se safar.

Capítulo 54

O médico responsável por Vavá fazia uma série de anotações em seu prontuário ao pé da cama. Examinava os resultados dos últimos exames colhidos e a tela dos aparelhos de monitoração da UTI. Ao lado do traficante, mais dois pacientes lutavam para continuar deste lado do manto.

Uma enfermeira se aproximou, comentando:

— Nunca vi um paciente com um tiro na traqueia, doutor.

— E vai demorar para ver de novo — respondeu o médico, sem tirar os olhos do prontuário. — Normalmente esse ferimento de arma de fogo é fatal.

— Coitado.

— Hum. Vai ser difícil ele sair daqui inteiro. Mas pelo menos tá vivo, né. Vivo pra lutar.

— Foi feio, né?

— Ele lesionou a medula, na C4 e na C5. Provavelmente vai para a cadeira de rodas pro resto da vida.

A enfermeira parou e olhou para o rosto de Vavá, adormecido, entubado.

— Coitado.

— Coitado? Coitado nada! Ouvi dizer que isso é cria ruim. Até o cão foge desse bicho. Traficante.

— Ai!

— Já ouviu aquela coisa de que vaso ruim não quebra? Então. Esse aí deve ser o pior vaso da cidade.

— Credo, doutor! Da porta pra dentro todos são pacientes. O senhor mesmo fala.

O médico finalmente levantou os olhos do prontuário e ficou olhando na direção da enfermeira, que ruborizou por ter chamado tanto a atenção. Os médicos às vezes são bem chatos quando contraditos. Ela já articulava mentalmente uma fala que em segundos se tornaria voz quando viu a prancheta do prontuário tremer. Prestou mais atenção, e então percebeu que não era prancheta que tremia, era a mão do médico, o Dr. Flávio. Então a enfermeira olhou para trás, sentindo o sangue gelar. Sua barriga ficou dura, e ela quase urinou nas calças no mesmo instante. Havia um homem parado na porta. Era o policial baleado no braço que ela atendera um dia antes. Ele segurava um revólver e ficou ali parado na entrada da UTI. Parecia bêbado ou drogado. Ela notou que, além do policial, lá no corredor, havia uma correria de gente. Pôde ver sua amiga Telma ao telefone, gesticulando nervosamente.

Alan caminhou vacilante até o leito, com a arma erguida e engatilhada. Não disse uma palavra.

A enfermeira agachou-se onde estava, chorando, em pânico, sem ousar encarar o policial. Dr. Flávio se recostou sobre os monitores, erguendo as mãos, soltando a prancheta e deixando os papéis caírem pelo chão.

A enfermeira começou a engatinhar em direção à porta assim que Alan passou por ela, aproximando-se mais do leito do traficante. O médico moveu-se lentamente para o lado.

— Não sei qual é o crime que ele cometeu, rapaz, mas ele já pagou o suficiente. Ele não vai sair desse hospital andando. Ficou tetraplégico.

Alan encarou o médico por alguns segundos. Seu olhar era tão frio que o médico desviou os olhos sem conseguir encará-lo. Alan balançou duas vezes, ainda sob efeito da imensa quantidade de álcool em seu organismo. Voltou a olhar para Vavá, entubado, inchado, ligado a todos aqueles aparelhos. Apesar da fragilidade, continuava sendo um traficante.

— Vai que o diabo dá sorte, doutor?!

Alan deu dois passos na direção de Vavá. Seus olhos nublaram-se mais uma vez. Toda aquela emoção de rancor e ódio apossando-se de seu ser. Ele continuava o mesmo.

O médico levantou a mão e tentou caminhar em direção a Alan. Precisava impedi-lo. Aquele paciente estava indefeso.

Alan apontou o revólver para a cara do médico intrometido, minando sua valentia. O Dr. Flávio abandonou seu ímpeto heroico e, andando de costas, foi deixando a UTI.

– Foi o que eu pensei.

Alan voltou os olhos para Vavá. Observou os pacientes nos leitos vizinhos. Um deles estava acordado, movimentando apenas os olhos, e um dos aparelhos que o monitoravam tinha o alarme disparado. Provavelmente estava em pânico, tendo um ataque cardíaco.

– Fica calmo. Minha treta é só com esse vagabundo aqui. Não quero nada com vocês.

Alan lançou um olhar para o corredor através do vidro grande da UTI. Os que sobraram por ali o encaravam num misto de pavor e horror.

Então fixou-se em sua presa. O homem indefeso tinha os olhos abertos. Tentou fazer um movimento com uma das mãos, mas faltavam-lhe forças. Alan fechou os olhos e desengatilhou o revólver. Viu Amanda à sua frente. A mão estendida em cima do palco. Sua canção favorita. Ela lhe lançava um beijo, passava a mão suavemente sobre um pingente em seu colar. Um pingente em forma de uma borboleta dourada. Ela amava as borboletas. Dizia que elas eram seu símbolo de mudança. Alan chorava. Depois abriu os olhos e puxou o tubo de oxigênio ligado à máscara no rosto de Vavá. Alarmes disparam no painel ao lado. Ele via Vavá convulsionar por alguns instantes e então fechar os olhos, as mãos caindo rente ao corpo. O monitor cardíaco também disparou quando os batimentos deram lugar a uma linha reta que cruzava o monitor verde. Estava acabado.

Alan, com a arma na mão, caminhou para fora da UTI. Escutou sirenes de carros de polícia se aproximando do hospital. Assim que deixou a porta da sala, percebeu, de relance, que dois médicos e duas enfermeiras corriam para dentro da UTI. Não se aborreceu, não se deteve. Vavá já era. O policial estava mais lúcido agora. Embriagado pela sensação de ter matado o maldito traficante, de ter corrigido o que tinha feito de errado nos últimos dias, não mais entorpecido pelo álcool da vodca. As pessoas, horrorizadas, ainda estavam ao seu redor, arrojadas contra paredes e macas e escondidas atrás de balcões. Distanciavam-se e evitavam os olhos do policial, que não queria matar mais ninguém. Entretanto, ninguém sabia disso. E ele avançava sem resistência alguma até o fim do corredor, pressionando o botão do elevador – era o que todos viam. Um homem perturbado esperando o elevador com um revólver na mão. Um homem desaparecendo dentro do elevador quando este chegou ao andar. E todos escutaram. Escutaram um disparo de arma de fogo quando as portas se fecharam. Esse disparo, esse réquiem não foi ouvido apenas pelas pessoas que estavam naquele andar. Foi escutado também por pacientes no andar de cima e no andar de baixo. Pelo delegado Rogério, que tinha acabado de pôr os pés no hospital. Curiosamente, não houve rebuliço algum após o disparo. Era como se fosse o ressoar de um tipo de máquina datilográfica ribombando ao final de uma novela quando o autor põe o ponto-final na história. Era como se não importasse mais a pressa, a urgência. Era um ponto-final. Aquele tiro acabou com alguma coisa. Não precisavam mais socorrer Vavá, pois o tiro não fora disparado contra uma vítima enferma. O tiro aconteceu dentro de um elevador ocupado apenas pelo atirador. Talvez a serenidade seguida após o disparo tenha se emanado do suspiro dos anjos que acompanhavam o desenrolar daquela aventura. Anjos que sentiam agora o fel da derrota escorrendo garganta abaixo. Uma vida perdida. Um suicida despencando rumo às trevas. Fracasso. E essa paixão então ecoava, fugindo do elevador, dos corredores do hospital, atravessando as pessoas que chegavam, as ruas ao redor. Lá no bar da viela, o bêbado pedia um trago com lágrimas nos olhos. Ele não ia contar piadas naquela tarde. A garota de programa, deitada nua na cama, chorou até soluçar, porque sabia que nem suas curvas sensuais teriam salvado aquela alma. O malandro batia com fúria contra o fliperama, para que as bolas de metal não caíssem pelo túnel escuro e assim, de alguma forma mágica, trouxessem o policial de volta – e com ele sua vontade viver até o último dia. Mas as bolas metálicas, no seu giro frenético de bate e rebate, sempre caíam no alçapão escuro, fazendo o malandro bater e chacoalhar a máquina. Não podia fazer o tempo voltar.

Laura, que visitava o pai, tinha começado a sentir uma forte pressão nos ouvidos um instante atrás. Esse desconforto veio acompanhado de uma espécie de vertigem, o que ela atribuiu ao calor, deixando o quarto e parando no corredor. Então ouviu o trovão, exatamente como em seu pesadelo. No mesmo instante sentiu as pernas bambearem. Seus olhos lacrimejaram, e ela estava dominada por um total e inesperado desconsolo. Os tímpanos ainda pareciam sofrer uma interferência, uma pressão, que fazia sua audição captar os sons como se estivesse debaixo d´água. Pessoas corriam pelo corredor, saíam dos quartos. Um enfermeiro irrompeu o cenário, surgindo através da porta corta-fogo da escadaria de incêndio, indo diretamente para as portas de alumínio do elevador. Ele forçou as portas e Laura foi acometida por um novo calafrio ao escutá-lo gritar:

– Ele apertou o botão de parada de emergência! Me ajudem!

Seguranças surgiram e, aos trancos, conseguiram abrir as portas do elevador, deixando à mostra um corpo caído, ensanguentado. O enfermeiro arrastava-se para dentro quando o delegado e sua equipe chegaram ao segundo andar. Cessaram a corrida, aproximando-se lentamente da área.

– Tarde demais – lamentou o enfermeiro, tirando a mão da garganta de Alan.

O tiro no meio da cabeça extinguia qualquer esperança de recuperar o corpo morto.

Laura franziu a testa. Uma mulher morena passou ao seu lado, surgida do nada. A restauradora sabia que já tinha visto aquela mulher no passado. A morena de cabelos cacheados caminhou até o elevador, desviando-se de todos, e deslizou para dentro do elevador parado um terço acima do piso do andar. Ninguém mais se mexia, todos estavam inebriados com o espetáculo do desenlace de mais uma vida. Só a mulher de cabelos cacheados se movia, ajoelhando-se ao lado de Alan e passando a mão em seu rosto cinza e em seus cabelos empapados de sangue. Ela chorava com pesar, uma lamúria que lavava os ouvidos da filha que visitava o pai no hospital. Laura chorava e deu alguns passos em direção ao corredor. Ninguém parecia olhar para aquela mulher no elevador. Ninguém parecia se emocionar com seu choro e suas palavras.

– Você me mandou embora. Não deixou eu te ajudar. Olha o que você fez, meu amor. Eu falhei. Falhei... me perdoa.

Capítulo 55

Marcel tirou o último cigarro do maço. Amassou a embalagem e arremessou-a no cesto de lixo ao lado da mesa. O restaurante não era muito grande, e as nuvens que filtravam o sol permitiam que ele e Laura ficassem na mesa da calçada confortavelmente. O investigador tivera um trabalho enorme para convencer a namorada a sair para comer. Algum tempo antes, ela havia ligado, atordoada e balbuciando palavras desconexas. Das frases ditas pela namorada, ele havia entendido o suficiente para saber que ela estava no hospital visitando o pai.

Marcel já tinha escolhido uma massa para os dois, coberta por molho branco e queijo. Não era seu prato preferido, mas queria agradar a namorada durante todo aquele dia, fazê-la voltar ao habitual sorriso que passou a exibir desde que o conhecera. Se ela pedisse para ficarem assistindo a regravações de finais de novela, desde *Selva de Pedra* até *O clone*, passando por *Chispita*, *Anos rebeldes* e *Sinhá Moça*, ele aceitaria com um sorriso no rosto – como se fosse o maior noveleiro do universo. Entre uma cena açucarada e outra sempre chegaria a hora certa para um apaixonado beijo na boca, ou no pescoço, e depois até mais. O que de melhor havia na paixão, na opinião dele, era o fato de os apaixonados terem permissão para fazer qualquer coisa sem serem julgados. Afinal, a paixão transformava as pessoas. Uma hora passaria, e o relacionamento, ainda que pudesse continuar quente, veria a agonia dar lugar ao dia a dia, quando já não seria tão insuportável passar dois imensos minutos sem falar com o objeto de paixão, sem ficar acariciando e mimando a criatura a todo instante. Quando começassem a rir do grude insuportável dos outros casais, aí, sim, as coisas estariam definitivamente entrando nos trilhos e eles estariam voltando a ser seres humanos aceitáveis. Marcel tinha um sorriso no rosto enquanto pensava nisso.

– O que foi? – perguntou a namorada curiosa.

– Nada, gatona.

– Você abriu um sorriso tão bonitinho.

– Estava pensando, só isso.

– Pensando no quanto você está apaixonado por mim e em como pode ter demorado tanto para achar essa mulher perfeita, parada aqui na sua frente?

– Curiosamente, por mais pretensiosa que essa sua frase tenha soado, era exatamente nisso que estava pensando – revelou Marcel, aproximando-se com cadeira e tudo e dando um beijo demorado em Laura.

Laura sentiu o rosto esquentar e corar, como acontecia toda vez que ele fazia isso. Como era bom estar com ele! Era como reencontrar o sentido da vida. O jeito que seu coração disparava quando ele a encarava era indescritível! Laura estava totalmente apaixonada por aquele homem, que tinha surgido do nada e virado sua mente do avesso.

– Eu também estava pensando que um monte de gente deve achar nojento esse nosso grude insuportável. Até eu já estou ficando com gastura desse melado – disse Marcel, entre risos.

– Problema de quem tem nojo. Eu estou adorando esse seu grude. Estou amando ficar te beijando o dia todo. Acho que já sofri demais nessa vida para me importar com o que os outros vão pensar das minhas loucuras.

– Ah! Eu sou sua loucura agora?

– Acho que é. Eu não esperava nem estava procurando uma paixão nesse momento da minha vida, Marcel. Ando tão tomada pelo estado de saúde do meu pai que não estou nem olhando pra mim mesma. Nem do meu trabalho estou cuidando, se não fosse a Simone.

– Eu também não estava procurando ninguém, Laura. Aliás, quando estou trabalhando, nem me ligo nisso. Era como se fosse para ser assim. Como se o destino tivesse olhando para nós, duas pecinhas de um quebra-cabeça imenso, bem longe uma da outra no tabuleiro da vida e, zaz, tivesse juntado a gente num encaixe perfeito.

Laura sorriu e balançou a cabeça. Passou a mão carinhosamente no rosto do namorado.

— Quando você percebeu que estava gostando de mim? Você me via todo dia, mas eu nem sabia que você existia.

— Eu te via como um profissional tem que ver, Laura. A maior parte do tempo naquele banco de praça. Acho que primeiro me apaixonei por sua voz, pelo seu jeito de falar as coisas com o Miguel.

— Ele sumiu.

— Suas histórias. Eu ficava condoído com sua tristeza. Com vontade de estrangular o Orlando.

— Ah! O Orlando?! Por que você está falando daquele escroto?

— Porque ele te deixou quando você mais precisou. Logo depois do acidente com o Cauã.

Laura respirou fundo. Imaginava que Marcel conhecesse parte de sua história, mas não sabia que ele compreendia a amplitude do ocorrido com seu bebê e todas as consequências disso. Ela, a duras penas, tinha aceitado tudo e não queria desmoronar bem agora, na frente dele. Na frente dele ficava feliz. Na frente dele, Laura não combinava com lágrimas.

— Só quero que você saiba que se fosse eu no lugar dele, eu teria ficado do seu lado até o fim.

— Ah, Marcel! Você nunca teve o amor por um filho... é difícil saber o que você faria. Eu até entendo um pouco o Orlando agora, anos depois. Mas você não sabe o que é o amor por um filho...

— É. Posso não saber. Mas sei muito bem o tamanho do meu amor por você. Não vou te largar nunca, Laura. Nunca. Não importa o que aconteça.

Marcel debruçou-se e deu outro beijo intenso na mulher. Ficaram enlaçados num abraço cheio de paixão, amor e desejo. Ele sentia o corpo inteiro incendiar só de estar com os lábios colados no dela. Sentia um frio na barriga, igual aos frios comuns dos apaixonados. Só que agora não era mais um menino de dezesseis anos, era um homem, um homem que ardia de desejo por aquela mulher, sem mais nem menos. Tudo porque ela era linda e dona de um corpo atraente. Tudo porque ela tinha sofrido por conta de um otário sem coração. Tudo porque ela gelava seu sangue quando o encarava nos olhos. Tudo porque Laura era Laura e estava ali, na sua frente, de braços abertos e também louca por ele.

– Eu não sou uma mulher fácil, Marcel. Não tive um começo muito bom nesse negócio de vida de adulto.

– Não é fácil para ninguém, Laura. Alguns têm a sorte de nessa vida percorrer trilhas que só trazem sol e bons caminhos... outros, outros caminham...

– Nas trevas. Eu sei. Eu já cheguei até a desistir – disse a mulher, retraindo-se.

Marcel e Laura se afastaram por um segundo.

Marcel bateu a mão no bolso involuntariamente, procurando o maço de cigarro, mas tinha fumado o último.

O garçom trouxe o prato de massa e serviu o canelone primeiro a Laura, depois a Marcel. Os dois permaneceram com a ponta dos dedos se tocando e nem deram muita atenção para a comida.

– Olha – ela disse, mostrando o pulso.

Marcel passou os olhos pela cicatriz no pulso direito da mulher. Seus dedos acariciaram a marca em relevo suave.

– Como eu disse, Laura, alguns não têm a sorte de trilhar caminhos iluminados a vida toda.

Marcel puxou a manga de sua jaqueta jeans e apanhou a mão de Laura.

Os olhos dela se arregalaram e foram para o pulso direito de Marcel. Ele também tinha uma cicatriz ali. Mais discreta que a sua, mas tinha. Ela levou as mãos à boca e depois ao rosto do namorado.

– Me perdoe... como sou egoísta, só fico falando de mim. Eu não sabia... eu não sabia.

– Como poderia saber, Laura? Você não ficou me vigiando da varanda de um hotel, não é mesmo?

Laura sorriu com o canto de boca.

– Será?

– Deixa de bobeira.

Laura perdeu o sorriso lembrando-se do pesadelo com aquele homem que apontava a arma para a própria cabeça. Quanta gente ao redor dela teria essa mesma vontade? A vontade de "acabar com tudo", como ele dissera naquela visão. Laura mordiscou o lábio. Não conseguia imputar um significado para aquele sonho premonitório, onde ela tomava o lugar de Miguel no banco da praça. Ela sabia muito bem o que era aquele desejo sombrio e sorrateiro. Era um vazio enorme, um vazio insuportável que drenava a alma e a vontade.

– Talvez haja um motivo muito grande para nós dois termos nos encontrado, Laura. Talvez minha verdadeira missão nesse caso, no caso Laura, seja fazer tudo acontecer para que possamos nos salvar desse abismo.

Laura sorriu novamente, secando rapidamente uma lágrima furtiva. Ela olhou mais uma vez para a cicatriz no punho do namorado.

– Às vezes parece que você lê meus pensamentos, meu anjo.

Foi a vez de Marcel sorrir para a mulher à sua frente.

Laura passou o dedo pela cicatriz de Marcel e pediu:

– Mas então você precisa me contar como chegou a isso. Não precisa ser agora, se isso mexe com você. O dia já está melancólico o suficiente para dois suicidas.

– Conto, sim, se você quiser. Essa história já mexeu demais comigo, hoje eu enxergo como fui tonto. Coisa de adolescente. De nego besta.

– Isso aí, Marcel, mesmo não tendo dado certo, não tem nada de besta. Quem tenta se entregar à morte, tem coisa muito séria pra dizer.

– Foi o fim de um namoro. Falta de juízo, só isso. Meninos apaixonados são meio bestas.

– Não fala assim. Você é um amor. Devia estar muito apaixonado e a tonta não percebeu a burrada que estava fazendo, largando um pedação de bom caminho desses. Ouviu o que eu disse? Tonta foi ela.

– Ela não me queria mais. Se apaixonou por um otário mais velho, de moto. Eu não tinha nem skate na época. – Marcel riu.

– E seus pais? Como souberam?

– Nem souberam.

– Como assim? Você não disse que ainda era adolescente? Já morava sozinho?

— Mais ou menos. Meus pais não podiam me ouvir naquele momento.
— Nossa. Não estou entendendo nada.
— Eu morava com minha tia.
— Ô, desculpe. Como sou estúpida. Seus pais... você é órfão?
Marcel sorriu, indulgente.
— Não! Não sou órfão.
— Agora que não entendo.
— Acho que eu tinha uns doze anos quando meu pai sumiu de casa. Largou minha mãe. O pior é que eles ainda se davam bem pra caramba, acho que meu pai era um tremendo sujeito confuso ou covarde, ou as duas coisas, sei lá.
— Nossa.
— Ele era representante comercial, sabe?! Vivia viajando pelo interior do estado. Dá até pra entender, um homem bonitão feito ele, solto na vida. Devia chamar a atenção das cocotinhas do interior. O lance é que ele começou a ficar fora de casa cada vez mais tempo. Chegou a ficar dois meses fora sem ligar. Enquanto isso, minha mãe se acabava em lágrimas, em desespero, em juras de que ia terminar tudo com ele. Só que, quando ele voltava, ela se jogava em seus braços, esquecia tudo.

Laura deu a primeira garfada em sua massa, arrematando com um gole de vinho branco.

— Então aconteceu de uma vez, na semana em que eu fazia doze anos: ele saiu pra trabalhar e não voltou nunca mais. Não deu uma ligação, não deixou um bilhete, não mandou uma carta. Simplesmente desapareceu. Tudo o que ele deixou pra trás — livros, cadernos, roupas, sapatos — ficou lá, apodrecendo e empoeirando junto com minha mãe. Ela parecia uma daquelas coisas abandonadas. Entrou em depressão. Ficou tão fraca que, quando teve uma pneumonia, quase não sobreviveu. Eu, com doze anos, morrendo de medo de perder minha mãe, de perder a única pessoa amada que restava em minha vida. Mas a velha Sandra foi forte, superou. Eu fiquei na casa da minha tia Fatinha desde então. Era melhor para eu estudar enquanto minha mãe procurava se recuperar da depressão.

– Nossa. Não foi fácil.

– Pouco sol, né? Mas existem histórias piores.

– Hum. Existem, sim. Histórias de mulheres que esquecem seu filho dentro do carro até morrer, por exemplo.

Marcel e Laura ficaram calados um instante. Ela fingindo interesse em comer, ele remexendo no bolso da jaqueta procurando um cigarro.

– Pode parecer loucura, Laura. Loucura das grandes. Mas eu sei que eu quero ficar com você pra sempre.

Laura parou de mastigar e baixou os talheres, encarando aquele homem à sua frente. Um misto de emoção e medo formou-se em seu estômago. Ela começou a enjoar.

– Eu quero viver para sempre com você, quero ser seu companheiro e juro que nunca, nunca vou te deixar.

Laura começou a tremer.

– Só não te peço em casamento agora porque você ia me achar um psicopata.

– Não ia, não – deixou escapar.

Marcel riu.

– Ia sim. Ia. Deixa você me conhecer primeiro. A balança está desigual. Eu conheço um monte de coisas sobre você, você não sabe quase nada a meu respeito.

– E se mesmo assim não desistiu, já te acho meu herói.

– Hahaha! Herói? Você já se olhou no espelho? Laura, você é a mulher mais gata que eu conheço. Atraente, inteligente, simpática e ainda por cima tem umas tiradas fantásticas.

– Não muda de assunto. Volta ao que você estava falando, porque muito me interessa.

– Eu disse que você não sabe muito a meu respeito.

– Não! Não era isso! Você estava falando alguma coisa de casamento... mas tá bom. Vou fazer um cursinho expresso sobre Marcel – disse, rindo.

Marcel experimentou a massa. Realmente não queria comer aquilo.

– Me diz.

O CASO LAURA 243

– Qualquer coisa.

– Quando descobriu que queria ser arapon... uf! Quer dizer, investigador particular?

– Hum. Ainda bem que corrigiu. Não sou araponga. Detesto esse apelido.

– Quando? Desembucha.

– Quando eu fiz quinze anos, bem no dia do meu aniversário, por sorte ou azar, não sei até hoje, eu estava sozinho em casa. O telefone tocou. Era meu pai. Com uma voz de bêbado, mas bêbado, pensa num cara caindo de bêbado... meu pai. Ele ligou e me deu parabéns. Falou que tinha saudades de mim, saudades de minha mãe. Disse que estava arrependido, que queria estar passando aquela data comigo, com a gente, em nossa casa. Me deu parabéns de novo, me desejou toda sorte do mundo. Eu nunca contei a minha mãe sobre aquela ligação. Ele não disse que estava voltando nem nada. Pra que fazê-la sofrer mais justo quando tinha serenado? Não contei nada. Nada. No fim do mês, chegou a conta telefônica. Eu fui seco no dia e na hora em que ele tinha ligado. Não constava informação alguma. Guardei aquela conta, fui até uma agência da Telesp na época. Só minha mãe poderia obter maiores detalhes, mas para tanto eu teria de contar a ela. Eu já tinha praticamente desistido, voltava andando, com a mochila da escola nas costas, quando passei na frente de um anúncio de detetive particular colado num poste. Decorei o endereço e fui até lá. Eu não tinha um tostão no bolso e o serviço do cara era muito caro. Mas sei lá, acho que ele ficou com dó de mim. Dois dias depois, me ligou em casa e me passou o nome da cidade e o número do qual meu pai tinha ligado. Ele estava em Maringá, no Paraná. Liguei pro tal número. Era um telefone público na frente de um restaurante no centro. Ninguém conhecia meu pai. Mas não parei, fui juntando peças aqui e ali. Sem dinheiro, porém, não pude fazer muita coisa sem meter minha mãe no meio. Ele nunca mais ligou. Nunca mais nos falamos. Hoje ele estaria com quantos anos? Se eu tenho 32, acho que ele estaria com uns 72, 73 anos. Bem... se ele quisesse me achar, ele teria meios, meu endereço, inclusive.

– Uau. Um bocado de Marcel!

– Terminou?

– Sim.

– Então vamos.

Deixaram o restaurante e logo estavam na velha Saveiro de Marcel. Ele saiu com o carro e pediu que ela olhasse no porta-luvas.

– Vê se tem um maço aí dentro, faz favor.

Laura revirou aquela bagunça sem encontrar cigarros.

– Não tem.

– Saco. Eu sempre esqueço de deixar um aí. Que droga!

– Nossa! Mas você é viciado nisso mesmo, hein?! Vamos diminuir isso aí, dá câncer.

– Já vai começar? Nem casei ainda. – Marcel ria.

– Já que não tem jeito, vira ali, à esquerda. Você acha esse veneno na padaria do Tadeu.

Marcel encostou o carro na frente do estabelecimento e deu um beijo em Laura antes de descer. Ela ficou ali, confortavelmente, ouvindo a música que tocava no rádio.

O destino? O destino também estava ali, acompanhando Marcel, Laura e os que passavam. O destino, que sempre usava aquela máscara na hora de atuar. Uma máscara que não sorria nem chorava. Que simplesmente estava no palco atuando sem que pudessem se dar conta de que ele, poderoso, agia como um dos personagens.

Marcel achou o balcão de cigarros com facilidade. Pediu três maços de sua marca preferida. Enquanto esperava, uma mulher grávida passou ao seu lado de mãos dadas com uma menininha de uns oito anos de idade que, muito em breve, deixaria de ser a caçula da família. Marcel fez um cafuné na menina de cabelos longos e escorridos, que riu. Ele ainda não sabia. O rapaz entregou os maços de cigarro e escreveu o valor para Marcel, que se dirigiu ao caixa. Ele ainda não sabia. Pôs duas notas no balcão. A garota do caixa estava separando o troco. Dois rapazes entraram na padaria. O mais alto e magro tinha uma corrente de ouro e vestia uma camiseta da seleção brasileira. O mais baixo era gordinho e tinha cara de poucos amigos, com um boné enterrado na cabeça, virado para trás. Ele ainda não sabia. Os rapazes alcançaram o caixa antes que Marcel recebesse o troco. Então sacaram as armas. Foi tudo muito rápido. Ele ainda não sabia. Os bandidos anunciaram o assalto, um deles de olho no dono da padaria e nos funcionários atrás do balcão, enquanto o outro, o gordinho, apontava o cano da arma alternadamente para os fregueses.

– Dá o dinheiro, dá o dinheiro! – ordenou o magrelo, aproximando-se do caixa.

– Todo mundo nesse canto! Agora! Junta aqui! – gritou o gordinho, com voz grossa e irritada.

O marginal empurrou Marcel contra o balcão e ergueu sua jaqueta, revistando sua roupa em busca de armas.

– Fica quietinho, mano. Não vai pegar nada se você ficar quietinho.

Marcel nem pensou em reagir. Sentiu um frio no estômago ao imaginar Laura saindo do carro e vindo atrás dele, estranhando a demora. Queria que aquilo acabasse mais rápido que começou.

A filha da grávida chorava, amedrontada, petrificada, aterrorizada, em seu lugar.

O bandido com camisa da seleção gritava com o dono da padaria, exigindo que fosse rápido.

– Nem tem tanto dinheiro nessa merda! Demora pra encher esse saco que você vai ver se não te pico o rodo!

O choro da menina sobressaiu-se entre o agito.

– Faz essa porra calar a boca, dona! – ameaçou o gordinho, apontando a arma para a mãe.

O magrelo pegou o saco plástico com o dinheiro do caixa e apontou a arma para a cabeça do dono da padaria.

– Agora pega a grana que tá no freezer também. Vai!

O dono da padaria não se moveu, hesitando.

– Vai, caralho! Pega o dinheiro da geladeira! Vai morrer por merreca, otário?

O homem, paralisado de medo, não mexeu um músculo.

O magrelo se irritou com a demora e, enfurecido com aquela afronta, puxou o gatilho. Um disparo explodiu dentro da padaria, enchendo a todos de pânico.

Laura, ainda sem saber o que ocorria, sentiu um calafrio percorrer a espinha ao ouvir o disparo de arma de fogo.

– Meu Deus!

Dentro da padaria, litros de leite vazavam das caixas tetra pack e escorriam pelo chão. A bala passou ao lado da cabeça do dono da padaria, que tremia de medo.

– Vai!

Quando o bandido gritou, o homem pareceu sair do transe e abaixou-se junto ao freezer e em seguida o abriu, jogando caixas de hambúrguer no chão e apanhando um grande pote de maionese no meio de garrafas de vidro de refrigerante.

Marcel, involuntariamente, levou a mão à cintura, onde deveria estar sua arma.

O dono da padaria jogou o pote sobre o balcão e o dinheiro se esparramou, revelando fartas notas de cinquenta e vinte reais.

O magrelo, tomando cuidado de não abaixar a arma, aproximou-se do balcão, varrendo as notas para dentro da sacolinha plástica. Congelou o movimento por um instante quando o som da sirene de uma viatura chegou aos seus ouvidos. Olhou na direção do comparsa e depois da porta. O som foi aumentando, vindo na direção da padaria. Foram delatados! Terminou de socar o dinheiro dentro do saco plástico e embolou-o em sua mão.

Laura, já fora do carro, aturdida, olhava para trás, procurando com os olhos a viatura que se aproximava. O som da sirene foi aumentando mais e mais – em poucos segundos estariam na frente da padaria. Ela sentiu o coração gelar. Ninguém ainda saíra da padaria. Sem saber o que ocorria lá para dentro, não conseguia decidir se deveria aproximar-se para ver Marcel ou se ficaria onde estava. A indecisão a petrificou na porta do carro. O medo do cenário que poderia encontrar corroía seus pensamentos. Ela ainda não sabia.

Dentro da padaria, freguesos e funcionários trocaram olhares temerosos à medida que o som agudo da sirene penetrava em seus ouvidos. O som que deveria trazer um sentimento de salvação e segurança lançou mais tensão no ar. Os bandidos, já ansiosos e tensos, entrariam em pânico caso não tivessem um plano claro de fuga.

Marcel, abaixado perto do balcão e algumas mesas, entre a mulher grávida e sua filha que choramingava, tateou o tampo ao lado e se valeu do pesado açucareiro de vidro quando o assaltante gordinho começou a gritar com o comparsa.

– Tamo ferrado, Fino! Tamo ferrado!

– Tamo, nada. Não vou voltar praquele buraco nem ferrando. Se liga no movimento – profetizou o bandido, lançando um olhar sobre os reféns.

Os olhos do magrelo cravaram na garotinha chorona. Ele avançou na direção dela. A menina se encolheu, agarrando-se ao braço da mãe.

Marcel, lentamente, se arrastou, interpondo seu corpo ao dela e ao do bandido. Ele ainda não sabia, mas já desconfiava.

O gordinho correu para a porta da padaria. Viu o giroflex da viatura ao longe, vindo pela avenida longa. Vinham na direção da padaria!

– Ferrou, Fino! Vambora, maluco!

– Precisamos de um refém pra vazar sem ninguém botar a mão na gente! – bradou, voltando a olhar para a menina, agora encoberta pelo engraçadinho.

Apesar do corpo de Marcel, o bandido deu um bote certeiro e agarrou o pulso fino da garota, arrastando-a até a porta da padaria em meio a gritos de protesto, ao choro da menina e aos gritos de agonia da mãe. Esta, talvez pela barriga enorme de fim de gravidez, talvez pelo pânico exacerbado, tentou agarrar a filha, mas caiu no meio do caminho.

O bandido, puxando a menina, chegou até a calçada e olhou para a viatura descendo a avenida. Apertou os olhos.

Marcel já tinha se levantado e também chegara à calçada. Sem ser notado, puxou a garota violentamente. Queria ter certeza de que ela sairia das mãos do bandido, quando ele o enfrentasse.

Fino, desprevenido, deu um passo e acabou desequilibrado pelo solavanco, caindo de costas no chão. Seu comparsa já corria em direção à esquina, iniciando a fuga, sem notar o contratempo do parceiro.

Laura, atônita, levou a mão à boca, desesperada. Ela não acreditava no que via!

Fino jogou o corpo para frente e levantou a arma, seus olhos estavam arregalados e injetados de pavor. Ele não esperava uma reação, e por isso decidira atirar no filho da mãe. Iria acabar com ele. Contudo, antes que conseguisse mirar e puxar o gatilho, tomou um golpe doloroso bem no meio do rosto e caiu.

Marcel estilhaçou uma pesada peça de vidro na fuça do bandido, que tombou atordoado, com o nariz quebrado e sangrando. O investigador apanhou a arma caída do bandido e voltou, empurrando a garota e a grávida para dentro da padaria. Ele ainda não sabia.

O baixinho, que tinha corrido até a esquina, acabara de virar-se para ver o parceiro e o encontrou caído, sangrando no meio do asfalto. Seu corpo recebeu uma descarga elétrica. Viu um sujeito armado, empurrando a garota e a mulher grávida pra dentro da padaria. Quase instintivamente, o bandido levantou o revólver e puxou o gatilho.

Um estampido tomou a rua. Laura estremeceu da cabeça aos pés. Viu o bandido baixando a arma e voltando a correr, abandonando seu comparsa, caído, gemendo de dor no chão. Soltou um grito quando viu Marcel escorado na porta da padaria. Ele escorregou lentamente, deixando um rastro de sangue na parede, até cair sentado e ofegante.

Marcel não se lembrava do barulho... estranhamente, recordava-se apenas do clarão. Já havia sido baleado antes. Sim, já havia. Não sentia dor. Nenhuma. Apenas falta de ar. Queria falar e não conseguia. Queria se levantar, mas o corpo não lhe obedecia. Agora ela tinha começado, bem de leve, quase como um formigamento. A dor. Uma dor que nascia nas costelas e se esparramava pelo peito. Olhou para baixo. Sob a jaqueta, a camiseta branca não existia mais. Era apenas um vermelho vivo e borbulhante. Sangue arterial. Marcel tinha estudado o suficiente para compreender a gravidade. O ar faltando. Sua visão afunilando-se. Ele queria ver Laura e não conseguia. Via vultos à sua frente. Vultos indistintos. A voz dela, o choro dela estava lá, em algum lugar. Ele queria abraçá-la. Sua cabeça começou a doer, como se uma grande enxaqueca tivesse se instaurado. Agora ele sabia. Desesperadamente, ele sabia. Sabia que aquele seria seu último dia na Terra. Sabia que nunca mais amaria Laura no chão da cozinha. Que nunca mais estaria lá para alegrá-la quando ela se entristecesse. Sabia que não haveria pôr do sol e nem amanhecer. Sabia que estava deslizando, irreversivelmente, para o destino de todos. Sabia que a morte selaria sua boca com um beijo frio e indiferente, um tipo de boas-vindas automático, mecânico, sem pompa ou circunstância, pois ele era só mais um dos milhares de convivas que chegariam ao baile naquela noite. Marcel sabia que estava morrendo.

* * *

Quando o som da sirene ficou muito alto, indicando que o veículo havia chegado à padaria, clientes e transeuntes saíram para ver. Não era um carro de polícia, era uma ambulância. Poderiam chamar de providência divina, não fosse o fato de o som de sua sirene ter sido o estopim da tragédia que se encenava ali, na calçada lavada de vermelho, no rosto daquele homem que salvou a menina à custa da própria agonia, com a face branca como cera, os lábios roxos. A ambulância estava ocupada e em emergência, carregando algum outro desgraçado ao hospital e não poderia parar. O motorista pediu outro veículo imediatamente, e da ambulância ocupada desceu um médico que estava no compartimento traseiro. Veria o que podia fazer por aquele sujeito baleado até a nova ambulância chegar.

Laura tinha deitado Marcel em seu colo e chorava desbragadamente. Seu estado era nitidamente muito grave. Ele não respondia. Parecia não enxergar nada nem ninguém. Então, para sua surpresa, Marcel levantou uma das mãos, levando-a em direção ao seu rosto.

– Calma, meu amor. Calma.

Laura arfava descontrolada. Reuniu forças para tentar parecer segura diante dele.

– Aguenta firme, Marcel, já chamaram uma ambulância. Pelo amor de Deus, não morra.

– Eu vou aguentar. Eu vou ficar com você a vida inteira.

– Não morra. Não morra.

– Eu vou estar com você, sempre e sempre, minha adorada.

Laura desatou a chorar e abraçou Marcel mais forte. O corpo do namorado estava frio. O médico que saíra da ambulância olhou para a quantidade de sangue na calça e avaliou a aparência do homem caído.

– Senhora, afaste-se, por favor.

Marcel ergueu a mão mais uma vez e segurou Laura com força.

– Haja o que houver, não sofra. Não sofra. Não vale a pena.

– Sshhhh. Não fala nada.

– Seja forte, meu amor. Forte. A gente vai ficar junto um dia.

Laura afundou a cabeça no peito do namorado enquanto os olhos de Marcel viraram-se para o lado, fracos, sem brilho. Então Marcel levantou a mão mais uma vez e sorriu. Sorriu para Miguel, que estava ali, à sua frente, sorriu para o bêbado que o olhava, para o malandro parado ao lado do carro.

A multidão ao redor do moribundo não enxergava aquelas personagens que, apesar de pesarosas, sorriam de volta ao homem baleado.

– Vai ficar tudo bem – disse Marcel, fechando os olhos e soltando um suspiro.

Laura levantou a cabeça e bateu no peito do amado.

– Não morra!

O médico afastou Laura e deitou Marcel na calçada. Pôs a mão na jugular do sujeito e começou a fazer massagem cardíaca.

O malandro se abaixou perto de Marcel e sussurrou em seu ouvido:

– Já está acabando, parceiro. Relaxe, pois você não está sozinho, brother.

A ambulância solicitada finalmente estacionou em frente à padaria. Marcel foi colocado em uma maca e conduzido ao veículo. Laura, levada pela mão, em estado de choque, foi para a ambulância. O carro, com giroflex e sirenes ligados, disparou pela avenida.

Capítulo 56

O carro parou e o motorista manteve o motor ligado. Simone virou-se para o lado e encarou a amiga. Sabia como aquilo seria difícil para Laura, que naquele momento parecia uma muralha, calada, forte e enfrentando tudo sem uma única lágrima nos olhos. Ela não merecia um baque daquele tamanho, não quando estava se reerguendo, pelas graças de uma paixão fulgurante. E aquela aparente fortaleza não ia durar. Assim que ela ficasse sozinha ou que se desse conta do que tinha acontecido e aquilo batesse fundo, iria desmoronar. Seria como a implosão de um prédio, lançando concreto moído e toneladas de poeira e escombros para todos os lados, não deixando nem os alicerces no lugar. Começaria tudo de novo; as vigílias e os temores de que Laura fosse encontrada morta, entupida de comprimidos até o talo, caída atrás do balcão da cozinha ou no fundo da banheira de casa.

O enterro transcorreu soturno e calmo, como haveria de ser. Poucas pessoas estavam ao redor de Laura. Outras poucas, os anjos, um tanto mais distantes, também acompanhavam a cerimônia. Logo que as primeiras pás de terra foram lançadas sobre o esquife de Marcel, a pequena turma começou a se dispersar.

Simone reconduziu a amiga até o carro alugado e antes do pôr do sol já estavam fora do cemitério. Os temores de Simone se solidificavam mais e mais a cada sorriso fingido que Laura lançava a um amigo que se aproximava para prestar condolências.

Capítulo 57

Laura não conseguira dormir. Ficou na cama, revirando-se de um lado para outro. Só fechava os olhos quando Simone abria a porta do quarto para dar uma espiadinha. A amiga havia entupido Laura de maracugina e valeriana, mas aquilo não era nada perto das drogas que ela costumava tomar para dormir quando precisava. A falta de Marcel não saía de sua cabeça. Seus olhos já estavam secos de tanto chorar. Laura apurou os ouvidos. Quase quatro da manhã. Era hora de pôr seu plano em prática se quisesse fazer com que funcionasse.

Pé ante pé, foi até o banheiro. Simone dormia no sofá da sala e Rafinha, um amigo, dormia no colchonete.

Laura abriu o compartimento do espelho do banheiro. Não havia nada lá. A precavida amiga fizera uma limpa e escondera tudo sabe-se lá onde. Laura abaixou-se e puxou uma caixa de madeira debaixo do lavatório. Abriu um sorriso de vitória. Simone não olhara ali, e era naquela caixa que guardava também uma parte do seu "arsenal". Despejou o sortimento de caixas de remédios tarja preta, em comprimidos, líquidos, ampolas, tudo, tudo, dentro de um saco preto que carregava. Não contente, foi pé ante pé até a sala e apanhou a bolsa de Simone. Tirou os frascos que estiveram antes em seu armário do banheiro e também os depositou no saco. Voltou ao quarto e calçou um par de tênis, apanhou uma sacolinha plástica retirada da parte de cima de seu guarda-roupas e, em menos de cinco minutos, esquiva e silenciosa, caminhava pelas ruas da cidade.

A cada esquina que dobrava, lembrava-se dele. Tudo lhe lembrava ele. Lugares onde tinham estado, ruas por onde passaram. Em tudo havia partículas de Marcel e vestígios de uma felicidade que jamais voltaria. Laura começou a chorar, um choro contido a princípio, mas que se tornou um pranto solto ao sentar no banco da praça onde se encontrava com Miguel e onde foi encontrada por Marcel.

– Cadê você, Miguel?

Laura ficou lá, chorando e soluçando, sozinha e perdida, com um saco de remédios no colo como única companhia.

Capítulo 58

Laura encostou-se ao pé da cama e ficou em silêncio e imóvel por cerca de cinco minutos. Ela olhava para o pai, que pouco a pouco definhava naquele hospital. Sabia que mais dia, menos dia, seria a vez de estar no enterro dele. Não aguentaria enterrar dois homens que amava tanto. A vida se mostrava mais sombria e melancólica do que nunca. Sabemos que desde o primeiro momento que chegamos a esse mundo, damos passos certeiros rumo ao nosso último dia – nossas células berram isso minuto após minuto, hora após hora, e assim entendemos que iremos fatalmente perecer, mas nos assombramos quando a morte nos lambe ternamente e leva quem está ao nosso lado, como se fosse um tipo de lembrete sem graça de que hoje não foi, mas amanhã poderá ser. Por que tanta preocupação entre os períodos de acordar e dormir? Para que desesperar-nos se entramos no cheque especial? Para que tanto drama se perdemos uma coisa importante, feita de papel ou couro, ou uma joia que era para pendurar no pescoço quando lembramos que podemos perder a existência? Tudo vira nada quando chegamos ao horizonte de eventos. Poucos desobedecem às leis da física e voltam daquela marca, e esses poucos, quando voltam, é como se tivessem surtado, tido uma epifania, ou coisa que o valha. Alguns se transformam em pastores e dizem ter visto Deus, outros, em andarilhos que encontraram o sentido da vida; uns poucos, de uma forma canhestra e inexplicável, voltam encolhidos para os seus cubículos e continuam retornando as ligações do Sr. Nogueira, como se aquilo, sim, fosse a coisa mais importante da vida. Laura estava ali de novo, ela que havia se desviado do horizonte de eventos duas vezes e não tinha ou não queria aprender a lição. Fora mais abalada dessa vez, quando assistira a alguém precipitar-se no buraco negro da morte, sem retorno, sem exceção, sem escapar do limite e voltar. Ela o tinha perdido para todo o sempre. Queria agora que esse sempre fosse curto, abreviado. Não queria mais um trilho de sofrimento para sustentar dia após dia.

Finalmente se moveu e ergueu uma sacola plástica preta que se mimetizara ao saco de remédios. Tocou a mão do pai enquanto relembrou um episódio marcante de sua infância, justamente a razão de ela estar ali naquele momento. Viu-se pequena. Era dia e ela corria pela casa dos pais. Tinha entre sete a oito anos, usava um vestido azul-clarinho, com a barra bordada. Corria e dava risadas. Numa de suas voltas pela sala, derrubou uma mesinha de madeira. O belíssimo vaso que ornava o móvel despencou e quebrou em dezenas de cacos. A menina ficou petrificada, assustada, e pôs as mãos no rosto. O pai entrou na sala, exaltado, gesticulando.

– Laurinha! Laurinha! Quantas vezes eu pedi para não correr na sala?! Quantas vezes pedi para tomar cuidado com o vaso do papai?

Laura ficou imóvel, de cabeça baixa, mexendo os pés, constrangida e assustada... talvez até desapontada consigo mesma, pois sabia o quanto o pai gostava daquilo.

– Era um vaso muito importante pra mim, querida. Um vaso muito antigo. Fazia parte da história da minha família e iria parar na sua casa um dia. Que lástima! Seu avô ganhou esse vaso do sogro dele. Veio da Espanha. Que lástima!

– Eu sei, papai. A mamãe já contou essa história uma porção de vezes. Que graças a esse vaso meu avô conheceu minha avó.

– E agora está arruinado! Destruído, filha. Por conta de suas voltinhas pela sala.

A pequena Laura continuou de cabeça baixa depois que o pai saiu da sala. Uma lágrima desceu por seu rosto. Ele pegou uma pazinha e voltou para recolher todos os cacos. Ela os colocou numa velha caixa de sapatos e os levou para seu quarto. A menina apanhou algo na gaveta de sua penteadeira. Deitou-se de bruços no chão e ficou olhando para os cacos, balançando no ar os pezinhos em sapatos pretos e lustrosos.

Depois de um tempo, conseguiu juntar dois cacos e ficou admirando a fina rachadura entre as peças. Pegou a cola que apanhou no criado-mudo e uniu o primeiro pedaço. A menina Laura sorriu naquele dia, prometendo que um dia deixaria o vaso inteiro e novo mais uma vez.

Agora, do saco preto, ela retirava o vaso restaurado. Terminara o trabalho havia poucos dias, entre um beijo e um amasso em seu namorado... Depois de um dia de desespero buscando a blusinha certa para se encontrar com Marcel, descobriu a velha caixa de sapato no fundo do guarda-roupas. Laura sorria enquanto colocava o vaso em cima da mesinha ao lado do pai. Silenciosamente, deixou o quarto e esgueirou-se no corredor do hospital, entrando no banheiro das mulheres. Ali depositou o saco de lixo preto sobre a pia larga de mármore e ficou se olhando em silêncio diante do espelho. Respirou fundo e abriu a torneira.

* * *

Laura novamente caminhava pelas ruas da cidade. Estava sozinha. Eventualmente, um carro ou outro passava. A manhã não tardaria a raiar. Ela pareceu se preocupar com isso e apertou o passo. Depois de muito refletir, andava decidida, numa marcha incessante. Só parou quando chegou a um boteco que ainda estava aberto. Bêbados da pior qualidade e mulheres com batons berrantes ocupavam os poucos lugares do estabelecimento simplório. Evidentemente, uma mulher como Laura, àquela hora da madrugada, chamou quase todos os olhares para si. Sentou-se na única mesa vazia ao lado da jukebox quebrada. Quando o garçom se aproximou, ela levantou a mão.

– Traz uma garrafa de cachaça.

Alguns deram risadas, outros continuaram apenas olhando.

O garçom soergueu a sobrancelha e debruçou-se um pouco.

– Qual, madame? Tem Fogo Paulista, Tatuzinho, Velho Barreiro, Ypióca, Pira...

– Qualquer uma. A mais barata. Me vê uma garrafa.

Diante de alguns olhares incrédulos e outros curiosos, Laura tomou quatro copos cheios seguidos. Respirou fundo. Não demorou muito para começar a sentir que o álcool que corria em suas veias pesava em suas ideias. Ainda teve ânimo para um quinto e último copo. Levantou-se e pagou, abandonando o bar, levando consigo o saco preto, suas tristezas, seus pensamentos, seu resto de vida, sua autopiedade e uma garrafa de aguardente pela metade. Seus passos já não eram nem impetuosos nem precisos. A bem da verdade, ela começava a cambalear e a temer perder a coragem para consumar sua decisão. Pombas dispararam assustadas com seus passos pesados, cães ladraram em ruas escuras, e então ela chegou aonde queria. A ponte da cidade que cruzava o largo rio. A altura era respeitável e a correnteza lá embaixo era bravia. Do outro lado da ponte havia uma senhorinha, com sua tralha de pesca – varas, caixas de anzóis e iscas, puçá – e uma viseira na cabeça a despeito da falta de sol. Viu a mulher cambaleando, sozinha, subindo no parapeito da ponte. Desesperou-se e soltou suas coisas. Começou a correr e a gritar!

– Ai, meu Deus! Moça, não faz isso pelo amor de Deus!

Laura, tonta, olhou para a mulher e debruçou-se ainda mais sobre o vão da ponte. O som da água correndo sempre lhe foi convidativo, mas nunca foi tão sedutor quanto naquele instante. Laura fechou os olhos, o mundo girava mais rápido do que ela podia suportar. Então perdeu as forças e caiu.

– Meu Deus! – gritou a senhora, paralisada por um instante.

A pescadora, desesperada, correu até o meio da ponte. Sabia que a mulher embriagada morreria se não conseguisse ajuda.

Capítulo 59

A luz que invadia suas retinas era poderosa. Parecia que sua cabeça ia explodir. Ela sabia que não estava morta. Afinal, seria uma injustiça ter enxaqueca no além-vida. Quando recuperou as sensações táteis, deu um salto. Percebeu que alguém segurava sua pálpebra, descobrindo seus olhos contra sua vontade. Estava sendo examinada!

– Calma, Laura. Calma.

Laura sentou-se e olhou ao redor. Tirou o cabelo que lhe cobria parcialmente o rosto.

– Dra. Rebeca?

– Isso. Tente se acalmar. Nada de fazer muito esforço agora, tá bom?

Laura passou as mãos pelos braços, procurando se esquentar.

– Tá com frio, querida?

– Não. Não sei. Estou me sentindo esquisita. Como vim parar aqui? – perguntou, olhando para o soro ao lado do seu leito e para a bata hospitalar que estava vestindo.

– Você foi encontrada inconsciente sobre a ponte. Dê graças aos céus por aquela mulher ter te acudido e ligado imediatamente para nossa emergência.

– Rebeca, eu quero ir para casa.

– Ainda não pode. Você tem que ter uma consulta com a Dra. Ana hoje à tarde, antes de sair. Só vai sair depois de uma avaliação completa. Vai ter que fazer um ultrassonzinho também. Já fez algum esse mês?

– Não.

– Abre a boca – pediu a médica, enfiando um termômetro embaixo da língua da mulher. – Então, só sai daqui com uma ultrassonografia.

– Ultrassonografia? Pra quê? – pergunta, derrubando o termômetro em sua mão.

– Você ainda não fez nenhuma? Quem está te acompanhando?

– Nunca precisei de ultrassonografia. Quem está acompanhando o quê? A senhora está me deixando confusa, doutora. Não estou doente.

– Laura, eu conheço o seu pai há um tempão, fomos muito amigos, e isso me dá licença de falar sem rodeios. Sei de seus problemas anteriores e sei dos mais recentes também. Estou falando como amiga, como irmã, não como médica.

– Ih, chega de sermão, doutora. Não é disso que preciso a essa altura da vida – queixou-se, tentando se levantar.

– O que você estava fazendo naquela ponte? A mulher disse que você queria pular da ponte...

– Olha, essa linguaruda pode até ter salvado minha vida, mas acho que ela é doida. Eu não ia pular nada, eu só... eu só... tava bêbada, ué!

– Você sabe que sua vida vai mudar daqui pra frente, Laura. Sei que isso dá medo. Não é nada fácil, ainda mais agora, com uma perda tão recente... eu nem sei o que te falar. Mas você vai ter que ser forte. Por vocês dois.

Laura ergueu as sobrancelhas.

– Dois?

– É sério que você não queria pular? A mulher jura que você subiu no parapeito da ponte.

– Eu não subi, eu me debrucei, é bem diferente. Eu estava bêbada, nervosa, enjoada, devo ter me balançado demais aos olhos da curiosa. Eu só fiquei um pouco tonta por causa da altura, só isso.

– Ela disse que te viu praticamente caindo dentro do rio.

Laura suspirou, lembrando que arremessou o saco de lixo sobre o parapeito. Talvez tenha sido isso que agitou o imaginário daquela senhora. Lembrava também que ainda não era dia e que o escuro da madrugada não tinha se dissipado completamente.

— É muito comum ter vertigens no seu estado, mas você estava quase em coma alcoólico, mocinha.

— Rebeca, Cristo! Do que você está falando?

A médica afastou-se um pouco, esfregando a testa com a mão, e por fim cruzou os braços, encarando Laura.

— Saco! Você não sabia mesmo, não é?

— O quê?

— Assim que você deu entrada no hospital, fizemos uma bateria de exames, incluindo beta HCG... Laura... você está grávida.

— Para de piada. Eu não posso engravidar de novo.

— Não pode?

— Não.

— Certeza absoluta?

— Certeza. O médico disse. E se eu engravidasse por milagre divino teria de ficar em repouso absoluto.

— Então espera aqui, quietinha, um segundinho. Não saia dessa cama, pelo amor de Deus.

Laura recostou-se no travesseiro. Em menos de um minuto, começou a ouvir o rolar de algo, como uma maca. Não era. Era a Dra. Rebeca trazendo um aparelho sobre uma mesa metálica com rodinhas.

— Fica deitada e tranquila. Isso não dói nada.

Ela aproximou o aparelho do leito de Laura e acionou uma extremidade presa a um fio. Depois ergueu a bata de Laura e colocou a ponta do aparelho, que se assemelhava a um copinho escuro, sobre a pele de sua barriga, descendo até sua pelve.

— Calma, isso não dói. Já já vai funcionar.

— Eu sei que não dói. Foi a senhora que fez isso quando engravidei do Cauã. Isso é ridículo.

— Shhhhi!

As duas se calaram, e então um som cadente começou a escapar pelos alto-falantes do aparelho. Era ritmado e gostoso.

Rebeca sorriu para Laura e arregalou os olhos.

Laura ficou aturdida por um instante, levando a mão à cabeça e ajeitando o cabelo numa tentativa inocente de espantar o nervosismo.

– Esse sonzinho que você está escutando...
– É o que eu estou pensando?
– É. Esse bum-bum-bum é o coraçãozinho do seu bebê! Se você não podia engravidar... bem, agradeça aos seus anjos, pois estamos diante de um milagre bem agora.

Capítulo 60

O delegado tamborilava com os dedos no tampo da mesa. Estava irritado com seus subordinados. Com o telefone na orelha, esperava respostas diretas do gabinete da Corregedoria. Aguardava há mais de cinco minutos.

— Rogério, confirma pra mim o nome de novo.
— Gabriela Almeida.
— Um instante.
— Caramba, Tiago! Mais quanto tempo vou ficar aqui pendurado?
— Calma. Já é a quinta vez que vocês telefonam. Vamos esclarecer de uma vez por todas. Só um minuto.

Antes que Rogério pudesse reclamar, bufar ou qualquer outra coisa, alguém bateu a sua porta. Mara colocou a cabeça por um vão.

— Doutor, tem mais coisa estranha aqui.

Rogério ergueu o dedo, pedindo um instante, pois notou que do outro lado da linha o aparelho era apanhado novamente.

— Delegado?
— Sim.
— É, como eu disse. Não temos nenhuma agente com nome Gabriela, doutor. Nenhuma Gabriela na Corregedoria inteira.
— Não. Vocês precisam se organizar aí, eu passei duas semanas com sua agente aqui.
— Tem outra coisa, doutor.
— Manda.
— A Corregedoria não mandou nenhum agente pra sua cidade nos últimos doze meses.

Rogério fechou os olhos e suspirou, passando a mão na testa.

– Isso não é possível. Ela chegou aqui com toda a papelada de praxe. Com carta de vocês.

– Não tá me cheirando bem isso, não. Faz o seguinte, manda pra gente essa papelada por fax ou e-mail. Eu volto a olhar e te dou um parecer.

– Parecer? Eu não quero parecer. Eu quero saber quem é que ficou enfurnada aqui na minha delegacia, andando com meus homens pra cima e pra baixo.

– Manda o fax.

– Eu não entendo como vocês deixam...

– Delegado, manda o fax.

Rogério desligou irritado e ficou olhando para Mara.

– Doutor, o dossiê, a papelada dela, ninguém está encontrando nada.

– O quê?

– Não estão encontrando a papelada que a Gabriela trouxe.

– Ah! Impossível! Revire tudo de novo. Eu não tô ficando louco. Todo mundo viu a papelada dela, essa pasta está aqui em algum lugar.

– Doutor?

Rogério tirou os olhos dos papéis em sua mesa e encarou novamente a subordinada.

– Fala, Mara. O que mais, pelo amor de Deus?

– No hotel Califórnia. Essa Gabriela... ela sumiu também.

– Ai, meu Deus! Alguma coisa dela a gente tem que achar. Ela não é assombração!

– Que não é, não é. Mas que está parecendo, isso ela está.

Capítulo 61

Laura retocava o rosto do querubim. Depois de remover três camadas de tinta, havia encontrado e estudado a paleta original. Mais do que ficar como nova, agora aquela peça voltaria a parecer com o que fora originalmente. Restaurar não se tratava de deixar as coisas novinhas, restaurar era bem mais que isso. Para Laura, era recuperar o espírito, a aura que cercara o objeto em sua primeira aparição pública, em seu primeiro instante pendurado numa parede, num balcão de exposição, no primeiro vislumbre do artista que concebera a obra e suspirara quando dera o último toque em sua criação. Agora, com o pincel delicado lambendo o rostinho do querubim, Laura sentia o pequenino redescobrindo o mundo. Era como desenterrá-lo de um bloco de gelo antártico. Sentiu o peito úmido.

— Ah, não! Minha blusa novinha! — reclamou ao ver a mancha.

Laura suspirou aliviada quando notou não ser mancha de tinta, e sim de seu leite materno vazando.

Foi até o quarto de Marcel e viu o bebê brincando com os pezinhos para o alto em seu berço. O bebê de poucos meses lançou um sorriso gostoso para a mãe. Laura o pegou no colo e o levou até a sala. Sentou-se numa poltrona à beira da janela, a luz do sol invadia a casa projetando um raio largo dourado. Laura aconchegou o pequeno ao seu seio e começou a afagar os cabelos encaracolados do filhote enquanto entoava uma gostosa canção de ninar. Sabia que ele adorava aquilo. Laura enternecia-se a cada sorriso. Seu amor por ele só fazia crescer e ocupar cada vez mais seu tempo dia após dia. Esse amor despertou logo após escutar o coraçãozinho dele, cheia de incertezas, de ressaca, no leito do hospital ainda sob os cuidados de última hora da Dra. Rebeca. Depois começou o pré-natal com a Dra. Ana. Aquela mulher, de voz calma e olhos cinza, sempre conseguia tranquilizá-la nos momentos de incertezas. Quando estava com quatro meses e tinha acabado de descobrir que teria um menino, outro presente brindou sua vida. Foi chamada pelo Dr. Breno. Tinha se preparado para a pior das notícias, mas o clima do consultório e os sorrisos lançados logo no começo da conversa pelo médico de seu pai não combinavam com coisas ruins. Breno perguntou muitas coisas acerca do bebê que Laura trazia no ventre e ela tentou responder pacientemente a tudo, mas uma hora não aguentou mais e pediu que o médico dissesse de uma vez por todas a razão de ela estar ali. Ele disse que ainda não poderia ter cem por cento de certeza, mas que, ao que parecia, a medição iniciada em seu pai há poucos meses finalmente dava resultado. Os tumores estavam regredindo, vagarosamente, mas regredindo. Ele não tinha resolvido chamá-la até aquele instante, porque de nada adiantaria soltarem fogos de artifício antes de terem resultados garantidos, mas conforme os dias avançaram uma outra boa notícia chegou. O pai de Laura estava voltando do coma, apresentando melhora e alguns movimentos. Laura ficara de queixo caído. As visitas ao pai agora eram cheias de esperança e, finalmente, um dia, ele despertou. Não foi fácil a princípio. Não foi como se ele simplesmente tivesse fechado os olhos num dia e aberto na manhã seguinte. Não. Meses a fio de fisioterapia. Seu pai foi readquirindo os movimentos aos poucos. Logo que teve forças para se mexer, levou a mão à barriga da filha e sorriu. Um momento comovente. Três gerações interligadas pelo toque. Laura apertou forte a mão do pai. Seus olhos marejaram e ficou feliz em saber que ele sabia, seu Jeremias sabia que a filha trazia um neto no ventre. Tinha chorado porque sabia que agora poderia sentar e contar a história maravilhosa que tinha vivido em poucos dias com aquele homem, Marcel. Mesmo com o desfecho trágico, aquele quase estranho tinha passado por sua vida para deixar uma semente de esperança e de futuro.

Capítulo 62

Miguel aproximou-se do rapaz em silêncio. Estavam no telhado do hotel. Percebeu que os olhos dele acompanhavam o movimento da mulher, empurrando o carrinho de bebê pela praça onde sentara tantas vezes para consolá-la.

– Você ainda sente falta dela, não é?

Marcel só balançou a cabeça, concordando.

– É natural. Você acabou de passar pra cá e, ainda por cima, foi escolhido para nos ajudar. Não é fácil manter-se aqui por perto sem sentir uma certa... nostalgia, digamos.

– Coloca nostalgia nisso. Dá vontade de ir lá, agarrar a cabeça dela e gritar: "Eu estou aqui!"

– Hahaha! Acho que ela não te ouviria... mas se ouvisse, tsc tsc. Não acho uma boa hora.

– É. Talvez não.

– Só nos resta saber agora qual vai ser o seu papel nesse nosso jogo de ajuda-ajuda.

Marcel franziu a testa.

Gabriela aproximou-se dos dois. Trajava uma calça de couro preta e uma blusa de lã verde por cima. Sobre o pescoço, um lenço amarelo, de seda, longo, balançava com o vento.

– Acho que ele ficou bem no papel de amante sedutor – disse ela.

Todos riram.

O bêbado se juntou ao trio na beira do telhado.

– Acho que já tenho até um codinome pro Marcel – disse, rindo.

– Qual? – perguntou Gabriela.

— Boto. Boto cor-de-rosa. Chega, derruba um melzinho nas mulheres desprevenidas, as deixa grávidas e desaparece.

Todos riram, menos Marcel.

— Olha, acho que isso vai ficar bem no seu visu – disse o anjo com feições de malandro, estendendo um chapéu estilo fedora para Marcel.

— Tampa o furo na cabeça do boto – riu um pouco mais.

Marcel apanhou e encarou o presente.

— Valeu, velho. Vocês anjos são assim, sempre bonzinhos?

Novamente todos riram.

— Então estamos acertados, novato. Você será o amante, o conquistador, o namorado perfeito para as mulheres presas nas garras da solidão.

— E dos homens também, poxa! – emendou o malandro. – Os rapazinhos também sofrem de solidão e aguardam um príncipe encantado ou um boto cor-de-rosa.

— Olha, na verdade eu estava com medo de ter que ser bêbado também. Não sendo pé de cana, o que vier é lucro – revelou Marcel, colocando o chapéu com o número oito deitado, bordado na lateral.

Os anjos riram do novato mais uma vez.

— Essa é a grande virtude desse grupo, Marcel.

— Qual?

— Sermos espirituosos, e você é bem espirituoso.

— Talvez por isso tenham me escolhido, ora bolas.

— Talvez – arrematou Miguel. – Talvez.

O bêbado chegou à beira do telhado e saltou. Marcel arregalou os olhos, assustado.

Então ele tornou-se uma esfera de luz e disparou para o céu, perdendo-se nas nuvens.

Gabriela, ao seu lado, olhou para cima e uma explosão se ouviu quando ela decolou, também metamorfoseada em esfera de luz dourada, ganhando altitude vertiginosamente.

Foi a vez de o malandro "explodir" e subir brilhando ao firmamento, deixando um rastro verde cintilante para trás.

— Vem, antes de partirmos, vou te dar um presentinho – disse Miguel, aproximando-se da beira do telhado.

Marcel sentiu algum tipo de energia cruzar seu corpo e um zumbido preencher seus ouvidos; piscou e, quando abriu os olhos, estava lá embaixo, na praça. Sorriu ao olhar para Laura, que vestia um casaquinho de lã vermelha por cima de um vestido florido. Ela também sorria, estendendo os braços para o bebê que dava passos desengonçados em sua direção. Quem amparava o pequeno Marcel era a amiga Simone, que vinha com um chapéu de papelão colorido na cabeça, fazendo graça. Marcel percebeu que era uma festa de aniversário. O bebê completava o seu primeiro ano de vida. Seu sorriso continuou largo até que Laura desviou os olhos do bebê e parou, encarando-o. O anjo sentiu um frio no estômago e toda a tempestade daquela paixão revolver-se em seu interior. Seu sorriso foi murchando ao notar que ela não olhava para ele. Ela olhava para alguém atrás dele. Laura parou de balançar o bebê e fez um sinal para o homem de blusa azul-claro trazendo um embrulho em papel amarelo. Marcel sentiu o coração acelerado. O que aquele homem queria com Laura? Aquele homem misterioso que nunca lhe dissera o nome ao contratá-lo para investigar Laura e Miguel?! Alguém que simplesmente desaparecera quando as coisas ficaram estranhas não poderia ser boa pessoa.

– Pai! – exclamou Laura, levantando-se com Marcel no colo e abraçando apertado o pai.

Marcel franziu a testa sem compreender. Então, vendo o sorriso no rosto de pai e filha, também sorriu, olhando para Miguel.

– Você já foi a Fortaleza, Marcel?

– Ainda não.

– Acho que vai adorar nosso próximo trabalho. O nome dela é Verônica, tem 36 anos, acabou de perder o único irmão para as drogas. Ela já tentou se matar há dois anos, numa crise de depressão. Agora está entrando novamente nesse espectro sombrio, imaginando como seria se desse um fim a tudo.

– Não. Ela não pode.

– Não pode mesmo. Devemos socorrê-la. Acho que ela não vai resistir aos seus encantos.

– Farei o que puder.

Miguel deu um salto curto. O ar agitou-se ao lado de Marcel e aquela explosão típica se repetiu. Logo uma esfera esverdeada sumia entre as nuvens.

Marcel ficou ali parado. Olhando para os lados.

– Caramba. Ninguém me ensinou como é que se faz isso.

FIM

andrevianco@gmail.com

Este livro foi impresso na
GRÁFICA EDITORA STAMPPA
na cidade do Rio de Janeiro.